ROBERT MARTEN

Im dunklen Holz

Buch

Bei der Verleihung eines Pressepreises erleidet die gefeierte Journalistin Sophie von Wiedenthal einen Zusammenbruch und landet im Krankenhaus. Auf Drängen ihres Maskenbildners Tilman erklärt sie sich widerstrebend bereit, im Dorf Hohenholz in der Lüneburger Heide bei seiner Familie eine Auszeit zu nehmen.

Gleich bei ihrer Ankunft verliebt Sophie sich in das pittoreske Dörfchen, das inmitten eines britischen Truppenübungsplatzes gelegen ist. Vor allem aber stellt sie zu ihrer Überraschung fest, dass es sich bei Tilmans Mutter, die Sophie sofort in die Familie aufnimmt, um niemand anders handelt als die legendäre Schriftstellerin Dorothea Helmke. Sophie möchte die Gelegenheit zu einem Interview nutzen, denn Dorothea lebt sehr zurückgezogen und hat in der Öffentlichkeit noch nie über Persönliches gesprochen. Und tatsächlich gelingt es Sophie allmählich, das Vertrauen der alten Dame zu gewinnen. Sie spürt, dass Dorothea bereit ist, ein Geheimnis preiszugeben, das seit Jahrzehnten auf ihrer Seele lastet. Doch dann geschieht ein Mord, und Sophie erkennt, dass in der Gemeinde Hohenholz Schweigen Gold ist und Reden den Tod bedeutet.

Autor

Robert Marten ist das Pseudonym eines bekannten deutschen Autors, der bereits mehrere erfolgreiche Spannungsromane für Jugendliche und Erwachsene geschrieben hat.

Robert Marten

Im dunklen Holz

Thriller

blanvalet

MIX
Papier aus verantwortungsvollen Quellen
FSC® C014496
FSC www.fsc.org

Verlagsgruppe Random House FSC® N001967
Das FSC®-zertifizierte Papier *Holmen Book Cream*
für dieses Buch liefert Holmen Paper, Hallstavik, Schweden.

1. Auflage
Originalausgabe Juli 2013
bei Blanvalet, einem Unternehmen der
Verlagsgruppe Random House GmbH, München.

Umschlaggestaltung: © Johannes Frick, Neusäß/Augsburg
Umschlagmotiv: Plainpicture/the Glint
Redakion: Dr. Rainer Schöttle
UH · Herstellung: sam
Satz: Buch-Werkstatt GmbH, Bad Aibling
Druck: GGP Media GmbH, Pößneck
Printed in Germany
ISBN 978-3-442-37759-6

www.blanvalet.de

Die Vergangenheit vergisst nicht.
Die Vergangenheit tötet.

Prolog

Hohenholz 1998

Die Luft schmeckte nach Feuer.

Ascheflocken tanzten vor einem Horizont, den noch immer das Inferno des Brandes rötete, taumelten sekundenlang dem Boden entgegen, bis eine plötzliche Turbulenz eine neue Funkenfontäne aufstieben ließ.

Hinter einem Vorhang aus Glut und Hitze glich das Dorf mit seinen eng aneinandergedrängten Höfen unter den trockengrauen Bäumen einem unwirklichen Fantasiegemälde. Die öde, verkohlte Heidefläche endete nur einen Steinwurf entfernt.

Wir haben es zum Stehen gebracht, dachte Dorothea Helmke.

Wir haben das Feuer eingedämmt.

Sie stand reglos aufrecht, betrachtete unverwandt das Bild hinter dem flirrenden Schleier aus brennender Luft.

Um sie herum hetzten Menschen rastlos hin und her, um die letzten Brandnester zu ersticken. Menschen in der Alltagskleidung der Bauern von Hohenholz, Menschen in britischen Uniformen. Dieses eine Mal arbeiteten sie Hand in Hand.

Nur wenige Schritte entfernt kauerte Wilhelm am Boden, das Gesicht versengt von der Glut, geschwärzt von der Asche. Eine Sanitäterin war dabei, ihm die Schulter zu verbinden. Zerbröckelndes Gebälk hatte ihn gestreift, als sie versucht hatten, in den Unterstand vorzudringen. Er hatte gekämpft. Ja, diesmal hatte er mit allen Kräften gekämpft.

Er ist ein alter Mann, dachte Dorothea, als sie ihren Ehemann betrachtete, und es war das erste Mal, dass ihr das in dieser Deutlichkeit klar wurde.

Und er ist jünger als ich.

Wir sind alte Leute.

Ein Räuspern in ihrem Rücken.

Ganz langsam drehte sie sich um.

Ein junger britischer Offizier, der automatisch Haltung annahm.

»Lieutenant William Richardson, Mam. – Ich hätte … Wir hätten …«

»Ich soll sie mir ansehen«, sagte Dorothea ruhig. »Damit Sie sie abtransportieren können.«

Er nickte, und sie konnte erkennen, wie seine Kieferknochen hervortraten, als er die Zähne aufeinanderbiss.

Dorothea warf einen letzten Blick auf Wilhelm.

Sie hatte gewusst, dass diese Aufgabe auf sie allein wartete.

Wie hätte es auch anders sein können?

Ganz genau so soll es sein, dachte Dorothea Helmke.

Ein Viereck aus Beton, Meter unter der Erde: die Bunkeranlage einer aufgegebenen Geschützstellung, wie es sie auf dem Truppenübungsplatz im Herzen der Lüneburger Heide zu Dutzenden gab.

Nur ein einziges Detail unterschied sie von all den anderen Luftschutzkellern auf dem Gelände.

»Ja«, sagte Dorothea. »Das ist meine Enkeltochter.«

Der Drang, der am Boden zusammengekauerten Gestalt das strohblonde Haar aus dem Gesicht zu streichen, war nahezu überwältigend.

Steh jetzt auf, Liebling. Das Spiel ist vorbei.

Das kleine Mädchen würde nie wieder aufstehen.

Die Flammen hatten hier keinen Zugang gefunden. Doch die erstickende Glocke aus Glut und Hitze musste binnen Sekunden jeden Rest Sauerstoff in dem unterirdischen Raum aufgezehrt haben.

Der Körper des kleinen Mädchens war unversehrt.

Anders als die anderen.

Dorothea wandte sich um.

»Und das sind ihre Eltern.«

Die beiden Körper lagen auf einer der engen Betontreppen, die hinab in den Luftschutzkeller führten. Erst die britischen Soldaten hatten die Trümmer beiseitegeräumt, die ihnen den Weg in den Bunker versperrt hatten.

Und ebenso den Rückweg.

Ihre Hände. Dorothea starrte auf die halb verkohlten Hände, die einander im Tod umfangen hielten. Verschmolzen, dachte sie. Im Tod verschmolzen.

Für eine Sekunde spürte sie ein so unbezähmbares, so überwältigendes Gefühl, dass sie Mühe hatte, ihm einen Namen zu geben.

Neid.

Als sie das Wesen des Gefühls begriff, war es schon wieder fort.

Die alte Frau stand allein in dem unterirdischen Raum,

umgeben von den Körpern der Menschen, die sie geliebt hatte. Lieutenant Richardson hatte sich diskret entfernt.

Sie war allein mit der Erinnerung.

Und sie schob sie zurück in den hintersten, dunkelsten Winkel der Gefängniszelle ihres Bewusstseins.

Noch nicht, dachte sie. Jetzt noch nicht.

Noch war das Spiel nicht vorbei.

Dorothea Helmke drehte sich um und verließ den unterirdischen Raum, ohne die Toten noch einmal anzusehen.

Das wirbelnd Wasser widerspiegelt',
was wahrer mir als Wahrheit war.
Im schäumend Scheinbild schien's versiegelt,
was ich erkannt', doch nimmer sah.

(Dorothea Helmke, An weihvollen Wassern)

Sie sind da.

Ein heftiger Schlag lässt das Tor erzittern.

Zentimeterdickes Holz, doch es wird nicht standhalten.

Sie stolpert zurück, blickt sich gehetzt nach einem Ausweg um.

Ein markerschütterndes Quietschen:

Der andere Raum! Sie sind im anderen Raum!

Sie weiß, was sie tun muss, weiß, dass es keine andere Chance gibt für sie, wenn sie leben will.

Willst du leben?

Kein Gedanke mehr. Die Rückseite des Gebäudes, an der das Mauerwerk beschädigt ist, wo das morsche Gebälk sich beiseiteschieben lässt: Dort gibt es eben ausreichend Raum, um sich hindurchzuzwängen.

In die Nacht.

Und die Dunkelheit.

Ein grelles Aufblitzen von Licht.

Sophie war wie blind, sekundenlang. Ihr war schwindlig.

»Ein Lächeln, Sophie! Ein Lächeln! Noch etwas strahlender! – Ja!«

Blitz.

»Genau so! Etwas vorbeugen jetzt!«

Sophie gehorchte mechanisch, tastete nach Kurts Arm, spürte den edlen Stoff seines Abendanzugs. Seine Hand besitzergreifend auf ihrer Hüfte, ein Hauch seines herben Aftershaves.

»Sophie! Bitte einmal zu mir!«

Blitz.

Die Stimmen der Fotografen. Rufe, Kreischen von Kurt-Sandow-Fans draußen auf der Straße vor dem Foyer, die von der Kette der Sicherheitsleute zurückgehalten wurden.

Mindestens die Hälfte von ihnen ist seinetwegen hier, dachte Sophie. Nicht meinetwegen.

Doch das war ihr geringstes Problem. Schon die Hälfte war mehr als genug. Schon die Hälfte war zu viel.

Ihr Lächeln war wie festgetackert in ihren Mundwinkeln, der rote Teppich viel zu weit weg unter ihren Schuhen mit den plötzlich viel zu hohen Absätzen.

»Sophie! Zum dritten Mal hintereinander den Journalistenpreis zu bekommen: Wie fühlt sich das an?«

Wie sich das anfühlte?

Es war die Hölle.

»Ts, ts.« Ein kritisches Zungenschnalzen. »Schätzelchen, das ist wirklich nicht einfach, wenn du so schwitzt. Du willst doch nicht ausgerechnet heute krank werden?«

Bleistiftdünne, ausrasierte Augenbrauen, die skeptisch gehoben wurden.

Tante Tilly ließ den Wattebausch sinken, mit dem sie seit zehn Minuten versuchte, Sophie von Wiedenthals Stirn und Wangen trocken zu tupfen, um eine neue Grundierung aufzutragen.

Tante Tilly. Sophie ging gerade auf, dass sie nicht einmal wusste, wie die füllige, immer gut gelaunte Person mit den schrillen Klamotten in Wahrheit hieß.

Till möglicherweise?

Aber der Gedanke kam ihr nur ganz am Rande.

Sie schwitzte.

Draußen auf dem roten Teppich hatte es angefangen, im Blitzlichtgewitter der Pressefotografen. Ihrer Kollegen. Wobei Sophie selbst beim Abendblatt natürlich nicht für die Fotos zuständig war, sondern für die Texte. Für einen dieser Texte – *Der Preis der Gier. Über die Verflechtungen zwischen Politik und Großkapital* – würde sie in einer halben Stunde die diesjährige Auszeichnung des Journalistenverbandes entgegennehmen.

Zum dritten Mal hintereinander.

Als jüngste Preisträgerin aller Zeiten.

Ein Schweißtropfen suchte sich kitzelnd den Weg über Sophies Hals.

Ihre Haut war eiskalt.

»Dir geht es nicht gut.« Tilly betrachtete sie mit gerunzelter Stirn. »Du siehst aus wie eine Leiche.«

»Danke für die Blumen«, murmelte Sophie. Ihr Mund fühlte sich trocken an, als ob ihre Zunge irgendwie nicht dorthin gehörte.

Tante Tilly schüttelte langsam den Kopf. »Keine Blumen – und kein Preis. Solange du so aussiehst, lass ich dich nicht aus diesem Raum. Du bist krank.«

Eine Berührung an ihrem Handgelenk.

»Mein Gott«, hauchte Tilly. »Schätzelchen, dein Puls ist ja sonst wo! Du gehörst ins Bett.«

Sophie schüttelte stumm den Kopf. Schon die angedeutete Bewegung kostete sie plötzlich alle Kraft. Ihre Zunge wollte ihr nicht gehorchen.

»Wo ist Kurt, verflixt noch eins?« Suchend sah sich die Maskenbildnerin über die Schulter um.

Wo soll er schon sein? Sophies Gedanken verwirrten sich. Die Redaktionsräume waren leer um diese Uhrzeit. Wahrscheinlich legte er gerade eine der Praktikantinnen flach, die für die Pressegala als Hostessen eingeteilt waren.

Sophie und Kurt führten eine offene Beziehung.

Nein, dachte sie. *Kurt* führt eine offene Beziehung.

Sophie selbst blieb gar keine Zeit für irgendeine Art von Beziehung, die über das Händchenhalten mit Kurt Sandow hinausging, für die Kameras, auf dem roten Teppich.

Rote Teppiche bei Presseveranstaltungen: Sophies Welt.

Rote Teppiche bei Filmpremieren: die Welt von Kurt Sandow.

»Ich – muss – da – raus.« Sophies Worte kamen stockend, Silbe für Silbe.

Tillys Stirnrunzeln verstärkte sich. Im selben Moment war eine Bewegung in der Tür des kleinen Schminkraums wahrnehmbar: Kurt, der sich hastig die Fliege richtete.

Einen Moment lang wurden Sophies Augen klarer: ein eins neunzig großer Mann im anthrazitfarbenen Maßanzug, die dunklen Haare dramatisch nach hinten gekämmt, Dreitagebart. Die Augen, die Sophies Blick im Spiegel trafen, waren so dunkel, dass sie beinahe schwarz wirkten.

Er sah aus wie ein Schauspieler.

Er *war* ein Schauspieler.

»Sophie ist krank.« Tilly drehte sich zu ihm um. »Sie kann unmöglich da raus!«

»Krank?« Kurt Sandows Stirn legte sich in Falten. »Blödsinn!«

Er schob die Maskenbildnerin beiseite, drängte sich an den Schminktisch.

Sophies Blick wurde wieder verschwommen. Sein Gesicht war nichts als ein hellerer Fleck, umgeben von dunklem Haar.

Seine Finger, die sich hart auf ihre Stirn legten.

Sie brannten wie Feuer auf ihrer Haut.

»Kleine Erkältung vielleicht.« Die Hand wurde zurückgezogen. Eine Pause. Kurt schien zu zögern.

Dann ein Rascheln. »Mach mal die Hand auf!« Ganz leise.

Sophie gehorchte, ohne wirklich zu wissen, was sie tat.

»Nimm zwei von denen, dann geht's dir gleich besser.«

Zwei Tabletten, die in ihre Handfläche gelegt wurden.

»Hier.« In die andere Hand wurde ein Glas Wasser gedrückt.

»Was ist das?«, fragte Tante Tilly aus dem Hintergrund.

Kurt Sandow antwortete ihr nicht.

Sophie öffnete die Lippen. Die Tabletten waren Fremdkörper auf ihrer Zunge. Kurt half ihr, das Glas an den Mund zu führen.

Sein Brummen war ohne Worte.

Aber es klang zufrieden.

Als Sophies Name durch die Lautsprecher tönte, waren ihre Augen wieder klar. Sie sah jedes Detail. Und doch kam es ihr vor, also ob sie sich mit jedem Schritt durch einen Nebel tasten müsste.

Sie erinnerte sich an die Tabletten, die Kurt ihr gegeben hatte.

Sie wusste, dass er immer Tabletten dabeihatte. Tabletten, die ihn veränderten, wenn er sie nahm.

Ihre Bettelei, damit aufzuhören, hatte sie vor ein oder zwei Jahren aufgegeben. Sie hatte plötzlich gespürt, dass sie keine Kraft mehr dazu hatte.

Beinahe wie heute Abend.

Draußen auf dem roten Teppich, später bei Tilly im Schminkraum war ihr auf einmal klar geworden, dass sie keine Kraft mehr hatte.

Doch diesmal war es anders.

Heute Abend wurde nicht mehr und nichts anderes von ihr verlangt, als auf der Bühne hinter das Pult zu treten und den überdimensionierten goldenen Füllfederhalter in Empfang zu nehmen. Den Journalistenpreis. Zum dritten Mal.

Ich danke Gott und meinen Eltern – und Kurt Sandow hier neben mir, ohne den ich niemals so weit gekommen wäre.

Sie würden gemeinsam in die Kameras blicken, mit festgetackertem Lächeln.

Die Scheinwerfer stachen ihr in die Augen, als sie an seinem Arm auf die Bühne trat. Der Applaus des Publikums brandete ihr entgegen wie eine Woge, die sie mit sich reißen wollte, zurück in die Kulissen.

Kurt ließ es nicht zu. Seine Hand um ihren Unterarm war wie ein Polizeigriff.

Ich kann das nicht, hämmerte ihr durch den Kopf. Ich habe keine Kraft.

Doch gleichzeitig ging sie wie auf Wolken, einen Schritt neben sich. Als wenn Kurt Sandow zwei Frauen an seinen Armen führte, jede an einer Seite.

Und Sophie von Wiedenthal wurde klar, dass eine von ihnen auch heute funktionieren würde.

Die Schminke, die Tilly unter wiederholten Protesten dann doch noch aufgetragen hatte, begann in der Hitze der Bühnenscheinwerfer bereits zu verlaufen. In der eisigen Hitze von Sophies Haut.

Das Pult. Sophies Hände suchten Halt.

Ein steinalter Mann im dunklen Anzug. Ein Wrack im Frack, das einen knisternden Umschlag aus der Jackentasche zog und mit monotoner Stimme vorzulesen begann.

Sophies Leistungen: der diesjährige Journalistenpreis für den *Preis der Gier.* Irgendein Wortspiel. Das Publikum tat, was von ihm erwartet wurde, und lachte pflichtschuldig.

Mit einer dramatischen Geste zog der Alte den gigantischen, goldglänzenden Schreibfüller hervor.

Sophie sah ihn an.

Die Augenbrauen des alten Mannes hoben sich, er streckte ihr den Preis auffordernd entgegen.

Sekundenlang.

Kichern im Publikum.

Ein vorbereiteter Gag?

Meine Rede.

Sophies Mund war Asche. Bis zu diesem Moment war sie irgendwo in einem Winkel ihres Hirns davon überzeugt gewesen, dass sie doch irgendwie die Kraft finden würde, diese verfluchten zwei, drei Sätze zu sprechen. Kurts Tabletten, die ihr plötzlich wieder die Kraft gegeben hatten, auf zwei Beinen zu laufen.

Sie öffnete den Mund – doch da war nichts. Nichts als Leere in ihrem Kopf.

Eine Hand mit sorgfältig manikürten Fingernägeln griff an Sophie vorbei nach dem goldenen Füllfederhalter.

Kurt Sandow schob die junge Frau mit einer Geste beiseite, die aus den Reihen des Publikums vorsichtig und behutsam wirken musste.

Doch das war sie nicht.

»Sophie hat sich ein bisschen erkältet und ist nicht bei Stimme«, erklärte er, legte den Arm um ihre Schultern.

Mit einem Mal war es nur noch dieser Arm, der sie aufrecht hielt.

»Seid ihr vielleicht einverstanden, dass ich ein paar Worte sage?«

Lauter Beifall. Kurt-Sandow-Fans überall, auch unter den Abendanzügen im Medienhaus. Unter den Abendkleidern sowieso.

»Schon gut, Leute.« Eine beschwichtigende Geste, die bei jedem anderen Menschen affig gewirkt hätte, nur bei Kurt Sandow nicht. »Pssst! Schon gut. – Also: Diese wundervolle Frau würde euch in diesem Moment einfach nur sagen wollen, wie stolz sie darauf ist, dass ihr sie für diesen hübschen Kuli ausgesucht habt. – Schon wieder.« Kichern im Publikum.

»Was denkst du, Süße?« Sein Kopf drehte sich zu ihr, doch die Augen waren irgendwo anders, während er über die nächste Pointe nachdachte. »Kommt in die Kiste auf dem Schreibtisch, oder? Zu den andern?«

Das Kichern wurde lauter.

»Aber im Ernst: Wir sind mordsmäßig stolz auf diesen Preis, alle beide, und wisst ihr was? Diese tolle Frau hat ihn auch wirklich verdient.«

Er senkte die Stimme, als er leise ins Mikrofon sprach: »Komm, Liebes, sag danke! Das schaffst du.«

Er drehte den Kopf, und diesmal traf sie sein Blick, und er war ein Befehl.

Sophie beugte sich vor. Zwei Silben, sie wusste, dass sie es konnte. Zwei Silben nur.

»Dan-ng-ke …«

Ein Lallen. Völlig stoned.

Doch es ging bereits unter im tosenden Applaus, dieser Woge, der sie nun keinen Widerstand mehr entgegensetzen konnte.

Das Publikum war unsichtbar, doch sie sah den alten Mann, der die Hände jetzt ebenfalls zum Beifall hob, und Kurt, der Sophie losließ, um selbst zu klatschen.

Der sie losließ.

Sophie starrte auf das Pult, sah, wie es auf sie zukam.

Dann sah sie nichts mehr.

Das Pult, das auf sie zuraste.

Ihre letzte Erinnerung.

Gusseisen, schwarz und massiv, ein Traditionsrequisit aus den Zwanzigern.

Ich muss mir den Kopf angeschlagen haben.

Ein nervtötendes Sirren in ihrem Kopf, gleichmäßig.

Piep – piep – piep – piep – piep – piep …

Blinzelnd bekam Sophie von Wiedenthal die Augen auf.

Das Licht war grell und stach ihr in den Augen. Es dauerte Sekunden, bis sie sich an die Helligkeit gewöhnt hatte.

Und noch einmal Sekunden, bis ihr klar wurde, wo sie sich befand.

Blasse Farben um sie rum, ausgenommen eine Batterie schwerer, blinkender Apparate. Auf einer elektronischen Skala hüpfte ein grüner Lichtpunkt auf und ab: piep – piep – piep – piep – piep – piep …

Ich liege im Krankenhaus!

»Schau an, da ist jemand aufgewacht.«

Ein älterer Mann mit Halbglatze, dunkle Tränensäcke unter den Augen.

Im Jahr zuvor hatte Sophie für einen ihrer Artikel über die Arbeitsbelastung in den Hospitälern recherchiert. Doppel- und Dreifachschichten waren mittlerweile an der Tagesordnung. Bereitschaftsdienst rund um die Uhr.

Keine Luft zum Atmen. Krankenhausmediziner oder Journalistin, in dieser Hinsicht nahmen sich die Jobs nicht sonderlich viel.

»Was … was ist mit mir passiert?«, flüsterte sie.

Ihre Stimme klang rau, doch es war eindeutig wieder ihre eigene.

»Sie sind umgefallen«, erklärte der Arzt. »Hajo Schroeder«, stellte er sich vor, tippte kurz auf ein Schild an der Brusttasche seines Kittels. Im selben Moment hatte er einen kleinen Gegenstand in der Hand. »Versuchen Sie bitte dem Lichtpunkt zu folgen.«

Sophie zuckte zurück, als sich der Lichtpunkt bis in ihr Hirn zu bohren schien.

Ein gemurmeltes »Sorry«. Das Licht wurde schwächer.

Sophies Augen folgten der Lampe. Links – rechts – links. Oben – rechts – unten.

»Okay.« Das Licht erlosch. »Haben Sie Kopfschmerzen?«

Sophie zögerte. »Ein bisschen«, gab sie zu.

Aber die hatte sie vorher schon gehabt.

»Ist Ihnen übel?«, erkundigte sich Dr. Schroeder. »Schwindlig? Nein? Können Sie mich klar erkennen?«

Sophie nickte. Im selben Moment wurden die Kopfschmerzen heftiger.

»Der Nacken?«, fragte der Mediziner.

»Ja.« Sie beschloss, das Nicken erst mal zu lassen.

»Könnte ein Trauma geben«, brummte Dr. Schroeder. »Ein Schleudertrauma, wohlgemerkt. Kann ziemlich unangenehm werden, ist aber nicht akut bedrohlich. Sie haben eine leichte Gehirnerschütterung, doch in der Tomografie haben wir nichts Besorgniserregendes gefunden. Ein paar Tage Ruhe, dann sind Sie wieder auf dem Damm.«

Ein paar Tage.

Sophie kniff die Augen zusammen. »Wie spät ist es?«

Der Arzt warf einen Blick über ihre Schulter. »Kurz vor halb drei.«

»Verflixt!«, zischte sie.

Im nächsten Moment ein gedämpftes Signal. Dr. Schroeder griff in seine Brusttasche.

»Notfall«, murmelte er. »Fühlen Sie sich fit genug für Besuch?«

Besuch?

Kurt! Er musste stundenlang im Krankenhaus gewartet haben!

Piep – piep – pi-pi-pi-piep – piep …

»Nicht aufregen!«, mahnte der Arzt mit Blick auf den Herzmonitor. »Sonst darf er nicht zu Ihnen. – Zehn Minuten, hören Sie? Die Schwestern passen auf. – Wir beide sehen uns später noch.«

Mit raschen Schritten verließ er den Raum.

Mühsam setzte Sophie sich im Bett auf. Jemand hatte

ihr ein pastellfarbenes Hemd angezogen, mit dem eingewebten Logo des Krankenhauses.

Sie sah fürchterlich aus. Nirgends ein Spiegel, aber sie wusste es auch so. Ihre Gesichtshaut spannte von den Überresten der auseinandergeflossenen Schminke.

Ein vorsichtiges Klopfen. Die Zimmertür öffnete sich.

Eine violette, auftoupierte Haartolle.

Sophie ließ die Schultern sinken.

Tante Tilly.

»Entlassung? Schätzelchen, ich glaub, ich muss deinen Medizinmann rufen. Du fantasierst.«

Sophie verdrehte die Augen. Selbst das tat weh.

»Mir ist klar, dass sie mich heute Nacht nicht wieder raus lassen«, erklärte sie und hörte sich in ihren eigenen Ohren ziemlich vernünftig an. »Aber ich kann unmöglich mehrere Tage ausfallen.«

»Unmöglich?« Die Maskenbildnerin schlug die Beine in einer Weise übereinander, wie nur Tante Tilly das hinbekam, hob die Hand, Daumen und Zeigefinger einen halben Zentimeter auseinander. »So ein Stück! So ein Stück, und du hättest exakt die Ecke von diesem Pult erwischt. Dann könnte das Abendblatt sich jetzt eine neue Starjournalistin suchen.«

Sophie spürte, wie ihre Kehle eng wurde, doch sie schüttelte den Kopf. Vorsichtig, aber entschieden.

Sophie hatte sich den Abend der Preisübergabe mit Not und Mühe freigeschaufelt. Sie steckte mitten in einem Bericht über die Zement-Connection, Verwicklungen zwischen den Stadtwerken und dem größten Bauunternehmen der Stadt. Aufträge, die unter der Hand weitergegeben wurden, illegale Beschäftigung.

Stoff genug für den nächsten Journalistenpreis, wenn sie auf so was besonderen Wert gelegt hätte.

Sie hatte sechs Jahre lang um genau diesen Job in genau dieser Redaktion gekämpft, damit sie genau diese Sorte Artikel schreiben konnte. Darauf legte sie Wert.

Und es lauerten genug Kollegen inner- und außerhalb der Redaktion, die auf diesen Posten scharf waren und nur darauf warteten, dass Sophie von Wiedenthal einen Fehler machte.

Oder ausfiel.

»Was war das vorhin?« Tillys Stimme war plötzlich verändert.

»Was war was?« Unbehaglich setzte Sophie sich zurecht. »Ich bin mit dem Kopf gegen das Pult geknallt. – Tolle Bilder für die Kollegen, nehme ich an.«

»Absolut von der Stange.« Großzügig winkte die Maskenbildnerin ab. »Verglichen mit dem, was danach kam. Kurt Sandow mit der Liebe seines Lebens auf seinen starrrken Arrrrmen. – Rhett Butler und Scarlett O'Hara.« Düsterer: »King Kong und die weiße Frau.«

»Du magst ihn nicht«, stellte Sophie sachlich fest.

»Wie hast du das bloß erraten?« Tilly zog eine Grimasse, wurde dann ernst. »Weißt du was? Ob Herr Sandow seine Amphis einwirft, geht mir am wohlgeformten Gesäß vorbei. Ich hab selbst genug Zeug geschluckt in meiner wilden Zeit – und man kann eine Menge einwerfen, wenn man sich mal dran gewöhnt hat. Aber dafür muss man fit sein, Schätzelchen, und das warst du nicht.«

Sophie von Wiedenthal kannte die schrille Maskenbildnerin, seitdem sie in der Abendblatt-Redaktion arbeitete, fast zehn Jahre inzwischen. Tante Tilly, Mädchen für alles in der Redaktion, beim Lokalsender, der Werbeagentur: den einzelnen Zweigen der Unternehmensgruppe, die unter dem Dach des Medienhauses versammelt waren. Oder vielleicht doch eher Bübchen für alles, aber das spielte vermutlich keine so große Rolle, wenn man Tante Tilly sah in ihren farblich gewagten, pastellfarbigen Anzügen. Herrengarderobe dann doch irgendwie, aber eben mit dem ganz gewissen, flamboyanten Etwas.

Ja, Sophie kannte Tante Tilly.

Aber dieser Blick aus nur einem Spaltbreit geöffneten Augenlidern war neu.

»Du warst nicht fit«, sagte Tilly. »Schon bevor du dir dein zauberhaftes Köpfchen an diesem wunderhübschen Art-déco-Pult angeschlagen hast. Und bevor Mr. Butler dich aus seinem Pillenvorrat versorgt hat. – Was ist mit dir los, Sophie? Wie lange hast du die letzten Nächte geschlafen? Wann hattest du den letzten richtigen Urlaub?«

Sophie öffnete den Mund.

»Und damit meine ich nicht denjenigen Urlaub, über den es die vierseitige Fotostrecke in der Gala gab«, fuhr die Maskenbildnerin fort, bevor Sophie zu Wort kommen konnte. »Der war gut für Sandows Image. Zwei Wochen Gran Canaria mit der Trägerin des Journalistenpreises, und wie durch ein Wunder bekommt er plötzlich ernsthafte Rollen angeboten. – Ich will wissen, wann du einen Urlaub hattest, der gut für dich war.«

Sophie biss die Zähne zusammen, gab es im nächsten Moment aber wieder auf, als sich ihr lädierter Nacken meldete.

Das könnte ein Trauma geben. Ein Schleudertrauma.

Ein Kollege aus der Redaktion hatte vergangenes Jahr monatelang mit einer Nackenstütze rumlaufen müssen – nach einem Bagatellunfall.

Traumata waren tückisch. Vor allem, weil sie ihre volle Wirkung oft erst Tage oder Wochen nach dem Unfall entfalteten. Tickende Zeitbomben.

Das Letzte, was sie brauchen konnte.

»Einen Urlaub muss man sich leisten können«, sagte sie ruhig, fuhr aber fort, bevor Tilly sie wieder unterbrechen konnte. »Und das meine ich nicht nur finanziell, sondern in erster Linie zeitlich. Und ich habe mir einen Beruf ausgesucht, in dem man nicht einfach *nine to five* arbeiten kann. Das war meine Entscheidung.«

Sie verstummte.

Wie kam sie überhaupt dazu, sich vor Tante Tilly zu rechtfertigen? Sicher, Tilly war einer der wenigen Menschen, die sie auch an den übelsten Tagen innerhalb von Sekunden zum Lächeln bringen konnten. Doch Sophie war sich nicht einmal sicher, ob sie die exaltierte Person überhaupt als Freundin bezeichnen sollte.

Aber Tilly hatte stundenlang auf dem Krankenhausflur gewartet.

Kurt Sandow dagegen war verschwunden, nachdem er Sophie hinter die Bühne und aus dem Blitzlichtgewitter getragen hatte.

Aber Kurt war schließlich mitten in einem Dreh. Morgen – heute – früh musste er wieder in Lübeck sein. Er war einzig und allein für die Preisverleihung nach Köln gekommen. Für Sophie.

Und für die Kameras.

Nein, das war nicht fair. Kurt musste zurück. Auf eine Rolle wie in der Buddenbrooks-Verfilmung hatte er sein Leben lang hingearbeitet. Nicht anders als Sophie auf ihre Position in der Redaktion. Und von den Kameras profitierten sie beide.

Jedenfalls gelang es ihr, sich das einzureden. Noch immer.

Ein Räuspern. Die Krankenschwester.

»Sie sind schon über zwölf Minuten hier.« Ein undefinierbarer Blick auf Tilly. »Das muss reichen. Die Patientin braucht jetzt Ruhe.« Ein Nicken zur Tür, überdeutlich.

Mit einem übertriebenen Seufzen griff die Maskenbildnerin nach ihrer mintgrünen Handtasche.

»Ich komme wieder«, sagte sie in bedrohlichem Tonfall. »Wir beide sind noch nicht durch mit dem Thema.« In ihren Augen funkelte ein Lächeln. »Hasta la vista, Schätzelchen!«

Sophie schloss die Augen.

Ein halber Zentimeter, und ihr Kopf wäre exakt auf die Ecke des Pults geknallt. Und das Abendblatt hätte ihre Stelle neu besetzen müssen.

Doch Sophie hatte Dr. Schroeders Gesicht gesehen, ganz am Anfang.

Es war nicht vollkommen sicher gewesen, ob diese Neubesetzung nicht so oder so anstand.

Ein Trauma.

Es konnte eine Weile dauern, bis die volle Wirkung eintrat.

Tilly schaute von nun an jeden Tag vorbei, in der Regel am späten Nachmittag, gleich nach dem regulären Dienstschluss.

Das Thema Urlaub sprach sie regelmäßig an, aber nie wieder so deutlich wie in der ersten Nacht.

Das war nicht notwendig.

Das Trauma war schon an der Arbeit.

Einige von Sophies Freundinnen aus der Redaktion ließen sich ebenfalls blicken. Der Chefredakteur hatte gleich am ersten Tag ein monströses Blumenbouquet geschickt.

Wie zur Beerdigung, dachte Sophie.

Kurt Sandow blieb in Lübeck. Im Augenblick wurden Szenen abgedreht, bei denen er Tag für Tag gebraucht wurde.

Doch er hatte angerufen. Und ehrlich besorgt geklungen, ehrlich erleichtert, nachdem Dr. Schroeder ihm auf Sophies Bitte hin versichert hatte, dass die Verletzte auf dem Weg der Besserung sei.

Auch Sophies Mutter hatte sich gemeldet, aus Antalya, wo ihre Eltern noch bis nach Ostern gebucht hatten. Wie jedes Jahr. Doch wenn sie irgendetwas für ihre Tochter tun könnten: Ein Wort, und ... keine Frage, sie würden alles stehen und liegen lassen.

Sophie verkniff sich dieses Wort.

Ihre Mutter schien nicht unglücklich darüber.

Eine Woche im Universitätsklinikum.

Eine Woche, in der der Chef der Stadtwerke von sich aus an die Presse ging und das Ergebnis einer internen Untersuchung in seiner Behörde verkündete: Man war auf eine Reihe von Unregelmäßigkeiten zum Vorteil eines ortsansässigen Bauunternehmens gestoßen, an denen sich mehrere subalterne Mitarbeiter bereichert hatten. Die Führungsetage zeigte sich erschüttert.

Sophies Artikel über die Zement-Connection war damit gestorben.

Sie las die Berichte im Abendblatt, den Kommentar von Hartwig Schöttel. Einer der Kollegen, die fest davon überzeugt waren, dass sie selbst auf Sophies Posten eine weit bessere Figur machen würden.

Ein äußerst wohlwollender Kommentar im Übrigen,

der ausdrücklich hervorhob, dass auf die Selbstreinigungskräfte in den städtischen Behörden eben doch Verlass sei.

Sophie von Wiedenthal stellte fest, dass sie nichts dabei empfand, als sie die Worte las.

Dr. Schroeder war äußerst zufrieden mit ihren Fortschritten. Nach der Gehirnerschütterung hatten sich keinerlei Komplikationen eingestellt. Mit ihrem Nacken musste Sophie sich noch immer vorsehen, ruckartige Bewegungen vermeiden ... Doch sie wusste selbst, dass nicht das unangenehme Ziehen im Genick der eigentliche Gegenstand des Traumas war.

Ihre Kraft wollte einfach nicht zurückkommen.

Sophie war sich nicht sicher, wie sie das Gefühl beschreiben sollte. Es war mehr als Kraftlosigkeit. Ihr war klar, dass sie die Kraft hätte erzwingen können. Kraft, aufzustehen und ihre sofortige Entlassung aus dem Krankenhaus einzufordern. Kraft, wieder zur Arbeit zu gehen und zu schreiben. Möglicherweise war sie im Moment nicht zu Wunderdingen in der Lage, zu dem geschliffenen Stil, der Sophie von Wiedenthals Kolumne im Abendblatt auszeichnete, doch sie war sich sicher, dass sie schon irgendwie funktionieren würde, wenn sie nur wollte.

Aber wollte sie überhaupt?

Was sie fühlte, war nicht eigentlich Verzweiflung.

Es war überhaupt kein starkes Gefühl. Ein bisschen Ärger vielleicht über ihre Kraftlosigkeit, aber vor allem ...

Gleichgültigkeit.

Sophie von Wiedenthal, einunddreißig Jahre, dreifache Gewinnerin des Journalistenpreises.

Sophie von Wiedenthal, liiert mit dem Mann, nach

dem Millionen von Teenagern schmachteten. Teenager von vierzehn bis vierundachtzig.

Nichts davon schien mehr irgendeine Bedeutung zu haben. Ihr Posten in der Redaktion, der allmählich in Gefahr geriet, wenn sie kein Signal gab, wann sie die Arbeit wieder aufnehmen würde. Die ungeklärte Beziehung mit Kurt Sandow.

Eine Woche nach ihrer Einlieferung stand sie in der Nasszelle ihres Krankenzimmers und betrachtete das Gesicht, das ihr aus dem Spiegel entgegenblickte.

War sie schmaler geworden in den letzten Monaten? Dann verriet die Waage nichts davon. Außerdem hätten in diesem Fall ihre Gesichtszüge deutlicher hervortreten müssen, und genau das Gegenteil war der Fall. Unbestimmt. Dunkelblondes, halblanges Haar, die Augenbrauen, in denen irgendwann mal ein Piercing gesessen hatte, so farblos, dass sie kaum zu sehen waren. Ein Gesicht, das irgendeinem Menschen gehören konnte, seltsam blass in der fensterlosen Nasszelle.

Vollkommen anders als die Gestalt, die plötzlich über Sophies Schulter ins Bild kam.

Tante Tilly, ganz in Blau heute, von der auftoupierten Tolle bis zu den farblich abgestimmten Sportschuhen.

»Du bist aufgestanden«, stellte die Maskenbildnerin fest. »Welche Freude für deine älteste und beste Freundin.«

Sophie hob die Schultern, ohne sich umzusehen.

Tilly blieb stehen, und Sophie konnte beobachten, wie ihre Augen wieder schmal wurden.

Was ist mit dir los, Sophie?

Hätte ihre älteste und beste Freundin die Frage laut gestellt, hätte sie diesmal wohl sogar eine Antwort bekommen.

Wenn Sophie die Antwort nur gekannt hätte.

»So, und jetzt reicht es!«

Resolut deponierte Tante Tilly ihre Handtasche – blau wie der Rest – auf Sophies Krankenbett, pflanzte ihr ausladendes Gesäß auf die Bettkante und klopfte auffordernd auf das Laken.

»Jetzt unterhalten wir beide uns mal ernsthaft von Frau zu Frau. Ich habe genug davon, mir ansehen zu müssen, wie du jeden Tag weniger wirst.«

Sophie hatte sich zu ihr umgedreht. Ihre Augen zogen sich zusammen, und für einen Moment spürte sie Wut in sich aufsteigen.

Diese Person war nicht ihre Mutter.

Doch die plötzliche Aufwallung war kurz und schwach, wie alle Gefühle schwach waren in den letzten Tagen.

Keine Kraft.

Schwer ließ sich Sophie auf das Krankenhausbett sinken.

»Du wirst krank werden, wenn du noch länger hierbleibst«, stellte die Maskenbildnerin fest. »Sieh dich doch um!«

Sophie hatte ein Einzelzimmer, einer der Vorteile ihrer privaten Krankenversicherung. Doch sie wusste, was Tilly meinte.

»Jeder zweite Mensch in diesem Gebäude ist krank«, schnaubte die Maskenbildnerin. »Kein Wunder. Du musst hier raus – aber du wirst auf keinen Fall wieder zur Arbeit gehen.«

»Was?« Kraftlos oder nicht, es gab eine Grenze.

Jeder Mensch hat das Recht, seine Art zu leben zu verteidigen, dachte Sophie. Und wenn es nur ein jammerndes Elend ist, das er verteidigt.

»Du wirst Urlaub machen.« Tilly ließ sie nicht aus den Augen. »Deine Kolumne wird so lange ausgesetzt. Dein Platz in der Donnerstagsausgabe auf Seite drei bleibt dir erhalten. Keine andere Kolumne, keine Vertretung. Du behältst deinen Schreibtisch und dein Büro.«

»Was?« Sophie schüttelte den Kopf. »Schöttel versucht seit Jahren, an diesen Job zu kommen! Im Abendblatt hat es an dieser Stelle immer eine Kolumne gegeben! Cornelsen würde doch niemals freiwillig ...«

Justus Cornelsen war neunundachtzig Jahre alt, doch kein Verleger dieser Welt hatte seine Redaktion dermaßen im Griff wie der greise Inhaber des Abendblatts, des Lokalsenders, der Werbeagentur – von allem, was dazugehörte im Medienhaus. Er schien geradezu in den Redaktionsräumen zu wohnen. Wenn sämtliche Mitarbeiter in den Feierabend verschwunden waren, selbst Sophie, die nun wirklich ungewöhnliche Arbeitszeiten hatte, brütete Justus Cornelsen in seinem Glaskasten noch über den Revisionsabzügen der nächsten Ausgabe. Und wehe, es hatte sich irgendwo ein Fehler eingeschlichen. Dann musste Tilly als Mädchen für alles ...

Tilly!

Die Maskenbildnerin betrachtete nachdenklich ihre Fingernägel. Stirnrunzeln, als sie die Hand über die Revers ihres blassblauen Jacketts legte.

»Das beißt sich.« Gemurmelt. »Frisch aufgetragen war das ein wunderschönes Bleu. Aber jetzt? – Das ist ein Taubengrau! Ein taubendreckiges Grau! Und ich wunder mich den ganzen Tag, was die Leute mich anstarren.«

Justus Cornelsen. Irrwitzige Vermutungen darüber, was der hinfällige Verleger und Tante Tilly nach Dienstschluss wohl miteinander anstellen mochten, gehörten zu den *standing jokes,* die in den Redaktionsräumen hinter vorgehaltener Hand ausgetauscht wurden.

Irrwitzig, weil schon die bloße Vorstellung Wahnsinn war.

Derselbe Wahnsinn wie der Gedanke, dass es oben rechts auf Seite drei zum ersten Mal seit 1876 keine Kolumne geben sollte.

»Ich hab vorgeschlagen, dass wir an der Stelle das Wetter bringen.« Tilly blickte auf. »Kommt zwar auf der neun noch mal, aber das ändert sich ja so schnell.«

Sophie bekam den Mund nicht wieder zu. Die Maskenbildnerin musste irgendwas gegen den alten Mann in der Hand haben, kompromittierende Fotos oder sonst was. Anders war dieser Irrsinn nicht vorstellbar.

»Zwei Bedingungen«, sagte Tilly.

Sophie kniff die Augen zusammen.

»Keine Sorge.« Eine abwiegelnde Handbewegung. »Die erste wird dir gefallen. Hohenholz wird dir gefallen. Ich bin selbst seit …«

Die Maskenbildnerin verstummte. Ihr Blick schien sich in weiter Ferne zu verlieren. Ein Seufzen. »Lange, lange her.« Ein Kopfschütteln. »Jedenfalls wird es dir gefallen. Wenn es einen Ort gibt, an dem überhaupt nichts los ist, dann ist es Hohenholz. Genau, was du brauchst.«

Da kommt sie her! Der Gedanke war plötzlich in Sophies Kopf. Das muss ihr Heimatort sein!

Sophie von Wiedenthal hatte noch nie von einem Hohenholz gehört, doch wenn dieses verschlafene Örtchen ansatzweise so aussah, wie sie es sich vorstellte, genügte ein Blick auf Tante Tilly, um zu erklären, warum sie sich dort ein halbes Leben nicht mehr hatte blicken lassen.

Und, vielleicht war es nur der Klang des Wortes: Hohenholz. Vielleicht war es das Gefühl, das Sophie plötzlich spürte: etwas vollständig Unbekanntes, das doch etwas Bestimmtes in ihr anrührte. Hohenholz. Ganz weit draußen, ganz weit weg. Ein Ort, um Atem zu holen. Ein Ort, um etwas wiederzufinden, das man vor langer, langer Zeit verloren hatte.

Aber vielleicht war es auch einfach nur ihre Kraftlosigkeit. Die Tatsache, dass sie selbst nicht imstande war, einen anderen Vorschlag zu machen.

»Gut«, sagte sie. »Deine erste Bedingung. Du hast mir ein Quartier ausgesucht. In Ordnung.«

»Ein Quartier.« Tilly nickte. »Und eine Bahnverbindung für morgen früh. – Nein, das ist nicht die zweite Bedingung. Aber es wär schon schön, wenn du in den Zug steigst, sonst verfällt das Ticket. – Ach ja, Dr. Schroeder ist einverstanden, dass du morgen aus der Klinik entlassen wirst.«

Justus Cornelsen. Dr. Schroeder.

Sophie hob die Augenbrauen.

»Mit wem hast du *nicht* gesprochen?«

»Kurt Sandow.«

»Was?«

Tilly fixierte sie. »Das ist die zweite Bedingung.«

»Was hat Kurt Sandow damit zu tun?«

»Überhaupt nichts«, stellte Tilly fest. »Und deshalb wird er auch nicht erfahren, wohin du fährst. Dein Handy lässt du am besten hier. – Sophie.« Die Maskenbildnerin griff nach ihrer Hand. »Diese Zeit ist für dich. Ganz allein für dich. Und es ist vollkommen gleichgültig, wie lange sie dauert. Hohenholz ist ein besonderer Ort, das wirst du sehr schnell merken. Und Sandow hat dort nichts verloren. Der würd noch mit der Mistgabel auf dem Heuhaufen versuchen, in die *Bunte* zu kommen.«

Sophie antwortete nicht.

Hohenholz.

Kein Handy. Kein Kurt Sandow.

Zeit für mich.

»Einverstanden«, sagte sie leise.

Acht Uhr dreißig.

Tante Tilly war auf die Minute pünktlich, lotste Sophie über die Krankenhausflure, nachdem die ehemalige Patientin sich von Dr. Schroeder verabschiedet und einen Zwanziger für die Schwesternkasse dagelassen hatte.

In Tillys Peugeot, der einer Louis-Vuitton-Handtasche so ähnlich sah, wie das für ein Auto möglich war, wartete Sophies Reisegepäck.

Sie stellte fest, dass sie kein bisschen verwundert war. Am zweiten Tag im Krankenhaus hatte sie widerstrebend ihre Wohnungsschlüssel rausgerückt, damit die Maskenbildnerin sich um ihre Zimmerpflanzen kümmern konnte.

Auf der Suche nach dem Abfahrtgleis hängte Tilly die jüngere Frau beinahe ab. Die Tage in den klimatisierten Krankenhausräumen forderten ihren Tribut.

Und nicht diese Tage allein.

Sophie spürte eine Erwartung, eine verhaltene Neugier tief in ihrem Innern, wie ein Kind sie am Heiligen Abend spürt, wenn es eigentlich schon zu groß ist für den Weihnachtsmann. Nicht offen eingestanden, aber doch zu deutlich, um sich vollständig verleugnen zu lassen.

Hohenholz.

Sophie von Wiedenthal war auf jedem der sechs Kontinente gewesen, in den meisten Fällen auf journalistischer Mission. Doch es war der Klang dieses Wortes, der ein leises Kribbeln in ihr weckte.

Hohenholz.

Aber da war die bleierne Müdigkeit in ihrem Körper.

Es fühlt sich nicht an, als ob ich frisch aus dem Krankenhaus komme.

Es fühlt sich an, als wäre ich auf dem Weg dorthin.

Zu ihrer Überraschung hatte Tilly nicht den ICE gebucht, sondern eine bessere Bimmelbahn, die alle zehn Kilometer halten würde. Erst als die Maskenbildnerin ihr den Fahrplan erklärte, begriff Sophie, warum.

Die Fahrt würde über fünf Stunden dauern. Der ICE hätte für den allergrößten Teil der Strecke – bis Hannover – weniger als zwei gebraucht. Doch dafür würde Sophie kein einziges Mal umsteigen müssen.

Sie beobachtete, wie Tilly sich einen Zugbegleiter schnappte und ihn unmissverständlich anwies, auf diese Reisende ein besonderes Auge zu haben. Der Mann widersprach nicht. Niemand widersprach Tilly, wenn sie diesen Ton anschlug. Schon in der Hoffnung, dass das Gespräch dann schneller vorbei sein würde.

»So, Schätzelchen.« Tilly verstaute das Gepäck an Sophies Fensterplatz. »Sie werden in Dorfmark am Bahnhof auf dich warten. Erkennen werden sie dich schon; da steigt kaum ein Mensch aus. Und schließlich trägst du keine Uniform.«

Keine Uniform?

Doch Tilly hatte eine Miene aufgesetzt, als versuchte sie sich im letzten Moment an etwas Wichtiges zu erinnern.

»In wenigen Minuten hat Abfahrt der Regionalexpress nach Hamburg über Leverkusen, Remscheid …«

Die Bahnsteigdurchsage.

Mit einem Mal veränderte sich Tillys Gesichtsausdruck. Ihr Blick zuckte zur Tür.

Wie ein Tier in der Falle. Ein merkwürdiges Gefühl in Sophies Magen.

Sie hatte nicht die Spur eines Zweifels: Die Maskenbildnerin war davon überzeugt, dass Hohenholz Sophie von Wiedenthal guttun würde.

Doch Tilly selbst hatte eine panische Angst vor ihrem Heimatort. Schon bei der Vorstellung, in einem Zug gefangen zu sein, der Kurs auf Hohenholz nahm – oder den nächstgelegenen Bahnhof –, wurde sie blass unter ihrer künstlichen Bräune.

Die Maskenbildnerin fuhr sich mit der Zunge über die Lippen.

»Wenn du irgendwie ein schlechtes Gefühl hast«, schärfte sie Sophie ein. »Wenn du das Gefühl hast, dass irgendwas ... nicht stimmt: Du hast meine Nummer. Ruf mich an, und ich komme und hol dich. – Sie haben Telefon im Ort.«

Was sagte es aus, dass es offenbar notwendig war, das zu erwähnen? Einen Moment lang dachte Sophie an ihr Handy.

Tilly holte Luft.

»Wenn du mit Dorothea sprichst, sag ihr Grüße von mir, und ...« Sie biss die Zähne zusammen. »Ach ja: Ich bin Schichtleiter in der Fertigung.«

»Was?«

Tilly schob sich bereits rückwärts durch den Gang in Richtung Ausstieg.

»Den Kindern geht es bestens.«

»Was?«

Doch Tilly war jetzt fast an der Tür, eine halbe Wagenlänge von Sophie entfernt, blieb für eine Sekunde stehen.

Ihre Blicke trafen sich.

Werd gesund!

Dann war sie nicht mehr zu sehen.

Momente später fanden Sophies Augen sie wieder. Tilly stand auf dem Bahnsteig, hatte ein schneeweißes Stofftaschentuch gezückt und winkte.

Mit einem ächzenden Geräusch schlossen sich die Türen, und der Zug ruckte an.

Sophie hob die Hand und hielt sich an dem fliederfarbenen Farbtupfer fest, bis er aus ihrem Blick verschwunden war.

Das Käuzlein ruft zur nächt'gen Stille:
Auf, lasst die Pflöck' und Pflüge fahr'n!
Nun ruhet aller Menschen Wille.
Für heut' ist's Tagewerk getan.

(Dorothea Helmke, Heide im Halblicht)

Das monotone Stampfen der stählernen Räder.

Ein grauer Regenvorhang vor dem Fenster. Der Regionalexpress kam kaum dazu, richtig zu beschleunigen, bevor er für den nächsten Halt schon wieder abbremsen musste.

Kleinstadtbahnhöfe, Ortsnamen, die Sophie schon bald nichts mehr sagten.

Ihre Augen waren ständig im Begriff zuzufallen. Der von Tilly eingeschüchterte Zugbegleiter hatte sich kurz nach der Abfahrt erkundigt, ob es ihr gut gehe, und Sophie beobachtete aus dem Augenwinkel, dass er immer mal wieder in ihre Richtung sah.

Sie könne ruhig ein wenig schlafen, hatte er ihr vorgeschlagen. Er werde sie zwanzig Minuten vor Dorfmark wecken, dann habe sie alle Zeit der Welt.

Sophie hatte nur genickt.

Aus irgendeinem Grund war es ihr wichtig, wach zu bleiben, die vorüberziehende regengraue Landschaft zu betrachten.

Ein Gefühl zu bekommen für die Distanz, die sie zwischen ihr altes Leben brachte und …

Sie schüttelte den Kopf. Sie wusste nicht, was sie erwartete. Da war der Klang des Wortes Hohenholz, wie das Echo eines fernen Versprechens.

Doch da war nichts, was sie von sich aus tun, von sich aus denken konnte.

Es fühlte sich nicht an wie ein Anfang.

Jedenfalls nicht wie der Beginn einer Story, die zu schreiben Sophie von Wiedenthal sich zugetraut hätte.

Am Abend der Preisverleihung hatte noch klirrender Frost geherrscht. Jetzt schien die froststarre, klar konturierte Welt des Winters sich aufzulösen, schien jede Form davonzurinnen in einen grauen Frühling hinein.

Hohenholz.

Ich bin Schichtleiter in der Fertigung.

Den Kindern geht es bestens.

Welche Geschichte dahintersteckte, wollte sich Sophie gar nicht ausmalen. Tillys Leute zu Hause mussten jedenfalls ein ganz eigenes Bild von dem Leben haben, das sie … das *er* in Köln führte.

Sophie war sich nicht sicher, ob sie der schrillen Person hätte böse sein sollen. Sie fühlte sich viel zu kraftlos dazu und hatte sich fast schon an diesen Zustand gewöhnt. Doch irgendwie spürte sie auch keine wirkliche Veranlassung.

Das Unternehmen, auf das sie sich eingelassen hatte, war vollkommen unvereinbar mit Sophie von Wiedenthal, wie sie einunddreißig Jahre lang existiert hatte.

Irgendwann bemerkte sie ihr Spiegelbild in der Fensterscheibe und sah, dass sie still vor sich hin lächelte.

Wann genau sie eingeschlafen war, konnte sie später nicht mehr sagen.

Der Zugbegleiter hielt Wort.

Der regengraue Tag war im Begriff, in den Abend überzugehen, als der Zug sich Dorfmark näherte.

Weit weg, draußen vor den Zugfenstern, begann die Wolkendecke aufzureißen. Fahles Rot stand über der flachen Gegend.

Sophie sah überraschend viel Wald. Sie erinnerte sich, irgendwann in einem früheren Leben mal an einer Autobahnabfahrt Dorfmark vorbeigekommen zu sein. Zwischen Hamburg und Hannover.

Hohenholz lag in der Lüneburger Heide, hatte Tilly gesagt.

Die Beschreibung hatte Sophie ausgereicht.

Ganz weit draußen.

Sie hielt sich an der Rückenlehne ihres Sitzes fest und stand vorsichtig auf, war beinahe überrascht, dass sie sich nach ein paar Stunden Schlaf tatsächlich etwas fitter fühlte.

Sie balancierte, streckte sich nach ihrem Reisekoffer im Gepäckfach.

»Moment! Ich helfe Ihnen!«

Im selben Augenblick leitete der Zug das Bremsmanöver ein. Sophie griff nach der Rückenlehne, klammerte sich fest.

»Entschuldigung. Sind Sie in Ordnung?«

Sophie blickte auf. Eine Uniform.

Erkennen werden sie dich schon; da steigt kaum ein Mensch aus. Und schließlich trägst du keine Uniform.

Das hier war allerdings keine echte Uniform: ein Flecktarnanzug.

Sophie kniff die Augen zusammen. Das gesamte Abteil wurde jetzt von Gestalten in solchen Anzügen bevölkert, die sich reckten, aufstanden, sich offenbar bereitmachten, den Zug in Dorfmark zu verlassen.

»Wollten Sie an Ihren Koffer?«

»Ja ...« Sophie schüttelte sich. Ihr Blick kehrte zurück zu dem Mann, der sie angesprochen hatte. »Ja«, sagte sie. »Das wäre wirklich ... nett.«

Doch in diesem Moment hatte er schon über ihren Kopf hinweggegriffen und das Gepäckstück in den Mittelgang befördert.

»Danke«, murmelte Sophie.

Der Soldat lächelte, deutete einen Gruß an, blieb noch einen Augenblick stehen.

Ein Mann um die vierzig, nicht viel größer als sie selbst, die Haare militärisch kurz. Doch irgendwas an ihm stimmte nicht.

Im nächsten Moment begriff Sophie. Auf der Schulterklappe seiner Uniform: eine stilisierte Krone.

An seiner Sprache war etwas seltsam gewesen. Der Akzent war kaum zu hören, doch der Mann war Engländer! Ein Blick durchs Abteil: Alle diese Männer waren Engländer. Die britischen Streitkräfte, die seit dem Ende des Zweiten Weltkriegs in der Lüneburger Heide stationiert waren.

Bevor ihr Helfer sich mit einem Nicken wegdrehte, erhaschte sie noch einen Blick auf sein Namensschild: Maj. W. Richardson.

Sophie ließ die Soldaten passieren, bevor sie sich selbst auf den Weg in Richtung Ausstieg machte. Unterdrücktes Gemurmel und Gebrummel. Vermutlich hatten sie ebenfalls einen langen Reisetag hinter sich.

Die Dämmerung hatte schon eingesetzt, als Sophie ins Freie kletterte und sich umsah.

Ein einziger Bahnsteig, ein winziges, verlassenes Bahnhofsgebäude. Hier und da hohe Bogenlampen, vereinzelte Inseln aus Licht auf dem Pflaster.

Hochspannungsleitungen, darauf Rabenvögel in langen Reihen, Seite an Seite.

Die Kolonne der britischen Soldaten schob sich am Gebäude vorbei auf einen wartenden Bus zu. Davon abgesehen war weit und breit kein Mensch zu sehen.

Ganz weit draußen, dachte Sophie. Das hast du doch gewollt.

Als hinter ihr der Zug von Neuem anruckte, ließ sie ihr Gepäck zu Boden gleiten.

Im selben Moment entdeckte sie eine Gestalt, einen Mann mit einer Schiebermütze, der sich im Schatten des Stationsgebäudes hielt. Seine Augen schienen den britischen Soldaten nachdenklich zu folgen, bevor er nickte, wie zu sich selbst, und sich zu Sophie umdrehte.

Als er ins Licht trat, musste sie sein Alter sofort deutlich nach oben korrigieren. Rentner, eine ganze Weile schon.

»Frau von Wiedenthal?« Er zog die Mütze vom Kopf. Volles, schlohweißes Haar. Ein Gesicht, das fast ausschließlich aus Falten zu bestehen schien, aber ein freundliches Gesicht. »Wilhelm Helmke. Ich bin Tilmans Vater.«

Tilman!

Tilman Helmke, Schichtleiter in der Fertigung des Abendblatts.

Wilhelm Helmke streckte ihr die Hand entgegen. Der Händedruck war fester als erwartet.

Vater Helmke konnte tatsächlich Schichtleiter gewesen sein.

Er musterte Sophie von oben bis unten. Aufmerksam.

Sie trug eine Winterjacke, dazu schwarze Jeans. Eigentlich ganz normal zu dieser Jahreszeit.

Den Kindern geht es bestens.

Sophie spürte, wie ihre Kehle eng wurde.

Er kann mich doch unmöglich für Tillys Freundin halten! Der eigene Vater! Er muss die Freundin doch kennen!

Sophie schluckte.

Es gab keine Freundin. Genauso wenig wie es Kinder gab.

Erst jetzt kam ihr der Gedanke, dass es allmählich an der Zeit war, wütend auf Tante Tilly zu werden.

Wilhelm Helmke war keine Plaudertasche.

Tilly musste wohl eher nach ihrer Mutter kommen.

Doch Sophie empfand das Schweigen des alten Mannes nicht als unangenehm.

Bevor sie ihn hatte zurückhalten können, hatte er ihr Gepäck schon geschultert und marschierte zu einem Parkplatz, wo er den Koffer in einem Geländewagen verstaute, einem in die Jahre gekommenen Landrover von undefinierbarer Farbe.

Zwei Minuten später verließen sie Dorfmark.

Die funzelartigen Lichter des Wagens schnitten Balken aus der Dunkelheit. Sophie versuchte sich die Ortsnamen auf den Hinweisschildern zu merken, stellte aber nach kürzester Zeit fest, dass es gar keine Schilder mehr gab. Vater Helmke war offenbar kein Freund der großen Verbindungsstraßen. Ein weiser Entschluss angesichts des Zustands seines Gefährts.

Über dem Hämmern des Dieselmotors hätten sie sich so oder so nicht unterhalten können.

Alle paar Minuten nickte der alte Mann nach rechts oder links, brummte eine knappe Bemerkung, auf die er offenbar keine besondere Reaktion erwartete: »Hier hat's übel gebrannt vor ein paar Jahren«, oder: »Hier fängt der Truppenübungsplatz an.«

Doch es war schon zu dunkel, um noch wirklich etwas zu erkennen. Baumskelette gegen einen abendgrauen Himmel.

Irgendwann ging die Asphaltpiste in Kopfsteinpflaster über, führte um mehrere Kurven, während das Gelände gleichzeitig hügeliger wurde. Ohne dass Helmke einen Hinweis geben musste, spürte Sophie, dass sie sich ihrem Ziel näherten.

Sekunden später traten die Baumreihen zu beiden Seiten des Fahrwegs zurück.

Im rötlichen Nachglühen des Sonnenuntergangs lag eine weite, tief ins Gelände geschnittene Senke vor ihnen. An den Hängen, bis an den Rand des schwarzen Waldes, graue Flächen, die Felder sein mussten. Oder Wiesen. Oder Heide. Zwei, drei Handvoll gelblicher Lichter kuschelten sich am tiefsten Punkt des Tals eng aneinander.

Sophie wusste im selben Moment, dass sie diesen ersten Blick nie wieder vergessen würde.

Hohenholz.

Das Gefühl, das bereits der Klang dieses Namens in ihr ausgelöst hatte, war noch einmal stärker geworden.

Tillys Heimatort. Sophies eigene Familie stammte aus dem dicht bevölkerten Rheinland. Bis zum Beginn ihrer Pressekarriere hatte die junge Frau so ziemlich ihr gesamtes Leben in der Stadt verbracht, und doch war es ein Gefühl …

Als ob man nach Hause kommt.

»Im Wald sieht's überall ziemlich gleich aus im Dunkeln, aber vor ein paar Hundert Metern haben wir den Übungsplatz wieder verlassen.« Wilhelm Helmke schien gesprächiger zu werden, je mehr sie sich der Futterkrippe näherten. »Transitstraßen quer durchs Gelände: eine von Westen, die andere aus der Gegenrichtung. Schmeckt ihnen natürlich nicht auf dem Platz, aber irgendwie müssen wir schließlich ins Dorf kommen.«

Sophie nickte verstehend.

Was musste es für ein Gefühl sein, so weit draußen zu leben, ohne echte Straßen, am Rande eines militärischen Übungsgeländes, auf allen Seiten umgeben von schwarzem Wald?

Du bist im Begriff, es herauszufinden, dachte sie.

Der Fahrweg führte in einem weit geschwungenen Bogen in die Senke hinab. Das Kopfsteinpflaster war kaum breiter als die Achse des Geländewagens, doch auf der linken Seite schien es einen Streifen aus festgefahrener Erde zu geben, über den man notfalls ausweichen konnte.

Bei Gegenverkehr. Sophie hatte Zweifel, dass diese Situation allzu häufig eintrat.

»Für die Pferde.« Helmke musste ihren Blick bemerkt haben. »Die kommen besser klar damit.«

Pferde!

Die ersten Häuser. Fachwerkgebäude: rötliche Lehmziegel, eingebettet in massives dunkles Gebälk. Sophie sah nur Ausschnitte, die der Lichtkegel des Rovers einfing.

Eine huschende Bewegung quer über die Straße: eine Katze? Ein größeres Tier?

Altertümliche Laternen, scheinbar willkürlich an der

Straße verstreut. Sophie war fast überrascht, dass sie elektrisch betrieben wurden.

Schließlich der Dorfplatz. Um eine Rasenfläche wuchsen mächtige, uralte Bäume. Im Zentrum ein Steinhaufen, nein, ein Denkmal. Schon waren sie vorbei.

Jetzt gab es nicht einmal mehr Kopfsteinpflaster. Ein Fahrweg aus gestampfter Erde. Hinter dem Dorfplatz hielt Helmke sich rechts, zwischen zwei niedrigen Stallgebäuden hindurch. Hörte Sophie ein erleichtertes Seufzen vom Fahrersitz, als er in die Hofeinfahrt einscherte?

Sie hielt den Atem an.

Das Haus mochte hundert Jahre alt sein, vielleicht noch wesentlich älter. Nein, kein Haus: ein Gutshof, ein Schlösschen beinahe, mit einem kleinen Turm über dem Eingangsportal, hinter dessen Fenstern gelbliches Licht tanzte.

Doch auch im Erdgeschoss, links von der Tür, waren mehrere Fenster erleuchtet. Im nächsten Moment zusätzlicher Lichtschein, als die Tür geöffnet wurde.

Man hatte sie erwartet, natürlich. Wenn sich ein Fahrzeug näherte – besonders wenn es sich um dieses Gefährt handelte –, musste das schon Minuten im Voraus zu hören sein.

Direkt vor der Treppe brachte Helmke den Wagen zum Stehen, reckte sich mit einem unterdrückten Ächzen in seinem Sitz.

Die Silhouette einer Gestalt erschien in der Tür, ein kleinerer Schatten zu ihren Füßen, der sich um ihre Beine schmiegte. Diesmal mit Sicherheit eine Katze.

Sophie öffnete die Wagentür, tastete sich mit dem Fuß vor, bis sie den Boden spürte, hielt sich am Ausstieg fest.

Die Scheinwerfer erloschen.

Das Haus mit seinen erleuchteten Fenstern war nur ein paar Schritte entfernt, doch die plötzliche Dunkelheit war …

Automatisch warf Sophie einen Blick in den Himmel – und blieb wie angewurzelt stehen.

Der Anblick nahm ihr den Atem. Kahles Geäst ragte in ihr Blickfeld, doch dazwischen war mehr als Dunkelheit.

Ihre Kindheit hatte Sophie im Dunstkreis von Köln verbracht, doch dann hatte es begonnen: Sie war in der Karibik gewesen und in Nepal, am Rande des Himalaja. In Kairo, Tokio, in Mexico City. Für die *Geo* hatte sie eine Expedition an den Polarkreis begleitet.

Der Himmel über Hohenholz war höher und weiter als an jedem anderen Ort der Welt.

Sie hatte noch nie so viele Sterne gesehen.

Die Gestalt in der Tür bewegte sich einen Schritt nach vorn, stützte sich dabei auf einen Gehstock. Eine alte Frau in einem dunklen Kleid, darüber eine schneeweiße Schürze. Das eisgraue Haar war zu einem Dutt frisiert, wie Sophie ihn nur von alten Fotos kannte.

Tillys Mutter.

Sophie spürte einen Kloß im Hals, ohne selbst zu wissen, warum.

»Na, da ist er ja, unser Besuch!« Die alte Frau breitete einen Arm aus. Mit dem anderen musste sie sich an ihrem Stock festhalten. »Kommen Sie doch rein, Kindchen! Sie müssen ja ganz erschöpft sein. Ich darf Sie doch Sophie nennen?«

Sophie schluckte, nickte stumm. Kindchen, nicht Schätzelchen, aber die Stimme hatte unerhörte Ähnlichkeit mit Tillys Plauderton. Etwas tiefer und brüchiger vielleicht, aber auf jeden Fall war es eine Stimme, der man einfach gerne zuhörte.

Und die alte Frau plapperte schon weiter, während sie sich auf der Schwelle umdrehte und vor Sophie herhumpelte, über einen breiten, gekachelten Flur zu einer offenstehenden Tür auf der linken Seite.

»Ach, ich bin ja noch gar nicht fertig mit allem. Kennen Sie das? So früh man auch anfängt, irgendwie schafft man dann doch alles nur auf den letzten Drücker. Und wir wollten Sie doch richtig empfangen an Ihrem ersten Abend. Bitte setzen Sie sich doch! Mein Mann zeigt Ihnen nachher Ihr Quartier. Gino bereitet das noch vor.«

Gino?

»Bitte.« Die alte Frau humpelte an einem schweren Küchentisch vorbei, wedelte mit der freien Hand zu einer rustikal geschnitzten Bank aus dunklem Holz. »Sie möchten sicher erst mal einen Kaffee? Ja? Und einen Happen zu essen? Ich habe frisch gebacken, und …«

Sophie nickte wie betäubt, ließ sich auf der Bank nieder, sah sich mit offenem Mund um.

Diese Küche! Sie wagte sich nicht auszumalen, wie viele Menschen früher von hier aus verpflegt worden waren; allein der Ofen hatte Ausmaße, dass man darin ein ganzes Schwein hätte braten können. Helle glasierte Kacheln an den Wänden, klobige Gerätschaften wie aus dem Freilichtmuseum, doch Sophie hatte nicht die Spur eines Zweifels, dass sie hier noch in Gebrauch waren.

Der Raum selbst war gigantisch. Ein mittelgroßes Wohnzimmer war kleiner, und das hier war die Küche. Doch gleichzeitig war der Raum einfach nur gemütlich. Zum Wohlfühlen.

Genau so soll es sein.

Auch wenn Sophie selbst nicht so genau wusste, was sie überhaupt meinte.

»Und Ihr Kaffee!« Mutter Helmke grinste, als sie den größten Kaffeebecher vor Sophie absetzte, den die junge Frau je gesehen hatte.

»Mein Geheimrezept«, zwinkerte die Gastgeberin.

Aus dem Flur ein unterdrücktes Ächzen. Wilhelm Helmke mit Sophies Gepäck. Sie biss die Zähne zusammen. An ihren Koffer hätte sie denken müssen.

»Los!« Tillys Mutter nickte ihr aufmunternd zu. »Probieren Sie! Sie werden überrascht sein. – Aber seien Sie ehrlich! Ich kriege es mit, wenn Sie nicht ehrlich sind.«

Die Augenlider wurden aufmerksam zusammengekniffen, als Sophie den Becher an den Mund führte.

Daher also hatte Tilly diesen Blick.

Sophie stellte keinen Moment infrage, dass die alte Dame sie ertappen würde, falls sie es wagte, etwas anderes als ein schonungslos ehrliches Urteil abzugeben.

Der erste Schluck.

Sophie schloss die Augen.

Mein erster Kaffee in Hohenholz.

Sie trank, und …

Sie starrte in die Tasse.

»Was ist das?«, flüsterte sie.

»Kalk«, erklärte ihre Gastgeberin. »Ein, zwei Messerspitzen voll zerstoßener Eierschalen in den Filter, und der Kalk neutralisiert die Säure. Wilhelm könnte seinen Kaffee gar nicht mehr trinken ohne die Eierschalen. – Wilhelm hat's am Magen«, vertraute sie Sophie mit gedämpfter Stimme an.

»Das ist unglaublich«, murmelte die junge Frau, nahm noch einen Schluck. »Er ist kein bisschen bitter, und doch … Frau Helmke, ich war in Ecuador. In Kenia auch. Aber ich habe in meinem Leben noch nicht so einen Kaffee …«

»Dorothea.«

»Was?«

»Wenn ich Sie Sophie nenne, müssen Sie Dorothea zu mir sagen. Darauf bestehe ich.« Tillys Mutter streckte ihr eine altersfleckige Hand entgegen. »Dorothea Helmke.«

Sophie starrte auf die ausgestreckten Finger.

Wenn du mit Dorothea sprichst, sag ihr Grüße von mir.

Und Tillys Vater hatte sich mit vollem Namen vorgestellt: Wilhelm Helmke.

Eins und eins. Sophie hatte die Zahlen schlicht nicht zusammengezählt.

Dorothea Helmke.

Ein Bild blitzte in ihrem Kopf auf: ihr Arbeitsplatz zu Hause, in der Dachgeschosswohnung in Köln-Rodenkirchen. Der Bücherschrank. Sie war kaum noch zum Lesen gekommen in den letzten Jahren, aber bei welchem Menschen, der Bücher liebte, stand nicht mindestens ein Band von Dorothea Helmke im Regal? Der weibliche Hermann Löns, wie die FAZ mal getitelt hatte. Heimatliteratur, hatte Hartwig Schöttel im Abendblatt geschrieben. Wie eine einzige Frau ein ganzes Genre zu neuem Leben erweckt. Dieses eine Mal hatte Sophie von Wiedenthal ihrem ewigen Widerpart von Herzen zustimmen können. Dorothea Helmkes Art zu schreiben war einzigartig. Unvergleichlich. Der ewig zitierte Vergleich mit Hermann Löns wurde ihr nicht ansatzweise gerecht. Wo der verschrobene Heidedichter des frühen zwanzigsten Jahrhunderts kitschig war, war Dorothea Helmke einfach nur ehrlich.

Ihre Lyrikbände, die die Landschaft und ihre Bewohner nicht etwa verklärten, sondern sie so beschrieben, wie die Dichterin sie sah. Ehrlich, einfühlsam, aber doch mit einer tiefen Zuneigung, einer Liebe zu diesem Land und seinen Menschen, die aus jedem Wort und jeder Silbe sprach. Aber auch die dunkleren, schwerer fassbaren Texte des Spätwerks, in denen sich dem Leser tiefe Wahrheiten eröffneten, wenn er nur lange genug den Sinn der Sätze überdachte. In jedem Wort ein Hauch von …

Hohenholz.

Sophie starrte ihre Gastgeberin an.

Das war Dorothea Helmke? Sophie konnte sich nicht erinnern, jemals ein Foto der Frau gesehen zu haben.

Aber es gab eben Menschen, die sich nicht um eine Fotostrecke in den Lifestyle-Magazinen prügelten.

Und diese alte Dame mit ihrem Gehstock und ihrer schneeweißen Schürze …? Undenkbar.

Dorothea Helmkes Hand war noch immer ausgestreckt.

Doch die Augen hatten sich zu schmalen Schlitzen geschlossen.

Sie weiß genau, was mir im Kopf herumgeht. Jedes Wort.

Mit Sicherheit erlebte Dorothea Helmke diese Reaktion ständig. Doch gleichzeitig fiel es schwer, sich vorzustellen, dass besonders viele Neugierige den Weg nach Hohenholz fanden.

Sophie griff nach der Hand der alten Frau.

»Sophie von Wiedenthal«, sagte sie.

»Ich weiß.« Tillys Mutter lächelte. Ein Ausdruck, der ihr Gesicht vollständig veränderte. »Tilman hat mir viel über Sie geschrieben. Gerade in den letzten Tagen, aber auch schon vorher. Wenn wir uns nur häufiger mal sehen könnten. Leider komme ich mit weiten Reisen einfach nicht mehr zurecht.«

»Den …« Sophie verhaspelte sich. »Den Kindern geht es bestens.«

Eine Augenbraue wurde gehoben, und schon war der Gesichtsausdruck wieder ein vollkommen anderer.

Netter Versuch.

Sophie überließ die Konversation zum größten Teil ihrer Gastgeberin, die darüber alles andere als unglücklich zu sein schien. Nach wie vor fiel die Vorstellung schwer, dass diese fröhliche alte Dame mit dem eisgrauen Dutt eine mehrfache Literaturpreisträgerin sein sollte.

Andererseits hatte Sophie Zweifel, ob man ihr selbst so ohne Weiteres ansah, dass sie dreimal hintereinander den Journalistenpreis gewonnen hatte. – Höchstens dann, wenn Kurt Sandow daneben stand.

Doch der war an diesem Abend Lichtjahre entfernt.

Dorothea Helmke war durchaus neugierig. Gerade weil die alte Frau so viel redete, hatte Sophie kaum eine Chance, ausweichend zu reagieren, wenn Dorothea Helmke eine kurze Frage nach ihrem eigenen Leben einwarf.

Tilman kannte Sophie, weil sie beide im selben Unternehmen beschäftigt waren. So viel war klar. Glücklicherweise machte die Gastgeberin keinen Versuch, dieses Thema weiter zu vertiefen, sodass es Sophie erspart blieb, sich Räuberpistolen über seine Großtaten in der Fertigung aus den Fingern zu saugen.

Nach einer Weile gesellte sich Wilhelm zu ihnen an den Tisch, und seine Frau trug ein Gebäck namens Heidesand auf, frisch aus dem Ofen.

An der Unterhaltung beteiligte sich Tillys Vater kaum. Er hatte lediglich Nachricht gegeben, dass Sophies Unterkunft jetzt hergerichtet war. Der ominöse Gino hatte sich bereits zu den Pferden begeben, was Dorothea mit einem Stirnrunzeln quittierte.

»Dann lernen Sie ihn wohl erst morgen kennen«, bemerkte sie zu Sophie, wobei sie ihre Hand kurz auf die Finger der jüngeren Frau legte und schon wieder bei einem ganz anderen Thema war.

Wilhelm beschränkte seine Beiträge nach wie vor auf Hmm-hmm für »Ja« und Mmh-mmh für »Nein«. Ein einziges Mal warf er ein: »Richardson ist wieder da. Ich hab ihn am Bahnhof gesehen.«

»Hmm«, machte Dorothea. Und das konnte alles bedeuten.

Über der Küchenarbeitsfläche hing eine schwere Uhr mit klassischem Zifferblatt. Sophie war sich sicher, dass sie nicht mit Batterie funktionierte.

Die Zeiger gingen auf neun, als sich Dorothea über die Schürze strich und die junge Frau aufmerksam betrachtete.

»Aber jetzt quassel ich Sie die ganze Zeit voll, dabei müssen Sie doch todmüde sein.«

Sophie öffnete den Mund, um zu widersprechen. Sie hätte der alten Frau stundenlang zuhören können, und streng genommen tat sie genau das ja auch die ganze Zeit. Doch unvermittelt löste sich ein mächtiges Gähnen. Sie konnte gerade noch die Hand vor den Mund halten.

Tillys Mutter lächelte. »Wir gehen ziemlich früh zu Bett hier in Hohenholz«, erklärte sie. »Und stehen früh wieder auf. Aber ich bin mir sicher, dass Sie sich schnell daran gewöhnen werden.« Wieder legte sie kurz die

Hand auf Sophies Finger. »Ich bin so glücklich, dass Sie bei uns sind, Sophie. Langsam merken Wilhelm und ich das Alter eben doch, und Gino ist vielleicht eine Hilfe auf dem Hof, aber hier im Haus …«

Überrascht legte Sophie die Stirn in Falten, strich dann aber rasch eine Haarsträhne zurück und hoffte, dass Dorothea Helmke ihre Reaktion nicht bemerkt hatte.

Als was hatte Tilly sie seinen Eltern angekündigt? Als neues Au-pair?

Sie schüttelte den Kopf: »Nein, wirklich, ich fand das sehr interessant, aber ich fürchte, ich bin jetzt in der Tat ziemlich …«

Müde, dachte sie. Ja, das war das richtige Wort: rechtschaffen müde. Eine Müdigkeit, die sich vollkommen anders anfühlte als die bleierne Kraftlosigkeit, die sie in den letzten Tagen gespürt hatte, und, wenn sie ehrlich war, schon vorher, seit Monaten oder sogar länger.

Wie ich mich dagegen gewehrt habe am Anfang. Aber irgendwann habe ich gedacht, das müsste so sein.

»Na, dann lassen Sie sich mal die Remise zeigen.« Dorotheas Lächeln wurde breiter. »Keine Angst: Wir haben sie vor Jahren ausbauen lassen, als wir alles auf Motorkraft umgestellt haben. Sie haben dort mehr Komfort als wir mit unserem altmodischen Zeug hier im Haus.«

»Ich finde das überhaupt nicht …« Ein neuer Gähnanfall schnitt Sophie das Wort ab.

»Also jetzt aber wirklich ab ins Bett!« Dorothea stand auf.

Sie konnte dieselben kategorischen Anweisungen geben wie ihre Tochter.

Ihr Sohn. Tilman.

Sophie kam auf die Beine, und Wilhelm erhob sich mit

ihr, schweigsam, wie seine Frau gesprächig war, aber sympathisch in seiner Schweigsamkeit, weil diese Schweigsamkeit ehrlich war. Das war es, dachte Sophie, was Hohenholz ausmachte – wie ein Gedicht von Dorothea Helmke: Es gab keine verborgenen, verdeckten Betonungen, auf die man lauschen musste.

Die Dinge, dachte sie, sind so, wie sie sind.

Wilhelm nahm sich eine Taschenlampe von einer Anrichte im Flur. Ein elektrisches Gerät, doch selbst solche Gegenstände waren seltsam altertümlich in Hohenholz. Ein wuchtiges Etwas aus den Fünfzigern.

»Schlafen Sie gut in Ihrer ersten Nacht in Hohenholz!«, wünschte Dorothea und berührte Sophies Oberarm. Ein kurzer Blick in den Nachthimmel. »Der Mond nimmt schon wieder ab.«

Was die Bemerkung über die Mondphase bedeuten sollte – Sophie kam nicht mehr dazu nachzufragen. Wilhelm stieg wortlos die Stufen hinab, richtete den Strahl der Taschenlampe auf einen kiesgestreuten Pfad, der um das Herrenhaus herum zu den rückwärtigen Gebäuden führte.

Die junge Frau folgte ihm, warf selbst einen Blick in den Himmel, die unglaubliche Fülle der Sterne über Hohenholz. Die Milchstraße lag wie ein breites Collier aus funkelnden Juwelen über der Breite des Nachthimmels, und der Mond war tatsächlich nicht vollständig rund, wobei Sophie von sich aus unmöglich hätte sagen können, ob er am Zu- oder Abnehmen war.

Der Garten des Herrenhauses ähnelte einem verzauberten Park in seinem Licht. Knorrige alte Bäume warfen bizarre, unbestimmte Schatten auf den Boden, und im

Buschwerk leuchteten für Momente kleine aufmerksame Augen auf, als die Taschenlampe sie erfasste.

Augen.

Sophie kniff die Lider zusammen.

Sie konnte nicht sagen, was es war. Es war …

Rechts von mir.

Langsam drehte sie sich um. Die Bäume. Es war tatsächlich ein Park, der sich in dieser Richtung fortsetzte. Irgendwo dort musste das Dorf zu Ende sein, in die steilen Hänge übergehen, auf den Wald zu.

Dunkel. Keine einzelnen Stämme mehr mit kahlen Ästen, sondern wie ein massiver Körper, Baum an Baum, zu Dunkelheit verdichtet.

Doch die Dunkelheit war nicht leer. Da waren …

Augen.

Dort ist irgendjemand.

Sophie spürte, wie eine Gänsehaut ihre Arme zu überziehen begann.

Unsicher machte sie einen Schritt in diese Richtung.

»Sophie?«

Sie zuckte zusammen.

Wilhelm war stehen geblieben, schon fast zwanzig Meter entfernt. Er kannte den Weg, und er war rüstig für sein Alter.

»Kommen Sie?«

»Ich …« Ein letzter Blick über die Schulter. Bäume. Dunkelheit. War da etwas? War da etwas gewesen? Sie schüttelte den Kopf. »Ich komme.«

Der Weg zur Remise war weiter, als sie gedacht hatte. Zumindest wirkte es im Dunkeln so. Sie erkannte die Umrisse mehrerer Gebäude, hörte unterdrückte Laute aus einem davon.

Die Pferde.

Und wer weiß, was für Tiere noch auf dem Hof der Helmkes lebten.

Tillys Vater schien den hintersten Winkel des Geländes anzusteuern, ein niedriges Gebäude, das noch einmal von den Stallungen zurückgesetzt war. Als er es fast erreicht hatte, hob er den Lichtkegel der Taschenlampe, leuchtete langsam über die Fassade.

Sophie blieb stehen.

Die Remise. Ein einstöckiges Häuschen, vermutlich ein Fachwerkbau, doch die Fassade war weiß verputzt worden. Eine niedrige Tür, mit winzigen Fenstern zu beiden Seiten, führte ins Innere, das Dach war mit Reet gedeckt. Rosenstöcke zwischen den Fenstern, liebevoll an Spalieren hochgezogen und zu dieser Jahreszeit natürlich ohne Blüten. Doch Sophie glaubte zu spüren, wie sie träumten, vom Frühling träumten.

Dieses Häuschen!

Oh mein Gott, dachte Sophie von Wiedenthal.

Ich glaube, ich habe mich verliebt.

Sophies Quartier bestand aus zwei kleinen, aber unglaublich gemütlichen Räumen zu beiden Seiten eines schmalen Flurs, der auf ein winziges Bad hinführte. In einer Ecke des Wohnzimmers gab es eine Kochnische, doch ihr wurde auf den ersten Blick klar, dass sie hier keine Vier-Gänge-Menüs zaubern würde, und dass das auch nicht von ihr erwartet wurde.

Vollpension mit Familienanschluss, dachte sie und fragte sich, ob Tilly genau das im Sinn gehabt hatte.

Ging Dorothea Helmke tatsächlich davon aus, dass Sophie ihr im Haushalt zur Hand gehen würde? Seltsamerweise erschien die Vorstellung nicht halb so bizarr, wie sie sich anhörte.

Ich glaube, das könnte ich wirklich tun, dachte Sophie, als sie ihr Gepäck umrundete, das Wilhelm auf dem Eichenparkett des Wohnraums abgestellt hatte.

Sie trat ans Fenster, blickte in die Dunkelheit, in der der alte Mann verschwunden war, nachdem er ihr auf seine wortkarge Art eine gute Nacht gewünscht hatte.

Hohenholz ist ein besonderer Ort, hatte Tilly gesagt, und Sophie spürte, dass das die Wahrheit war. Sie hatte es gewusst, im selben Moment, in dem die Maskenbildnerin den Namen zum ersten Mal ausgesprochen hatte, und das Gefühl war immer deutlicher geworden.

Und doch hatte Sophie von Wiedenthal noch kaum etwas gesehen von Hohenholz. Die kurze Fahrt durch den Ort, das Herrenhaus der Helmkes, den Park in der Dunkelheit.

Sophie kniff die Lider zusammen.

Sie hatte dort draußen Augen auf sich gespürt, und es waren nicht allein die Augen kleiner Tiere gewesen, die auf der Jagd nach Beute durchs Unterholz raschelten.

Dort draußen ist etwas. Tiefer zwischen den Bäumen, am Rande des Dorfes, wo die Wiesen in den Wald übergehen.

Doch die Gänsehaut, die sie gespürt hatte, kehrte nicht zurück.

Ich bin schlicht und einfach erschöpft, beschloss Sophie. Sie hatte den größten Teil des Tages im Zug verbracht und die Woche davor im Krankenhaus.

Und die Wochen und Monate, vielleicht Jahre davor in einer Hölle von Redaktionssitzungen und Abgabeterminen. Und roten Teppichen.

Was Kurt Sandow wohl gerade tat?

Wie lange würde es dauern, bis ihm aufging, dass Sophie das Krankenhaus verlassen hatte, aber nicht in ihre Wohnung zurückgekehrt war? Was würde er davon halten?

Sophie schüttelte den Kopf.

Diese Frage würde ihr keine schlaflose Nacht bereiten.

So kraftlos und schlapp sie sich im Krankenhaus auch gefühlt hatte, hatte sie dort doch jeden Abend kaum in den Schlaf gefunden. Erschöpft und aufgedreht zugleich.

Heute Abend fühlte sie nichts davon.

Ihr Gepäck konnte sie morgen in den gebeizten Eichenschränken verstauen.

Heute Nacht würde sie – schlafen.

Sie ging hinüber in das kleinere der beiden Zimmer, schloss die Vorhänge und befreite sich von Jeans und Pullover, bevor sie unter die frisch aufgezogene Leinenbettwäsche schlüpfte. Das Laken fühlte sich etwas rau und unvertraut an auf ihrer nackten Haut, doch dieser Gedanke drang schon gar nicht mehr richtig durch.

Sophie tastete nach dem Schalter der Nachttischlampe und war im nächsten Moment eingeschlafen.

In Kinderaugen stilles Staunen.
Die Ahnin nach dem Buche greift.
Am Feuer tönt's wie fernes Raunen,
das durch altvord're Zeiten streift.

(Dorothea Helmke, Heim und Herd)

Dunkle Stämme von Bäumen.

Der Waldboden ist übersät von den toten Blättern des Vorjahrs.

Dichtes Unterholz, Beerensträucher. Ein stachliger Zweig, der sich in ihre Wade beißt wie eine winzige, giftige Schlange.

Rascheln, unterdrückte Rufe: Sie sind dicht hinter ihr, und es ist unmöglich, die Richtung auszumachen.

Gehetzt blickt sie sich um.

Die Bäume sind überall, an einigen von ihnen rostrote Markierungen.

Wie mit Blut geschrieben.

Die Rufe. Sie kommen näher.

Ihr Rock hängt in Fetzen. Blut an ihrem aufgeschürften Knöchel. Sie achtet nicht darauf.

Weiter!

Längst hat sie jede Orientierung verloren, doch das spielt keine Rolle. Nicht stehen bleiben!

Es wird nicht vorbei sein, wenn sie sie einholen.

Es wird beginnen. Die Hölle wird beginnen.

Welche Richtung? Gleichgültig.

Vor ihr ein tief ins Gelände geschnittenes, enges Tal, eine Schlucht beinahe, die Hänge bewachsen mit Kiefern.

Sie hält sich am Grund der Senke, die langsam ansteigt. Die Zweige peitschen ihr ins Gesicht, doch sie achtet nicht darauf.

Nicht stehen bleiben!

Sie sind hier, überall um sie herum.

Sie kann sie nicht sehen, doch sie spürt sie, spürt ihre Blicke auf sich.

Knotige Wurzeln, die nach ihr zu fassen scheinen wie grausam verkrüppelte Arme, das Rascheln der Zweige wie tückische Stimmen.

Augen, verborgen im dunklen Geäst.

Augen, die jedem ihrer Schritte folgen, wissen, was sie erwartet, wenn sie die letzten Zweige beiseitestreift, auf die Lichtung tritt.

Augen …

Sophie keuchte und riss die Lider auf.

Augen.

Fünfzig Zentimeter von ihrem Gesicht entfernt.

Hellblau und neugierig, umgeben von Sommersprossen und strohblondem Haar, das zu kurzen Zöpfen geflochten war, die schon im Begriff waren, sich wieder aufzulösen.

Ein kleines Mädchen, sechs oder sieben Jahre alt, saß im Schneidersitz auf einem Stuhl, den es sich ans Kopfende von Sophies Bett gezogen haben musste.

»Was …«, flüsterte Sophie. »Wie kommst du hier rein? Wie …?«

»Bist du jetzt wach?«, erkundigte sich die Kleine.

Sophie kniff die Augen zusammen, versuchte die letzten Reste des Albtraums zu vertreiben. Durch eine Lücke in den Vorhängen warf die Sonne eine Bahn aus Licht auf die Bodendielen.

»Wenn ich mit dir spreche, werd ich wohl wach sein«, murmelte sie.

»Mmh-mmh.« Ein Nein – exakt so, wie es sich bei Wilhelm Helmke angehört hätte. »Gesprochen hast du vorher schon. – Aber da hast du noch geschlafen.«

Die Kleine sprach im Brustton der Überzeugung, und im selben Moment wurde Sophie klar, dass sie tatsächlich im Schlaf geredet haben musste.

Augen zwischen den Bäumen. Die Rufe der Verfolger.

Sophie schüttelte sich.

»Das hast du auch gemacht«, bemerkte die Kleine. »Bist du jetzt wach?«, quengelte sie. »Ich darf erst mit dir sprechen, wenn du wach bist.«

»Ja.« Sophie räusperte sich. »Ich bin wach.«

Ihre Finger fuhren über das Laken unter ihrem Körper. Klitschnass geschwitzt. Sie schlug die Bettdecke beiseite.

Das kleine Mädchen hüpfte von seinem Stuhl. »Darf ich dir jetzt beim Auspacken helfen?«

»Was?«

Die Kleine zog sich einen halben Schritt zurück.

»Wilhelm hat gesagt, wenn ich warte, bis du wach bist, darf ich dir beim Auspacken helfen.« Leiser. »Wenn du einverstanden bist. – Wilhelm ist mein Uropa.«

Sophie kniff die Augen zusammen. Uropa? Dieses Mädchen … Tillys Enkelin?

Den Kindern geht es bestens.

Nein, unmöglich. Aber hatte sie eine Ahnung, ob

Tilly – Tilman – nicht ein halbes Dutzend Geschwister hatte?

»Dorothea ist meine Uroma«, erklärte die Kleine. »Die beiden sind nämlich verheiratet.«

Sophie nickte. Vollkommen wach war sie noch immer nicht. Sie tastete nach ihren Hausschuhen, aber die waren natürlich noch im Gepäck. Falls Tilly sie eingepackt hatte.

Darf ich dir beim Auspacken helfen?

Toilette, dachte Sophie. Kaffee. Dusche.

In dieser Reihenfolge.

Und danach das Auspacken. Irgendwann.

Doch das kleine Mädchen sah sie mit diesen großen, unglaublich blauen Augen an.

»Wie heißt du denn überhaupt?«, fragte die junge Frau.

»Rike. Das kommt von Frederike. – Und du heißt Sophie!«

»Genau.« Sophie biss die Zähne zusammen. Alles andere mochte warten können, aber die Toilette nicht.

»Rike, pass mal auf ...«

Poltern.

Sophie zuckte zusammen. Das Mädchen genauso, wobei es automatisch zwei Schritte rückwärtsging.

»Hallo?« Eine Männerstimme, gedämpft. Draußen an der Tür. »Hallo?«

»Moment!« Sophie griff sich ihren Pullover, die Jeans, machte den Reißverschluss zu, während sie barfuß über den Fliesenboden zur Tür tapste. »Sekunde!«

Sie fuhr sich durch die Haare, wohl wissend, dass für den Moment nicht viel zu retten war. Sophie atmete tief ein und öffnete die schwere Tür.

Gummistiefel, alles andere als sauber, ausgebeulte Jeans. Ein Flanellhemd, das irgendwann mal bessere Tage gesehen hatte – vermutlich zu der Zeit, als man noch Flanellhemden trug.

Der Mann mochte in ihrem Alter sein, aber irgendwie war er … finster.

Sein Gesichtsausdruck. Seine Haare, ein dunkles Braun. Selbst seine Haut, die unmöglich allein durch die Arbeit an der frischen Luft diesen Ton angenommen haben konnte. Er sah irgendwie südländisch aus, aber dann doch wieder nicht, sondern ganz einfach … finster.

»Hallo.« Noch einmal. Die Männer von Hohenholz machten offenbar keine unnötigen Worte. »Ich suche meine Tochter.«

»Ihre …«

Sophie hatte schon damit gerechnet, dass jemand vor der Tür stehen würde, der nach Rike suchte, aber das konnte doch unmöglich …

Dann sah er sie an.

Sophie hatte Mühe, ein Keuchen zu unterdrücken.

Diese Augen: Genau dieselbe Farbe, dasselbe unglaubliche Blau wie bei dem kleinen Mädchen, aber in diesem düsteren Gesicht wirkte es einfach … nein, nicht wirklich unpassend, aber doch dermaßen verwirrend, dass sie eine Sekunde lang den Faden verlor.

»Wenn Sie ein kleines Mädchen in Ihrer Wohnung haben, wird es meine Tochter sein«, sagte er unfreundlich. »Hier gibt es keine anderen Kinder.«

Im ganzen Dorf nicht? Oder nur auf dem Gutshof?

Sophie fuhr sich mit der Zunge über die Lippen, nickte. »Ja. Sie ist hier. – Rike!«, rief sie in Richtung Schlafzimmer, drehte sich wieder um. »Ich …«

Wortlos schob sich der Vater des Mädchens an ihr vorbei.

»Kommen Sie doch rein«, murmelte Sophie.

Er stampfte durch den Flur, wobei die Gummistiefel deutliche Flecken auf den Dielen hinterließen, und bog in den Schlafraum.

Als Sophie die Tür erreichte, hatte er sich bereits vor dem Mädchen aufgebaut und überschüttete die Kleine mit einem Wortschwall.

Einem Wortschwall, von dem Sophie im ersten Moment keine Silbe verstand.

Im ersten Moment.

»Maledetto! Ho le palle piene …«

Italienisch.

Gino!

Der mysteriöse Gino, der gestern Abend die Remise vorbereitet hatte und dann zu den Pferden verschwunden war, anstatt Sophie zu begrüßen.

Dann lernen Sie ihn wohl erst morgen kennen.

Sophie war sich nicht ganz sicher, ob sie darauf noch gesteigerten Wert legte.

Das kleine Mädchen jedenfalls schien sich von der Schimpftirade nicht sonderlich beeindrucken zu lassen. Rike stemmte die Fäuste in die Hüften und visierte ihren Vater aus ihren stahlblauen Augen an.

»Tu puzzi come un cane morto!«

Sophie zwang das glucksende Lachen zurück in ihre Kehle.

Du stinkst wie ein toter Hund!

Wo die Kleine recht hatte, hatte sie recht.

Doch Gino ließ sich davon nicht bremsen, holte zu einem neuen, farbenfrohen Wortschwall aus.

»Ich denke, das reicht jetzt!«

Sophie trat in den Raum. Die Außentür stand immer

noch offen, und allmählich wurden ihre nackten Füße ernsthaft kalt.

»Ihre Tochter wollte mir beim Auspacken helfen«, erklärte sie. »Und das finde ich sehr nett von ihr. Ich kann mir vorstellen, dass Sie sich ihretwegen Sorgen gemacht haben, und das tut mir …«

Gino war auf der Stelle verstummt, drehte sich zu ihr um und warf ihr einen dermaßen finsteren Blick zu, dass sie um ein Haar zurück auf den Flur gestolpert wäre.

»Komm jetzt mit!«, knurrte er dem Mädchen zu, griff nach Rikes Hand und drängte sich wortlos an Sophie vorbei.

Erst draußen auf dem Hof blieb er noch einmal stehen.

»Ja.« Seine Augen fixierten sie, dass sie um alles in der Welt keinen Schritt nach draußen gemacht hätte, barfuß oder nicht. »Allerdings habe ich mir Sorgen gemacht. Aber ich bin mir sehr, sehr sicher, dass Sie davon nicht den Hauch einer Vorstellung haben!«

Mit offenem Mund starrte Sophie ihn an, doch er warf ihr nur noch einen letzten, finster funkelnden Blick zu, bevor er sich umdrehte und über den Hof verschwand, das kleine Mädchen im Schlepptau.

Sophie stützte sich gegen den Türrahmen und sah den beiden nach, bis ihre eiskalten Füße sie zwangen, sich auf die Suche nach ihren Hausschuhen zu machen.

Gino.

»So ein Kotzbrocken«, hauchte sie.

Wenig hoffnungsvoll öffnete Sophie den kleinen Kühlschrank in ihrer Kochnische und glaubte für einen Moment nicht richtig zu sehen. Ein Teller mit unterschiedlichen Sorten Käse, ein Schälchen mit einem Klecks

Marmelade, ein anderes mit einem Stück Butter. Zwei Scheiben dunkles Brot. Fehlte nur der Kaffee – doch im selben Moment entdeckte sie die emaillierte Vorratsdose auf einem Wandbord.

Ein leises Geräusch.

Sophie spürte, wie ihr Puls ihr augenblicklich in die Kehle schoss.

Der unheimliche Traum. Die unangenehme Begegnung mit Gino.

Die Ankunft in Hohenholz kam ihr inzwischen selbst wie ein Traum vor, dem das böse Erwachen gefolgt war.

Bis sie die Kühlschranktür geöffnet hatte.

Sie drehte sich um, lauschte. Nichts. Oder doch?

Schritte, draußen vor der Tür.

Eine Gänsehaut trat auf Sophie von Wiedenthals Arme.

Gestern Abend, Augen zwischen den Bäumen, Augen im verlassenen Park des Herrenhauses. Eisblaue Augen in einem finsteren Gesicht?

Lautlos huschte sie ans Fenster, sah eben noch Ginos Rücken, der in einem der Stallgebäude verschwand.

Er hatte sich an der Remise rumgedrückt! Schon wieder! Ihr Herzschlag pochte in den Schläfen.

Er hatte seine Tochter wieder. Innerhalb von zehn Minuten konnte Rike unmöglich ein zweites Mal verschwunden sein.

Was hatte er hier zu suchen?

Sophie schlang die Arme um ihren Körper. Sie trug noch immer Jeans und Pullover, und jetzt auch die Hausschuhe aus ihrem Koffer – doch wenn sie sich bei ihrer Morgenroutine für eine andere Reihenfolge entschieden hätte, wäre sie in diesem Moment vielleicht gerade splitterfasernackt aus der Dusche gekommen.

Auf Zehenspitzen ging sie in Richtung Tür.

Blödsinn. Von den Wirtschaftsgebäuden her waren jetzt mehr oder weniger regelmäßige, dumpfe Laute zu hören.

Gino war beim Holzhacken.

Er ist weg, dachte sie. Hoffentlich endgültig diesmal.

Vorsichtig öffnete sie die Tür.

Eine Milchflasche und ein kleines Päckchen, umwickelt mit Alufolie.

Sophie spürte, wie ihr Gesicht knallrot anlief.

Eilig bückte sie sich, schnappte sich Flasche und Päckchen und drückte die Tür hinter sich ins Schloss.

Auf dem Weg ins Wohnzimmer wickelte sie das Päckchen aus.

Eierschalen.

Und ein Zettel.

»Für den Kaffee. Wenn Sie den Inhalt haben wollen, kommen Sie ins Haus zu einem richtigen Frühstück. – D.«

Dorothea Helmke.

»Ich hätte Sie vorbereiten sollen.« Schuldbewusst blickte Dorothea in ihre Kaffeetasse. »Mir ist vollkommen klar, wie Gino auf Menschen wirken kann, die ihn noch nicht kennen.«

Das Wörtchen »noch« entging Sophie nicht. Nach wie vor war sie sich keineswegs sicher, ob sie Wert darauf legte, nähere Bekanntschaft mit dem Vater des kleinen Mädchens zu schließen.

Dabei hatte sie ihre Worte vorsichtig gewählt. Dorothea schien von ihrer morgendlichen Begegnung mit Vater und Tochter zu wissen, von Rike selbst vermutlich.

Jedenfalls hatte Sophie sich fest vorgenommen, sich in keiner Weise über den Mann zu beschweren.

Worüber hätte sie sich auch beschweren sollen? Dass er ihr Kaffeemilch und Eierschalen gebracht hatte, in Dorotheas eigenem Auftrag? Dass er einfach ein finsterer Typ war? – Wie er seine Tochter erzog, ging sie nichts an.

Die alte Frau stieß einen Seufzer aus, stützte sich an der Tischkante ab und humpelte hinüber zu einem Bücherregal.

Die beiden Frauen hatten sich diesmal nicht in die Küche gesetzt, sondern an einen Esstisch vor einem großen Panoramafenster, das auf das Wiesengelände hinausging. Weit entfernt wurde das Blickfeld vom Saum des schwarzen Waldes begrenzt.

Das Fenster stand offen, und der Geruch und die Geräusche des Vorfrühlingstages strichen in den Raum. Landluft, dachte Sophie. Die ganz gewöhnlichen Gerüche und Geräusche eines großen Bauernhofs, und doch mehr als das.

Wilhelm war ein Stück entfernt in den Wiesen zugange, und er war nicht allein. Zwei andere alte Herren gingen ihm offenbar zur Hand. Der wirre, schneeweiße Haarschopf von einem der beiden leuchtete wie eine silberne Fackel.

Sophie glaubte eine Handsichel zu erkennen, dazu noch andere Gerätschaften, die sie nicht kannte. Die Alten arbeiteten mit langsamen, aber konzentrierten Bewegungen, stumm aufeinander abgestimmt in einem Rhythmus, der sich dem Auge nicht auf der Stelle erschloss, doch Sophie war sich sicher, dass er da war: wie der seit Menschengedenken unveränderte Atem der Jahreszeiten über Hohenholz.

Als Dorothea zurückkam, legte sie einen dicken, ledergebundenen Wälzer auf der Tischfläche ab, schlug die Hände auf dem Deckel übereinander. Ein Fotoalbum?

»Ich weiß nicht, was Ihnen Tilman über unsere Familie erzählt hat«, begann die alte Frau.

Sophie biss die Zähne zusammen. Bis vor zwei Tagen hatte sie nicht mal gewusst, dass Tante Tilly eine Familie hatte.

Sie spürte den Blick der alten Frau auf sich. Dorotheas Augen waren plötzlich so schmal, dass nichts Weißes mehr zu sehen war, sondern nur noch – blau. Heute Morgen erst, bei Tageslicht, hatte Sophie begriffen, von wem die kleine Rike und ihr Vater diesen verunsichernden Blick geerbt hatten.

Ich muss ihr gar nicht antworten, dachte Sophie. Wie viel sieht sie wirklich von dem, was ich denke?

»Dacht' ich's mir«, murmelte Dorothea, schien einen Moment zu zögern, betrachtete Sophie noch einmal aufmerksam.

»Dann gibt es etwas, das wir beide miteinander zu klären haben, bevor ich Ihnen etwas erzähle. – Ich weiß, was Sie für einen Beruf haben, Sophie. Und ich sage Ihnen ganz offen, dass ich Journalisten gegenüber meine Vorbehalte habe. Das ist einer der Gründe, aus denen ich Hohenholz ungern verlasse: Ich möchte keine Fragen beantworten.«

Sophie öffnete den Mund, doch Dorothea hob die Hand: Sie war noch nicht fertig.

»Was es zu meinen Gedichten zu sagen gibt, habe ich bereits gesagt: in den Gedichten. Ein Gedicht gefällt dem Leser, berührt etwas in ihm – oder es gefällt ihm eben nicht. Warum sollte es ihm auf einmal besser gefallen, wenn er etwas über denjenigen weiß, der es geschrieben hat?« Ihr Mundwinkel zuckte. »Wenn er weiß, dass ich zerstoßene Eierschalen in den Kaffeefilter gebe?«

Sophie konnte gar nicht anders, als das Lächeln zu erwidern, obwohl sie ganz genau wusste, dass sie der alten Frau eigentlich hätte widersprechen müssen. Die Menschen hatten ein Recht auf Informationen, und Journalisten hatten die Aufgabe, diese Informationen zu beschaffen.

Doch sie wusste auch, wozu einige ihrer Kollegen in der Lage waren, wenn sie eine bestimmte Information auf Teufel komm raus haben wollten: von Teleobjektiven und Richtmikrofonen bis zu unerlaubtem Eindringen auf Privatgelände. Selbst Hausabfälle von Prominenten waren schon durchwühlt worden.

»Und was tun Sie, wenn einer meiner Kollegen vor der Tür steht?«, fragte sie.

Die alte Frau lachte leise: »Oh, das kommt nur sehr, sehr selten vor. Vergessen Sie nicht, wo wir uns hier befinden. Hohenholz liegt mitten im militärischen Sperrgebiet. Wir sind vollständig vom Gelände des Truppenübungsplatzes eingeschlossen, des größten in diesem Teil des Kontinents, seit zwei oder drei Generationen schon. Heute steht er unter NATO-Kommando, wobei die Briten die größte Rolle spielen. Und sie passen sehr genau auf, was auf ihrem Gelände vorgeht und wer es über die Transitstrecken nach Hohenholz passiert. Sie kennen jedes einzelne Fahrzeug hier im Ort, jeden einzelnen Bewohner. Sie wissen, wer in Hohenholz etwas zu suchen hat und wer nicht.« Sie betrachtete ihre altersfleckigen Hände. »Natürlich hat es immer mal wieder Versuche gegeben vonseiten einiger Presseleute.« Sie hob die Schultern. »Die ein oder zwei, die es bis ins Dorf geschafft haben, haben wir an die britischen Streitkräfte ausgeliefert. Offenbar war das kein schönes Erlebnis. Jedenfalls hat sich seit vielen Jahren niemand mehr hier blicken lassen.«

Sophie starrte sie an. Übungsplatz hin oder her: Deutschland war ein freies Land. Wie konnte man irgendjemandem verbieten, ein Dorf zu betreten, das nun einmal mitten in Deutschland lag – ganz gleich, wo genau es lag?

»Aber wie können Sie …«

Die alte Frau hob die Hand. »Es gibt bestimmte Vereinbarungen«, sagte sie knapp. Und die Betonung machte deutlich, dass sie kein Wort mehr zu diesem Thema sagen würde.

Sophie biss die Zähne zusammen. Eine Prüfung, dachte sie. Wenn sie weiter nachbohrte, würde sie deutlich machen, dass sie nicht anders – nicht besser – war als ihre Kollegen mit den Teleobjektiven.

Dorothea Helmke fixierte sie. »Und eine Vereinbarung möchte ich auch mit Ihnen treffen, Sophie. – Wenn ich Ihnen etwas erzähle, tue ich das nur aus einem einzigen Grund: Sie werden jetzt für eine Weile bei uns leben, werden zu uns gehören. Zu Hohenholz. Zur Familie. Ich möchte Sie als meine Freundin betrachten und Ihnen als einer Freundin etwas anvertrauen.« Eine Pause. »Nicht als einer Journalistin. Sie werden mir Ihr Wort geben, dass keine Silbe, die wir hier miteinander sprechen oder die Sie mit irgendjemand anders in Hohenholz wechseln, nichts, was Sie sehen oder hören oder zu sehen oder zu hören glauben, über die Grenzen dieses Dorfes dringen wird. Geschweige denn in Ihre Zeitung oder ins Fernsehen. – Das …« Wieder legte sie die Hände über dem Deckel des Fotoalbums ineinander. »... sind meine Bedingungen.«

Sophie schluckte. Ihr war bewusst, dass diese Bedingungen nicht allein die Fotos betrafen, die sich in dem abgewetzten ledergebundenen Einband verbargen.

Sie konnte das Angebot der alten Frau akzeptieren – oder sie konnte Ausflüchte machen. Und würde daraufhin in zwei Stunden im Mittagszug zurück nach Köln sitzen.

Sie fuhr sich mit der Zunge über die Lippen, sah ihrer Gastgeberin fest in die Augen. »Ich bin mit Ihrem Vorschlag einverstanden«, sagte sie. »Ich werde nichts davon an irgendjemanden weitergeben. – Wobei es absolut unnötig ist, dafür extra ein Versprechen abzugeben. Ich würde nie etwas tun, das Tilman oder seiner Familie wehtun würde.«

Dorothea musterte sie aufmerksam, nickte zufrieden. »Ich täusche mich nur selten in Menschen«, sagte sie. »Nichts anderes hätte ich erwartet.«

»Aber ...« Diesmal war es Sophie, die die Hand hob. »Ich möchte Sie bitten, über etwas nachzudenken. Wir sind nicht alle so: die Journalisten. In Wahrheit verstehen die meisten von uns sehr gut, dass es Dinge gibt, die Menschen erzählen wollen und über die man in der Zeitung schreiben darf, und andere Dinge, die sie lieber für sich behalten. Und das ist auch kein Problem für uns – es sei denn, jemand versucht, die Leute da draußen zu verschaukeln: Politiker oder Industriebonzen oder sonst wer. Oder es steht ein echtes Verbrechen im Hintergrund ... oder ...«

Die alte Frau betrachtete sie sehr genau. Für einen Moment schienen ihre Augenlider kurz zu flattern, doch da konnte Sophie sich getäuscht haben.

»Jedenfalls«, sagte Sophie. »Ich möchte Sie einfach nur bitten, einmal darüber nachzudenken, ob Sie Ihre Leser nicht doch ein bisschen verstehen können. Dass es für sie einen Riesenunterschied macht, ob Ihre Gedichte von irgendeinem Karrieremenschen in Rodenkirchen getippt worden sind oder im Prenzlauer Berg oder in Schwabing, oder ob das, was sich so echt anfühlt ... ob das auch wirklich echt ist.« Sie holte Luft. Ihr war klar, dass sie sich umständlich ausdrückte, doch ihre Gastgeberin verzog keine Miene. »Was Hohenholz wirklich ist«, erklärte Sophie. »Dass man wirklich so leben kann. Ich glaube, dass das für die Menschen wichtig wäre. Dorothea, ich möchte Sie bitten, darüber nachzudenken, ob Sie nicht doch ein wenig aus Ihrem Leben erzählen wollen. Zunächst einmal mir, aber ich könnte es aufschreiben. Wir beide zusammen könnten es aufschreiben. Natürlich nur die Dinge, bei denen Sie einverstanden sind, dass sie an die Öffentlichkeit kommen: wie Sie aufgewachsen sind, wie Sie und Wilhelm sich kennengelernt haben. Wie Sie auf die Idee mit dem Schreiben gekommen sind. Vielleicht auch über das Dorf und seine Menschen. Nur das, was Sie wirklich wollen. – Und wer weiß: Vielleicht würde es dann sogar aufhören mit den Journalisten, die versuchen, sich durch das Übungsgelände zu schleichen.« Sie versuchte ein Lächeln. »Für die Briten wäre das doch sicher eine Erleichterung.«

Dorothea Helmke griff das Lächeln nicht auf. Sie betrachtete Sophie, und die hätte beim besten Willen nicht sagen können, was im Kopf ihrer Gastgeberin vorging.

Doch gleichzeitig war der Gedanke in Sophies eigenem Kopf auf einmal ganz deutlich: Was, wenn das der eigentliche Grund ist, aus dem ich hier bin? Wenn ich genau deswegen nach Hohenholz gekommen bin?

Es war vollkommen unmöglich zu erklären, wie das funktioniert haben sollte. Und doch fühlte es sich ganz genauso an wie am vergangenen Abend, als sie einfach nur in der Küche gesessen hatte, umgeben von den Gerätschaften, die einer vergangenen Zeit anzugehören schienen und trotzdem lebendig waren, hier an diesem Ort, in Hohenholz:

Ganz genau so soll es sein.

»Einfach nur nachdenken«, tippte sie noch einmal an. »Sie müssen sich jetzt noch nicht entscheiden, Dorothea. Sagen Sie mir einfach, dass Sie sich die Idee einmal durch den Kopf gehen lassen.«

Die alte Frau schwieg. Ihre Augen lagen auf Sophie.

Die einzigen Laute kamen von draußen. Ein regelmäßiges, schabendes Geräusch, das von Wilhelm und seinen Mitstreitern stammen musste, die sich die Wiese aufwärts auf das Haus zugearbeitet hatten. Befand Dorotheas Mann sich in Hörweite?

Gleichgültig, dachte Sophie. Das war nur fair. Worüber die beiden Frauen sprachen, Dorotheas Entscheidung, ging ihn ganz genauso an.

»Jetzt noch nicht«, murmelte Dorothea Helmke. »Nein. Jetzt noch nicht.«

Sophie hätte einiges dafür gegeben zu wissen, wo ihre Gedanken in diesem Moment waren.

Doch plötzlich ging ein Ruck durch die alte Frau.

»Gut. Ich denke darüber nach. Nicht mehr, aber auch nicht weniger. – Doch bis zu dem Moment, in dem ich mich entschieden habe, gelten meine Bedingungen. Nichts von dem, was Sie erfahren, verlässt diesen Ort.«

Sophie nickte stumm.

Erst dann schlug die alte Frau das Album auf.

Dorothea Helmke begann nicht etwa mit den ersten Seiten, sondern strich mit den Fingern über den Blattschnitt und öffnete den ledergebundenen Koloss dann im hintersten Drittel.

Fotografien, sorgfältig eingeklebt, vier Fotos auf jeder Seite.

»Gino ist mein Enkelsohn«, sagte sie leise. »Hier sehen Sie ihn mit seinen Eltern.«

Sophie beugte sich vor. Ein Baby in einem schneeweißen Strampler, das aus diesen unverwechselbaren blauen Augen neugierig in die Welt schaute.

Gino auf einer Krabbeldecke. Gino auf einem Klettergerüst. Gino beim Planschen in einem Bach – im Hintergrund erkannte Sophie die Umrisse des Herrenhauses. Das Bild war in Hohenholz aufgenommen worden.

»Wilhelm war ganz vernarrt in ihn.« Dorothea lächelte. Wieder ein neuer Ausdruck in ihren Augen, und Sophie wusste, dass sie in diesem Moment ganz weit weg war. »Ganz ähnlich wie heute in die kleine Rike.«

Sophie nickte. Unübersehbar, wer Wilhelm Helmkes liebstes Fotomotiv gewesen war: Die Eltern des Kleinen waren auf einigen der Aufnahmen zwar zu sehen, aber meistens nur halb verschwommen im Hintergrund. Manchmal auch nur eine körperlose Hand oder ein Arm, die das Kind festhielten, während es mit sichtlichem Vergnügen durch eine Schlammpfütze platschte.

Sophie musste an die Gummistiefel denken, an die dreckverkrusteten Abdrücke auf den Dielen der Remise. Manche Angewohnheiten entwickelten sich sehr, sehr früh im Leben.

Zumindest aber sah Sophie jetzt, dass Gino den schwärzlichen Ton seiner Haut von seiner Mutter geerbt hatte: einer hochgewachsenen Frau mit langen dunklen Haaren, die in weichen Wellen bis über die Schultern fielen. Soweit das zu erkennen war; die Erwachsenen tauchten ja kaum einmal auf. Der Vater des Jungen war überhaupt nur auf zwei Bildern zu sehen.

»Es war schön damals, den Kleinen hierzuhaben«, sagte Dorothea leise. »Doch das kam viel zu selten vor. Seine Eltern hatten sich in Italien kennengelernt und haben uns in den ersten Jahren nur in den Ferien besucht.« Sie zögerte. »Das war für niemanden von uns einfach, doch für Wilhelm, denke ich, noch ein wenig schwieriger als für mich. Dass jemand aus Hohenholz fortgeht, sogar ins Ausland ... das ist etwas, das wir hier eigentlich nicht kennen. Sämtliche Familien des Ortes leben schon seit vielen Generationen hier.« Sie hob die Schultern. »Was hätten wir Leuten von außen auch zu bieten?«

Sophie nickte stumm. Zuerst einmal hätten diese Leute eine Möglichkeit finden müssen, überhaupt nach Hohenholz zu kommen.

Dorothea seufzte. »Aber was blieb Wilhelm anderes übrig? Er ist natürlich ein alter Landwirt.« Sie lächelte. »Wie alle hier. Und als alter Landwirt hatte er immer den Gedanken im Kopf, an wen er den Hof einmal übergeben könnte. Doch schließlich hatte er ja noch Tilman.«

Sie hielt inne.

Doch es dauerte Sekunden, bis Sophie begriff.

Tilman. Tante Tilly.

»Er wollte, dass ... Tilman diesen Hof hier übernimmt?«, fragte sie. Nein, der pure Unglaube in ihrer Stimme war unüberhörbar.

Die alte Frau nickte, ohne die Augen von ihr zu lassen.

Sie weiß ganz genau, was in den Köpfen der Leute vorgeht, dachte Sophie.

Wie wahrscheinlich war es, dass ausgerechnet ihr eigener Sohn da eine Ausnahme machte?

Dorothea Helmke musste vollkommen klar sein, wie Tilly tickte. Sophie begann zu begreifen, warum es für die Maskenbildnerin unmöglich war, jemals nach Hohenholz zurückzukehren. Für seine Eltern musste Tilman eine einzige Enttäuschung gewesen sein, unfähig, auch nur zum Schein die Fassade aufrechtzuerhalten.

»Tilman konnte hier nicht leben«, sagte die alte Frau mit leiser Stimme. »Wenn Sie erst länger hier sind, werden Sie verstehen, was Hohenholz für uns alle hier bedeutet, doch es war unübersehbar, dass er ... dass das Dorf für ihn einfach nicht der richtige Ort war. Selbst Wilhelm musste es akzeptieren, als er seinen Entschluss verkündete fortzugehen. Und erst zu dieser Zeit kamen Ginos Eltern zu uns zurück.«

Sie blätterte um.

Noch mehr Kinderfotos. Doch jetzt war es nicht mehr der kleine Gino, der auf ihnen zu sehen war.

»Rike«, murmelte Sophie.

Dorothea Helmke schwieg.

Sophie brauchte einen Moment, bis dieses Schweigen zu ihr durchdrang. Sie blickte auf.

Die Lippen der alten Frau zitterten. Sophie sah, wie es in ihrer Kehle arbeitete.

»Nein«, sagte Dorothea mit rauer Stimme. »Marietta.«

»Marietta?«

»Ginos Schwester.« Die altersfleckigen Hände streichelten über das Bild, mit einer Geste von unglaublicher

Zärtlichkeit. »Sie war mehrere Jahre jünger als er. Ungefähr so alt wie Rike heute, als ihre Familie nach Hohenholz zurückkam. Gino war damals schon ein Teenager.«

Sophie nickte. Es gab jetzt nichts, das sie hätte sagen können. Nichts, das sich richtig angefühlt hätte.

Sie war mehrere Jahre jünger als er.

Dorothea hatte in der Vergangenheit gesprochen, und das konnte nur eines bedeuten.

»Für die Kinder war das alles ein Riesenabenteuer«, flüsterte die alte Frau. »Hohenholz. In Italien hatten sie immer in der Stadt gelebt, und jetzt auf einmal …« Sie schüttelte den Kopf. »Wir waren froh, wieder Kinder im Haus zu haben, und hier im Dorf haben Kinder immer ihre Freiheit gehabt, aber …« Sie brach ab, schloss die Augen.

Die alte Frau presste die Lippen aufeinander.

»Dorothea?«, fragte Sophie leise.

Eine Hand hob sich von den Seiten des Fotoalbums, verharrte zitternd in der Luft.

»Dorothea?« Alarmiert stand Sophie auf. »Geht es Ihnen nicht gut?«

»Moment.« Nur ein Flüstern. »Geht gleich vorbei.«

Gehetzt sah Sophie zum Fenster. War Wilhelm in der Nähe? Mit zwei Schritten war sie durch den Raum.

»Halt!«

Sie drehte sich um.

Dorothea Helmke hatte die Augen geöffnet, doch Sophie erschrak, als sie sah, wie blass ihre Gastgeberin geworden war.

»Küche«, flüsterte die alte Frau. »Schrank über … Spüle.«

Sophie fragte nicht nach, rannte hinüber in den überdimensionierten Raum, in dem sie am Vorabend beisammengesessen hatten. Der Ofen. Ein dunkler Hängeschrank an der gekachelten Wand. Sie riss die Schranktür auf.

Alltagsgeschirr, Steingut.

Doch aus einer der Tassen sah ein kleines Fläschchen hervor. Sie griff zu, rannte zurück zur Sitzecke vor dem Fenster.

Die Blässe in Dorotheas Gesicht hatte sich in Grau verwandelt. Ihre Hände waren zu Fäusten geballt.

»Unter … die Zunge.« Kaum zu verstehen.

Sophie starrte auf das Fläschchen. Ein Etikett mit einem medizinischen Namen, der ihr nichts sagte. Eine Sprühvorrichtung wie bei einem Parfümflakon.

Ihre Finger zitterten, als sie die Kiefer der alten Frau auseinanderdrückte. Dorothea wirkte wie gelähmt, war kaum eine Hilfe, schien sich eher gegen die Bewegung zu wehren.

Sophie gab ihr einen Stoß der Substanz unter die Zunge, zögerte. Einen zweiten. Sie hatte keinen Schimmer, wie hoch sie das Präparat dosieren musste.

Angespannt sah sie die alte Frau an.

Dorothea brauchte einen Arzt. Ein Telefon, verdammt! Doch Sophie hatte Zweifel, dass es im Haus eins gab, und ihr Handy hatte sie Tilly gegeben.

Gino! Oder Wilhelm. Irgendwo …

»Danke.«

Sophie sah die Kranke an. Unendlich langsam löste Dorothea Helmke ihre verkrampften Hände. Ein Hauch von Farbe war in ihr Gesicht zurückgekehrt.

»Danke«, sagte sie noch einmal, bereits etwas deutlicher. Sie holte Luft. »Ich soll es immer bei mir tragen«, brachte sie hervor, doch mit jedem Wort wurde ihre Stimme wieder etwas deutlicher. »Doch ich dachte, es reicht aus, wenn es im Schrank steht. Einen sichereren Ort gibt es nicht. Die Küche ist mein Reich. Weder Wilhelm noch Gino würden auf die Idee kommen, in meinen Küchenschränken rumzukramen. Und warum sollte ich ihnen Angst machen?«

»Sie sind krank«, sagte Sophie.

Dorothea schloss die Augen, doch diesmal nur für einen Moment. »Ich bin zweiundachtzig Jahre alt, Sophie, und ich weiß, dass mein Herz nicht gesund ist. Ich habe mein gesamtes Leben in Hohenholz verbracht, und irgendwann in nicht allzu ferner Zukunft werde ich in Hohenholz sterben.« Sie betrachtete die jüngere Frau. »So ist es immer gewesen, und es ist gut, wie es ist. Ganz genau so soll es sein.«

Sophie konnte ein Zusammenzucken nicht unterdrücken.

Doch Dorothea Helmke legte die Hand auf ihre Finger. »Machen Sie sich keine Sorgen, Kindchen. Noch ist es nicht so weit. Wenn Sie mir versprechen, dass Sie Wilhelm nichts von dem erzählen, was Sie gerade gesehen haben, gebe ich Ihnen mein Wort, dass ich heute Abend mit Herrmann Warnecke spreche. – Unser Arzt. Er wohnt zwei Häuser weiter.«

Ein leichtes Lächeln, und diesmal erlaubte Sophie sich ein Aufatmen.

»Wir haben für heute Abend ein paar Nachbarn eingeladen«, sagte die alte Frau. »Er wird dabei sein. Sie sind alle sehr neugierig, Sie kennenzulernen.«

Sophie biss sich auf die Lippen. »Ist das nicht zu anstrengend für Sie?«

Ihre Gastgeberin machte eine wegwerfende Handbewegung. »Mein Herz gerät manchmal ein bisschen aus dem Takt. Die beste Methode ist, nicht darauf zu achten. Und im schlimmsten Fall ...« Sie hob das Fläschchen mit ihrer Medizin und ließ es deutlich sichtbar in eine Tasche ihrer Schürze gleiten. »Zufrieden?«

Sophie nickte mit zusammengebissenen Zähnen. Sie hatte kaum eine Wahl.

»Setzen Sie sich wieder hin«, bat Dorothea. »Ich möchte Ihnen die Geschichte zu Ende erzählen.«

Sophie öffnete den Mund, doch sie schloss ihn wieder, ohne etwas zu sagen.

Die alte Frau hatte zu ihrem gewohnten Ton zurückgefunden, der keinen Widerspruch duldete.

Noch einmal schloss die Gastgeberin die Augen, dann strich sie über die Fotos, die ein kleines Mädchen zeigten, das Rike wie aus dem Gesicht geschnitten war. Rike, Ginos Tochter.

Marietta, Ginos Schwester.

»Unsere Kinder lernen sehr früh, dass es etwas Besonderes ist, in Hohenholz zu leben«, griff Dorothea Helmke den Faden ihrer Erzählung wieder auf. »Oder vielleicht sollte ich besser sagen: Für die Kinder ist es eigentlich gar nichts Besonderes, weil es genau dieses Leben ist, das sie kennen. Es gibt keine großen Straßen in Hohenholz, keine Verkehrsunfälle. Keine Drogen oder Schlägereien – es sei denn, zwei von unseren Männern beschließen, eine Meinungsverschiedenheit auf die altmodische Weise zu regeln.« Sie hob die Schultern. »In diesem Punkt sind sie wohl überall gleich. Doch es gibt eben auch die andere Seite. Das Dorf, die Wiesen und Felder, der Bach, auch der Gutspark bis an den Rand des Waldes. Ein einziger, gigantischer Abenteuerspielplatz, doch so gigantisch er auch ist: Er hat seine Grenzen, jenseits des Waldsaums. Nur ein kleiner Teil der Forstbezirke gehört noch zu uns. Dort schlagen wir das Holz für den Winter. Doch nicht weit dahinter beginnt der Truppenübungsplatz, und unsere Kinder wissen, dass sie diese Grenze nicht überschreiten dürfen.«

Sie tastete nach der Kaffeekanne, doch Sophie kam ihr zuvor und schenkte der alten Frau nach.

Herzanfall hin oder her: Sophie war klar, dass es sinnlos war, Dorothea Helmke ihren Kaffee verweigern zu wollen.

Die Gastgeberin nahm einen Schluck. »Damit wir uns richtig verstehen: Natürlich haben wir alle unseren Unsinn gemacht als Kinder.« Sie kicherte ihr leises, tiefes Lachen. »Was haben wir alles angestellt! – Herrmann Warneckes Vater könnte Ihnen da Geschichten erzählen, wenn Sie tatsächlich dieses Buch schreiben wollen …«

Sophies Herz machte einen Sprung.

Sie beginnt sich mit dem Gedanken anzufreunden!

Doch sofort wurden Dorotheas Augen wieder zu schmalen Schlitzen.

»Falls ich mich entscheide, dass es dieses Buch geben soll …«, sagte sie streng. »Jedenfalls, kein Kind aus dem Dorf wäre jemals auf die Idee gekommen, die Grenzen zu überschreiten, an denen Hohenholz endet. Für unsere Kinder war die Welt an dieser Stelle zu Ende.«

Sie betrachtete die Fotos, blätterte um.

Wieder das Mädchen Marietta. Diesmal war Sophie sich sicher, dass es sich um Marietta handelte, denn das kleine Mädchen saß auf dem Schoß eines halbwüchsigen Jungen in dunkler Latzhose, der eindeutig Ginos Züge trug, wenn sie auf diesem Foto auch seltsam unvertraut wirkten.

Er hatte den dunklen Hautton, den sie schon kannte, und doch wirkte er kein Stück finster. Die beiden grinsten um die Wette.

»Diese Kinder waren anders«, sagte Dorothea. »Sie hatten zu viel von der Welt da draußen gesehen. Ihnen war nicht klar, was Freiheit bedeutet. Sie glaubten, Freiheit hieße, sie könnten tun und lassen, was sie wollten. Dass es keine Grenzen gibt.« Ein tiefer Seufzer. »Doch diese Grenzen existieren, und in Hohenholz ist das entscheidender als an jedem anderen Ort. Selbstverständlich hatten wir sie von ihrem ersten Tag an mit diesen Grenzen vertraut gemacht. Wir dachten, sie hätten verstanden«, murmelte die alte Frau. »Und das war ein Fehler.«

Schweigen.

»Was ist passiert?«, fragte Sophie mit leiser Stimme.

»Im Winter waren sie mit ihren Eltern zu uns zurückgekommen.« Dorothea Helmke nahm die Augen jetzt nicht mehr von den Bildern, angelaufenen Polaroidaufnahmen in unrealistisch grellen Farben. »Und sie begannen sich schnell hier einzuleben, neugierig, wie Kinder eben sind. Als das Wetter besser wurde, fingen sie an, die Umgebung des Dorfes zu erforschen, den Bachlauf hinauf bis zur Quelle am Hohen Stein oder in der Gegenrichtung bis zu dem Punkt, an dem der Bach in die Aue mündet. Der tiefste Punkt von Hohenholz und an dieser Stelle die Grenze zum Übungsgelände.« Sie schüttelte den Kopf. »An dieser Stelle lässt sich die Grenze nicht überwinden, doch an vielen anderen Orten verhält sich das ganz anders. Wobei die Grenze unübersehbar ist!« Ein Aufflackern in den beunruhigend blauen Augen. Wut, Schmerz, vielleicht noch mehr als das.

Eine Wunde, dachte Sophie, die in diesem Leben nicht mehr heilen wird.

»Damit hatten sie den Frühling hindurch zu tun«, murmelte die alte Frau. »Doch der Sommer kam sehr früh in diesem Jahr, Temperaturen jenseits der dreißig Grad schon im Juni, wochenlang. Die Zeit des Jahres, in der wir alle unter Anspannung stehen, das gesamte Dorf – und die Männer auf dem Übungsplatz nicht weniger. Einer unserer wenigen Berührungspunkte. Wenn es wochenlang nicht regnet, wächst die Waldbrandgefahr mit jedem Tag – und große Teile des Geländes dort oben bestehen noch aus den alten Nadelbaumkulturen, die innerhalb von zwanzig oder dreißig Jahren reif zum Fällen sind. – Achten Sie auf die roten Markierungen, wenn Sie mal dort draußen unterwegs sind.«

Die letzte Bemerkung kam ganz beiläufig, im Fluss der Geschichte.

Dorothea war schon zwei Sätze weiter, berichtete von Feuerschneisen und Wachtürmen an exponierten Stellen des Geländes, als mit einem Mal eine Faust Sophies Herz umkrampfte.

Rote Markierungen.

Rostrote Zeichen an den Bäumen, wie mit Blut geschrieben.

Rufe aus dem Wald, aus sämtlichen Richtungen.

Eine panische Flucht vor den Augen, die jedem ihrer Schritte folgen.

Augen …

»Sophie?«

Die junge Frau schüttelte sich.

»Das muss … schrecklich sein«, flüsterte sie mit belegter Stimme.

Dorothea Helmke beobachtete sie.

Doch diesmal konnte sie unmöglich wissen, woran Sophie gerade gedacht hatte.

Schließlich nickte die Gastgeberin.

»Sie haben die Grenze überschritten«, sagte sie. »Ein Stück oberhalb des Hohen Steins. Es gab dort eine Stelle, an der das Unterholz nicht sehr dicht war, sodass man von der Grenze aus eine der aufgegebenen Schießanlagen sehen konnte. – Ein halbes Leben schon hatte Wilhelm dem zuständigen Major in den Ohren gelegen, das Ganze zu beseitigen. Es war zwar nie etwas passiert, aber natürlich wussten wir, wie neugierig Kinder sein können.«

Ihre Hände legten sich auf das Foto; wie von selbst schienen Daumen und Zeigefinger einen Rahmen um das Gesicht des Mädchens zu bilden.

»Wir wissen nicht, ob sie an diesem Tag zum ersten Mal dort gewesen sind«, sagte sie. »Gino hat nie darüber sprechen wollen, und ich wüsste nicht, welchen Sinn es haben sollte, ihn wieder und wieder wegen einer Antwort zu bedrängen.« Ein tiefes Einatmen. »Wir hier unten im Dorf hörten die Detonationen, und sie waren nahe. – Zu nahe. Die Briten halten in diesem Bereich keine Manöver ab, so nahe an Hohenholz. Wir wussten, dass etwas geschehen sein musste. Die Männer waren bereits auf dem Weg zu der Stelle, an der wir die Flammen aufsteigen sahen, als Gino ihnen entgegenkam: Verletzt, seine Haut verbrannt von den Flammen, als er versucht hatte, seine Schwester ins Freie zu ziehen. Er trägt die Narben bis heute.«

»Mein Gott«, flüsterte Sophie. »Und wenn er Rike ansieht ... Sie sieht seiner Schwester so ähnlich!«

»Er war fast zehn Jahre älter als Marietta«, erklärte

die alte Frau. »Natürlich hat er sich die Schuld daran gegeben, dass diese Menschen sterben mussten.«

Sophie nickte, dann blickte sie auf. Diese Menschen? Die Mehrzahl?

»Sieben Menschen aus Hohenholz«, sagte Dorothea Helmke leise. »Wie viele es bei den Briten waren, weiß ich nicht. Wir haben das Feuer unter Kontrolle bringen können, kurz bevor es die ersten Häuser des Dorfes erreichte. Alle gemeinsam, zum ersten Mal seit …«

Sie schüttelte den Kopf.

»Seit wann?« Fragend sah Sophie sie an.

Dorothea Helmke zögerte. Eine Sekunde lang, nein, weniger als eine Sekunde, sah sie verwirrt aus. Als ob sie sich an etwas zu erinnern versuchte, aber gleichzeitig …

»Dorothea?«

Die alte Frau schüttelte sich.

»Unter unseren Opfern waren auch Ginos Eltern«, sagte sie. »Wenn Sie wissen wollen, Sophie, warum er ist, wie er ist: Dieser Tag hat den Mann aus ihm gemacht, den Sie heute kennengelernt haben.«

Du siehst im güld'nen Glanz der Lichter
die, die dir traut von Jugend her.
Zeit zählt die Falten in Gesichter,
dass jedes dir ein Spiegel wär.

(Dorothea Helmke, Lebenslinien)

Sophie lehnte in der offenen Veranda des Herrenhauses, die hinab auf die Wiesen blickte.

Die alten Männer waren noch immer bei der Arbeit.

Sie säuberten die Zuflüsse zum Bachlauf, hatte Dorothea der jungen Frau zum Abschied erklärt. Die Wiesen unterhalb des Gutshofs waren feuchtes Gelände, das nach länger anhaltendem Regen regelmäßig unter Wasser stand.

Die beiden Frauen hatten noch fast eine Stunde über dem Fotoalbum verbracht, während Dorothea Helmke Seite um Seite vorgeblättert hatte.

Ausschließlich in diese Richtung: auf die Gegenwart zu. Die älteren Kapitel im Leben der Schriftstellerin blieben einstweilen ihr Geheimnis.

Doch Sophie war noch kaum in der Lage, das schon Gehörte zu verdauen.

Sie sah die beiden alten Helmkes vor sich, Dorothea in ihrer emsigen Fröhlichkeit, der alle Gebrechlichkeit nichts anhaben konnte, Wilhelm in seinem freundlichen Schweigen.

Die schreckliche Tragödie, die das Leben dieser Menschen überschattete: ein Schicksalsschlag, den Dorothea Helmkes Gedichte nicht ahnen ließen.

»Wie stellen sie das an?«, flüsterte Sophie. »Wie stellen sie das an, trotz allem so glücklich zu sein?«

Sie schüttelte den Kopf.

Woher wollte sie wissen, ob die Helmkes glücklich waren? Die alten Leute machten diesen Eindruck, ja, und sie waren freundlich zu ihr. Das Leben hatte sie nicht zu Menschenverächtern gemacht.

Doch war nicht schon das unendlich viel wert?

Aber wie musste Sophie selbst sich fühlen, mit ihrem kleinlichen Gejammer und ihrer Kraftlosigkeit? Ihrer Kolumne auf Seite drei und der weltbewegenden Frage, ob die Stadtverwaltung die Mülltrennung auch ernst nahm? An Kurt Sandow mochte sie gar nicht erst denken.

Ob das der Grund war, aus dem Tilly sie nach Hohenholz verfrachtet hatte? Damit sie begriff, was eine echte Katastrophe war, ein echter Verlust?

»Wie soll man etwas verlieren«, murmelte sie vor sich hin, »wenn man nichts besitzt, das man überhaupt zu verlieren hätte?«

Sie hatte das Gefühl, etwas gutmachen zu müssen. Es war ganz deutlich.

Nicht an Dorothea, da hatte sie keine Möglichkeit, solange die alte Frau nicht ihr Einverständnis gab zu Sophies Vorschlag, gemeinsam ihr Leben aufzuzeichnen.

Aber an Gino.

Sophie hatte noch mehr über ihn erfahren.

Seine Frau, ein Mädchen aus dem Dorf, war wenige

Monate nach Rikes Geburt durchgebrannt, und Dorothea Helmke hatte durchblicken lassen, dass Gino sich auch hierfür die Schuld gab.

Er war nicht imstande gewesen, sich ein neues, ein eigenes Leben aufzubauen.

Die Schatten über Hohenholz wogen zu schwer. Sie ließen sich nicht abschütteln.

Sophie wartete. Vor ein paar Minuten hatte das dumpfe Klopfen aus Richtung der Wirtschaftsgebäude aufgehört, eine Geräuschkulisse, die den gesamten Vormittag und das Gespräch mit Dorothea Helmke begleitet hatte.

Aus dem Herrenhaus drang jetzt ein verführerischer Duft: Dorothea war dabei, das Mittagessen vorzubereiten. Nein, Sophies Hilfe brauche sie nicht dabei, hatte die alte Frau gelacht. Das schaffe sie seit bald sechzig Jahren allein.

Gino bog um die Hausecke, den Kopf gesenkt; mürrischer Blick.

Sophie löste sich von der Veranda.

»Hallo, Gino.«

»Hmmpf.«

Er wurde nicht mal langsamer.

Sophie biss die Zähne zusammen.

»Ich habe mich noch gar nicht vorgestellt!« Schon hatte er sie erreicht, war bereits halb an ihr vorbei. Sie versuchte mit ihm Schritt zu halten. »Ich heiße Sophie. Sophie von Wiedenthal. – Ich wollte mich bedanken, dass Sie heute Morgen …«

Jetzt wurde er sogar schneller, doch Sophie stellte fest, dass ihr die Sache wichtig war. Sie hielt mit.

Sie konnte kaum erwarten, dass ein Mann, der erlebt hatte, was Gino durchgemacht hatte, sich auf ihr erstes gezwungenes Lächeln hin in ihren besten Freund verwandelte.

»Ich wollte Ihnen einfach sagen, dass ich einfach …« Sie biss sich auf die Lippen. Journalistin mit Sprachfindungsstörungen. »Es ist einfach toll, dass ich hier bin, und ich hoffe …«

Er blieb stehen, sah sie an.

Von oben bis unten.

»Nein«, sagte er.

Sophie starrte ihn an, noch immer das aufgesetzte Lächeln im Gesicht. Mit Verspätung knipste sie es aus.

Ich führe mich gerade auf wie die letzte Idiotin.

»Was …?«

Die blauen Augen betrachteten sie. In seinem dunklen Gesicht wirkten sie so vollkommen anders als bei seiner Großmutter oder bei dem kleinen Mädchen. Nicht einmal unfreundlich im Moment, nur eben irritierend.

»Nein«, sagte er. »Es ist nicht toll, dass Sie hier sind. Zumindest nicht genau an dieser Stelle.«

Er sah zu Boden.

Sophie starrte ihn an. Was sollte das jetzt wieder?

Dann senkte auch sie den Blick.

Ihre hellbeigen Nikes steckten bis zu den Knöcheln in einem gewaltigen Kuhfladen.

»Mist«, murmelte sie.

Er drehte sich weg und stampfte übergangslos auf die Veranda zu.

Sophie biss die Zähne aufeinander. Ihr war zum Heulen.

Nicht wegen der Schuhe. Die Nikes waren ihr geringstes Problem.

Aber es gab nur eine einzige Sache, die sie mehr hasste als eine Situation, in der ein im Grunde wildfremder

Mensch sie behandelte, als wäre sie dämlich: eine Situation, in der dieser Mensch allen Grund dazu hatte.

Böse stierte sie ihm nach. Er stieg die Stufen zur Veranda hoch, nicht mal ungeschickt in diesen klobigen Stiefeln. Kein Strich in der Landschaft. Unübersehbar, dass er den ganzen Tag körperlich schuftete.

Vor der Verandatür drehte er sich um, musterte sie wortlos.

Sie hatte sich noch nicht von der Stelle gerührt, erwiderte seinen Blick – kein Stück freundlicher als er.

»Rike kommt dann gegen vier«, sagte er.

Sophie starrte. »Was?«

»Nach dem Mittagessen muss sie erst einmal ihre Schularbeiten machen. Sie warten besser mit dem Auspacken, sonst ist sie enttäuscht.«

»Was …?« Sie blinzelte. »Ja. Gern.«

»Im Schuppen neben der Remise stehen Gummistiefel. Müssten Ihnen passen.«

In der nächsten Sekunde war er durch die Tür verschwunden.

Sophie sah ihm nach, noch immer, ohne sich von der Stelle zu rühren.

War da im letzten Moment etwas gewesen? Der Anflug eines Lächelns womöglich?

Sie wollte es nicht vollständig ausschließen.

Kühe.

Pferde.

Mehr als zwei Dutzend Hühner, freilaufend, um die ein schwarzbunter Hahn eifersüchtige Kreise zog.

Keine Sorge, dachte Sophie. Ich komm dir nicht zu nahe.

Der Hahn sah irgendwie gefährlich aus.

Sie machte einen weiten Bogen um das Federvieh, steuerte eine schmale Pforte an der hinteren Grenze des Gutsgeländes an. Raus in die Wiesen, auf einen Feldweg, der an den Rückseiten der Hofgrundstücke entlangführte.

Sie hatte bereits erkannt, dass Hohenholz im Grunde nur aus einer einzigen Straßenzeile bestand, dem Fahrweg aus gestampftem Lehm. In einer engen Kurve führte er um einen Ausläufer der Hügel herum, auf dem sich der Gutspark erhob, mit uralten Ahornbäumen, einer verwilderten Magnolie und anderen Bäumen, die man in dieser sandigen Gegend vermutlich nicht ohne Weiteres zum Wachsen bekam.

Der Gutshof, dachte sie. Das Gestüt.

Ganz am Ende der Hofzeile und doch der Mittelpunkt des Dorfes.

Die Helmkes waren etwas Besonderes, keine Frage. Und für die Dorfbewohner hatte das vermutlich wenig damit zu tun, dass Dorothea eine literarische Berühmtheit war. Nein, was draußen in der Welt von Bedeutung sein mochte, spielte keine große Rolle für die Menschen von Hohenholz.

Die Familie des Gutsherrn hatte das Sagen, heute nicht anders als vor hundert Jahren. Eine Welt im Kleinen, vollkommen abgeschlossen, ohne jede Verbindung nach außen …

Ein Aufröhren.

Sophie sprang zur Seite.

Doch der altersschwache Traktor, dessen Motor plötzlich angelassen worden war, befand sich noch in einiger Entfernung. Er zog einen Anhänger hinter sich her, kaum jüngeren Baujahrs, wobei Sophie nicht genau erkennen konnte, was er geladen hatte.

Jedenfalls schob sich das Gefährt zwischen den Höfen hindurch auf den Fahrweg – dorfauswärts.

Davon leben sie, dachte Sophie. Sie verkaufen, was sie auf den Feldern anbauen. Vielleicht auch Schlachtvieh dann und wann. Und die Pferde: Dorothea hatte selbst betont, dass es auf dem Gutshof heute keine Kutschen mehr gab. Wahrscheinlich veräußerten die Helmkes hin und wieder auch einzelne Tiere aus ihrer Pferdezucht.

Konnte man von so etwas heutzutage noch leben?

Nachdenklich betrachtete sie die Rückseiten der Hofgrundstücke.

Wenn man lebte wie in Hohenholz, funktionierte das mit Sicherheit.

Sie musste schon ganz genau hinsehen, um einen Beweis dafür zu finden, dass das Dorf nicht komplett in den Fünfzigern stehen geblieben war. Nicht einmal Satellitenschüsseln waren auf den stroh- und ziegelgedeckten Häusern zu entdecken, lediglich dürre Antennenkonstruktionen wie laublose Bäume.

Der Nachmittag schien sonnig zu bleiben. Eine alte Dame war dabei, an einer zig Meter langen Leine gewaltige Betttücher aufzuhängen, und ... Sophie kniff die Augen zusammen.

»Mein Gott«, murmelte sie. »Ich dachte, solche Unterwäsche gibt's höchstens noch im Museum.«

Doch unter dem weiten, glockenartigen Rock, wie die alte Frau ihn trug, waren solche Liebestöter möglicherweise gar nicht so unbequem. Nur durfte die Außentemperatur dann niemals über zwanzig Grad steigen. Heute war sie fast schon an der Grenze.

Sophie hielt sich ein wenig im Schatten. Heute Nachmittag wollte sie noch keine Bekanntschaft mit den Menschen von Hohenholz schließen. Dafür richtete Dorothea schließlich das ominöse Nachbarschaftstreffen aus.

Doch es war ein spannendes Erlebnis, diese Menschen einfach nur zu beobachten, in ihrer eigenen, seit einem ganzen Leben unveränderten Welt.

Haus für Haus pirschte Sophie sich voran, immer an den Rückseiten der den Wiesen zugewandten Hofzeile.

Als sie irgendwann auf die Uhr sah, war es bereits kurz vor halb vier. Höchste Zeit umzukehren, wenn sie pünktlich da sein wollte, um sich mit Rike ans Auspacken zu machen.

Doch in diesem Moment …

Pling.

Sophie kniff die Augen zusammen.

Pläng.

Pling – pling – pling – pläng.

Ein meckerndes Lachen.

»Du spielst dieses Lied seit sechzig Jahren, Gustav. Und du spielst es immer noch falsch.«

Sophie hatte Glück. Das Hofgrundstück, das sie gerade passierte, war gegen die Wiesen hin mit einer immergrünen Lebensbaumhecke eingefasst. Doch als sie sich Mühe gab, fand sie eine Lücke im Gezweig, gerade groß genug, um in den Garten zu spähen.

Sie erkannte die verzottelte silberne Haarpracht auf der Stelle wieder. Einer von Wilhelms Mitstreitern, die sie am Morgen aus der Ferne beobachtet hatte. Jetzt hatte er eine Gitarre auf den Knien, der er stirnrunzelnd Töne zu entlocken versuchte.

Pling – pling – pling – pläng.

Wieder das Lachen. Der andere Mann wirkte deutlich gebrechlicher und lehnte an einem übermannshohen Heuballen, doch Sophie ging davon aus, dass dies die dritte Gestalt war, die sie in der Frühe bei Wilhelm und Gustav gesehen hatte.

Gustav antwortete etwas, doch Sophie verstand kein Wort.

»Häääá?« Übertrieben lang gezogen. Das verhutzelte Männlein neigte den Kopf und hielt eine Hand ans Ohr.

Sophie war offenbar nicht die Einzige, die nichts verstand.

Gustav antwortete doppelt so laut, und noch undeutlicher als beim ersten Mal.

»Dann spiel Gitarre, wenn du Gitarre spielen musst«, brummte das Männlein. »Komm nur nicht auf die Idee zu singen.«

Sophie musste grinsen. Die Menschen von Hohenholz.

Doch, sie war gespannt auf diesen Abend.

Ein paar Nachbarn, dachte Sophie.

Sie hatte mit ein, zwei Familien von den Höfen nebenan gerechnet, einem ruhigen Abend am Esstisch bei Dorotheas eigenhändig hergestelltem Schlehenlikör, den sie schon beim Mittagessen gekostet hatte.

Doch in Wahrheit musste in dem saalartigen Raum im Erdgeschoss des Gutshauses nahezu das gesamte Dorf versammelt sein. Und nicht nur das Dorf.

Zumindest war das am Beginn des Abends so gewesen.

Major Richardson, Sophies Bekanntschaft aus der Regionalbahn, war ihr noch einmal offiziell vorgestellt worden, diesmal in Ausgehuniform und begleitet von zwei

Adjutanten, doch nach kaum einer Stunde hatten sich die britischen Offiziere schon wieder verabschiedet.

Ein Höflichkeitsbesuch, dachte Sophie. Und doch mehr als das.

Sie musste an Dorotheas Worte denken: Die Briten kannten jedes einzelne Fahrzeug aus Hohenholz, jeden einzelnen Bewohner.

Sie wissen, wer in Hohenholz etwas zu suchen hat und wer nicht.

Von jetzt an gehöre ich dazu.

Es war ein seltsames Gefühl.

Sie hatte noch Mühe, die Gesichter der Männer und Frauen des Dorfes auseinanderzuhalten.

Fast alle sind sie alte Leute, dachte sie. Oder sollten Dorothea und Wilhelm vor allem ihre eigene Altersgruppe eingeladen haben? Nein, irgendwo in ihrem Innern war Sophie sich sicher.

Hier gibt es keine anderen Kinder: Ginos Worte heute Morgen.

Keine Kinder, und auch kaum jüngere Leute. Sie sah nur eine Handvoll Menschen, die noch nicht im Rentenalter waren.

Gino hielt sich am Rande, nicht anders als Sophie selbst, aber am entgegengesetzten Ende des Raumes. Sophie beobachtete zwei Frauen, beide schon jenseits der vierzig, die an einem der Tische beisammensaßen und hin und wieder in seine Richtung schauten, bevor sie mädchenhaft kichernd die Köpfe zusammensteckten. Gino nahm keine Notiz von ihnen.

Auch das ist Hohenholz, dachte Sophie. Sie sterben aus, und sie wissen es.

Das Zentrum der Gesellschaft bildete Wilhelm Helmke in einem Armsessel nahe beim Kamin: ein mit Schnitzereien verziertes Möbel, das schon seinen Großeltern gehört haben musste. Um ihn herum ein halbes Dutzend Herren in seinem Alter, und zwei von ihnen kannte Sophie bereits: Gustav Behrens, der tatsächlich seine Gitarre mitgebracht hatte, und Lennart Schlüter, die hinfällige Gestalt, die am Heuballen gelehnt hatte. Doch hinfällig hin oder her: Gute Ohren hatte der alte Herr. Gustav Behrens' Repertoire schien sich auf maximal drei unterschiedliche Titel zu beschränken; einer klang fürchterlicher als der andere, und Titel Nummer drei, bei dem er nun tatsächlich gesungen hatte, war die einsame Krönung gewesen. Nach dem zweiten Durchgang hatte ihn niemand zu einer Zugabe aufgefordert, sodass das Instrument jetzt an der Kaminbank lehnte, während die Rentnerrunde genussvoll knorrige Pfeifen paffte.

Dorothea selbst war fast ständig auf den Beinen, sprach mal mit diesem, mal mit jenem Gast, nickte hin und wieder in Richtung Gino, frische Getränke aus dem Keller zu holen. Für den Moment saß die alte Frau allerdings mit einer Frau mit spitzmausartigem Gesicht in der Nähe des Kamins: mit ihrer Cousine Edeltraut, der Dorfschullehrerin.

Wie Dorothea musste sie längst im Rentenalter sein. Doch mit Rike als einziger Schülerin war die Aufgabe wohl noch zu bewältigen.

Wobei sich Sophie um Edeltraut keine Sorgen machte. Eher schon um Dorothea. Allerdings sah auch ihre Gastgeberin heute Abend so gesund aus, wie man das von einer zweiundachtzigjährigen Frau nur erwarten konnte.

Sophie fragte sich …

»Dorothea ist zäh.«

Sie zuckte zusammen.

Eine gedrungene Gestalt im Türrahmen, zwei Schritte hinter ihr: ein Walrossbart, ein feuerroter Kahlkopf, der nach hohem Blutdruck aussah. Herrmann Warnecke, der Dorfarzt, selbst schon um die sechzig.

»Entschuldigen Sie. Ich wollte mich nicht anschleichen.« Warneckes Mundwinkel zuckte, als er zur Tür nickte. »Wilhelms Selbstgebrautes ist gut – aber es drückt auf die Blase.«

»Kein … kein Problem«, erwiderte Sophie.

Warnecke betrachtete sie aufmerksam. »Machen Sie sich nicht zu große Sorgen«, sagte er aufmunternd. »Dorothea hat mit mir gesprochen und mir von heute Morgen erzählt. Ich kann auf die Schnelle natürlich keine aufwendigen Untersuchungen durchführen, doch ich glaube nicht, dass akute Gefahr besteht.« Er wurde ernst. »Doch sie sollte sich ein wenig schonen. Keine unnötigen Aufregungen, Sie verstehen?«

Sophie nickte. – Verstand sie tatsächlich?

Sollte Dorothea angedeutet haben, in welcher Situation es zu dem Anfall gekommen war?

Wird es nicht noch mehr solcher Situationen geben, wenn wir tatsächlich ihre Biografie schreiben?

Waren die Worte des Arztes eine Warnung?

»Vielleicht kann ich Dorothea ein bisschen unter die Arme greifen«, sagte sie ausweichend. »Deshalb bin ich schließlich hier.«

Die Lüge des Jahrhunderts.

Und tatsächlich hob Warnecke zweifelnd die Augenbrauen.

Aber möglicherweise zog er auch einfach nur an seiner Pfeife.

»Sie tragen eine Hose.«

Sophie blinzelte. »Was?«

Warnecke kaute auf seinem Pfeifenstiel, nickte zu der Altherrengemeinschaft am Kamin, die immer mal wieder in ihre Richtung schaute, während die Männer unverständliche Worte wechselten: der plattdeutsche Dialekt von Hohenholz. Genauso gut hätte es altägyptisch sein können.

»Sie sind eine Frau«, erklärte der Mediziner. »Und Sie tragen eine Hose.« Ein glucksendes Lachen. »Keine Sorge«, beruhigte er sie. »Die alten Knaben werden sich dran gewöhnen. Im einundzwanzigsten Jahrhundert wird es allmählich Zeit, dass das zwanzigste Einzug hält in Hohenholz.«

Sophie biss sich auf die Lippen. »Mir war nicht klar, dass es so schlimm ist«, murmelte sie.

»Ach was!« Augenzwinkernd lächelte Warnecke ihr zu. »Alles freut sich, dass wir endlich wieder einmal Besuch von draußen haben, einen so charmanten Besuch noch obendrein! – Unsere alten Herren sind einfach nur etwas skeptisch bei den Dingen, die sie noch nicht kennen.« Sein Mundwinkel zuckte. »Also die anderen alten Herren.«

Gut gelaunt tätschelte er ihr den Arm und mischte sich wieder unter die Festgesellschaft, doch Sophie ging der Gedanke den gesamten Abend nicht mehr aus dem Kopf.

Sie hatte sich in Hohenholz verliebt, noch bevor sie das kleine Dorf auch nur zu Gesicht bekommen hatte.

Tillys Eltern war sie willkommen, das wusste sie.

Doch sie hatte nicht darüber nachgedacht, was die übrigen Bewohner von ihrem Besuch halten würden. Die Bewohner eines Dorfes, das den Kontakt nach draußen seit Generationen mied.

Unauffällig betrachtete sie die wettergegerbten Gesichter, gerötet von Wilhelms Gebräu und Dorotheas Likör.

Das nagerartige Gesicht der alten Edeltraut. Lennart Schlüter sah aus der Nähe nicht hübscher aus als aus der Distanz: ein Kahlkopf mit eingefallenen Augen, der noch einmal älter sein musste als Wilhelm und Dorothea. Gustav Behrens standen die silberweißen Haare nach wie vor nach sämtlichen Seiten ab, und Sophie hatte beobachtet, wie er nach dem Ende seiner Darbietung sein Gebiss diskret in der Hemdtasche verstaut hatte.

Feindseligkeit in einem dieser Gesichter? Nein, nirgendwo.

Oder kann ich nur nicht sehen, was sie in Wahrheit denken?

Als die Gäste sich verabschiedet hatten, half Sophie ihrer Gastgeberin und Gino beim Abräumen. Eine grüblerische Stimmung hatte von ihr Besitz ergriffen, und sie hätte gern mit Dorothea darüber gesprochen.

Um nichts in der Welt wollte sie schuld sein, dass ihretwillen Unstimmigkeiten zwischen den Helmkes und dem Rest der Dorfgemeinschaft entstanden.

Doch der alten Frau war die Erschöpfung des langen Tages jetzt deutlich anzusehen, auch wenn sie sich weigerte, sich einen Moment hinzusetzen und Gino und Sophie die Arbeit machen zu lassen. Sophie wusste, dass Warnecke recht hatte: Nein, es kam ihr nicht zu, Dorothea zusätzlich zu belasten.

Schließlich brummte Gino etwas davon, dass er noch nach den Pferden sehen müsse, und ließ die beiden Frauen allein.

Sophie balancierte einen Geschirrstapel hinüber in die Küche. Ein Geschirrspüler unterhalb der großen Arbeitsfläche war einer der wenigen Beweise, dass die Gegenwart in Hohenholz angekommen war.

Dorothea hatte sich nun endlich hingesetzt – mit ihrer unvermeidlichen Tasse Kaffee. Allmählich ging Sophie auf, warum die Helmkes das Getränk zu den unmöglichsten Uhrzeiten genießen konnten: Wenn man den ganzen Tag auf den Beinen war, fiel man einfach müde ins Bett, sobald sich die Gelegenheit ergab, ganz gleich, wie lange der letzte Kaffee jetzt her war.

Als sie den letzten Teller verstaut hatte, richtete Sophie sich auf, wollte sich auf den Rückweg in den Festraum machen.

»Sie haben mit ihm gesprochen.«

Sophie blieb stehen, sah die alte Frau fragend an.

»Mit Gino«, sagte Dorothea Helmke. Ihre Hand streichelte eine grau getigerte Katze, die sich auf dem Nachbarstuhl zusammengerollt hatte. »Es war gut, dass sie mit ihm gesprochen haben. Machen Sie jetzt nur nicht den Fehler, dass sie ihn wie das bedauernswerte Opfer einer Tragödie behandeln. Er ist kein Mann, der so etwas ertragen kann. – Nein, sagen Sie nichts! Ich weiß, wie Frauen sind.« Ihr Mundwinkel zuckte. »Schließlich bin ich selbst eine.«

Sophie musste lächeln. »Ich werd mir Mühe geben«, versprach sie. »Und ich verstehe ihn ja. Er stürzt sich in die Arbeit, um nicht daran denken zu müssen, was passiert ist und wofür er sich die Schuld gibt. Wenn ich ihn behandeln würde wie ein rohes Ei, würde ich ihm das nur wieder ins Bewusstsein rufen.«

»Ich kenne keinen Menschen, der weniger von einem rohen Ei hat als mein Enkelsohn«, murmelte die alte Frau. »Rike war bei Ihnen?«

Sophie grinste. »Oh ja! Und sie hat mir wirklich geholfen. Ich hatte mit tausend Fragen gerechnet, und die sind zwar auch gekommen, aber sie kam mir unglaublich konzentriert vor. Sie wollte wirklich helfen. Und sie hat jedes Mal gefragt, ob sie etwas anfassen dürfte.«

Dorothea nickte: »Das gehört zu den Dingen, die unsere Kinder sehr früh lernen.« Sie streckte sich. »Danke für Ihre Hilfe heute Abend.«

Sophie winkte ab. »Ach was. Und ich hab doch gerade erst angefangen. Da drüben sind noch so viele Sachen, die …«

»Das machen wir morgen früh«, unterbrach die alte Frau sie. »Zusammen. Einverstanden?«

Sophie nickte zögernd. »Einverstanden.« Sie warf einen Blick auf die altertümliche Küchenuhr. »Dann ist es Zeit fürs Bett, nehme ich an.«

Dorothea lächelte. »Sie leben sich schnell bei uns ein.«

»Heute Mittag habe ich mich in einen dicken Kuhfladen gestellt, als ich mich mit Gino unterhalten habe«, murmelte Sophie.

Das dunkle Lachen ihrer Gastgeberin. »Gino müsste noch Gummistiefel haben, die Ihnen passen sollten. Von seiner Frau.«

Sophie schluckte. »Die hat er mir schon gegeben.«

Ein kurzes Flattern in den Augen der alten Frau. Sophie hatte begriffen, dass es immer dann zu sehen war, wenn Dorothea von etwas überrascht wurde.

»Hmmm.« Sonst nichts.

Sophie löste die Verschnürung der Küchenschürze, die sie sich aus Dorotheas Vorrat geborgt hatte. Ja, sie lebte sich schnell ein in Hohenholz.

Aber kein Mensch würde sie zwingen können, Röcke zu tragen.

Unschlüssig blieb sie stehen. »Na dann«, sagte sie schließlich, »gute Nacht.«

Dorothea nickte. Sie schien mit ihren Gedanken woanders zu sein.

Sophie war schon auf dem Weg zur Tür, als die alte Frau sie noch einmal ansprach.

»Ach ja …« Die Gastgeberin richtete sich auf, griff nach ihrem Gehstock, schien noch einen Moment zu zögern. »Ich habe über Ihre Idee nachgedacht. Meine Lebensgeschichte.«

Sophie spürte, wie sich eine Gänsehaut auf ihren Armen aufstellte.

»Ja?«, fragte sie.

Dorothea Helmke holte Luft. »Wenn es Ihnen passt, können wir morgen Vormittag anfangen.«

Sophie wollte sich ungläubig in den Handrücken kneifen.

»Sie dürfen mich fragen, was Sie wollen.« Die alte Frau ließ sie nicht zu Wort kommen. »Aber Sie werden nicht auf jede Frage eine Antwort bekommen. Und ich will jede Silbe vorher lesen. In diesem Buch wird kein Wort stehen, mit dem ich nicht einverstanden bin.«

»Okay«, murmelte Sophie. Aus irgendeinem Grund klang das Wort wie eine Frage.

»Und ich möchte, dass wir so schnell wie möglich arbeiten.« Auf ihren Stock gestützt war Dorothea Helmke auf die junge Frau zugekommen. »Das bedeutet: jeden Tag. – Mir ist klar, dass Sie zur Erholung hier sind. Zum …« Sie schüttelte den Kopf. »Aber das wird Arbeit werden.«

»Das ist gut«, sagte Sophie und stellte zu ihrer Überraschung fest, dass das tatsächlich die Wahrheit war.

Hatte sie sich nicht vor vierundzwanzig Stunden noch

leer gefühlt und ausgebrannt? Unfähig, ein sinnvolles Wort zu Papier zu bringen?

Doch das hier war anders. Ein Buch über Dorothea, über Hohenholz!

»In Ordnung«, sagte die alte Frau. »Dann fangen wir morgen Vormittag an.«

Sophie nickte, noch immer halb betäubt.

Sie war sich nicht sicher, was für Chancen sie sich ausgerechnet hatte, aber auf keinen Fall hatte sie erwartet, dass es dermaßen schnell gehen würde.

Doch im selben Moment glaubte sie die Erklärung zu kennen.

Wie schlecht ging es Dorothea Helmke wirklich?

Sie hatte Warneckes ernstes Gesicht gesehen.

Glaubte die alte Frau, dass dies die letzte Chance war aufzuschreiben, was sonst niemals erzählt werden würde?

Selbst wenn es so ist, dachte Sophie. Nein, dann erst recht.

Ganz genau so soll es sein. Das Gefühl war niemals deutlicher gewesen.

Trotzdem zögerte sie ein letztes Mal, schon auf dem Weg zur Tür.

»Haben Sie mit Wilhelm gesprochen?«

Die Stirn der alten Frau legte sich in Falten. »Es geht um *meine* Biografie?«, fragte sie, »nicht wahr?«

Was auch immer das bedeuten mochte.

Sophie trat aus der Tür des Herrenhauses ins Freie. Auf der Stelle schloss sie ihre Jacke bis zum Hals.

Vom Hauch des Vorfrühlings, den ihr erster Tag in Hohenholz gebracht hatte, war nichts mehr zu spüren.

Das leuchtende Perlencollier der Sterne stand am Himmel wie in der Nacht zuvor, doch es war etliche Grade kälter geworden. Reif glitzerte auf den Zweigen der winterkahlen Bäume.

Sophie zog die Taschenlampe aus ihrer Jacke, ein kleineres Modell als der wuchtige Totschläger, mit dem ihr Wilhelm Helmke am Vorabend den Weg zu ihrem Quartier gezeigt hatte. Sophie hatte sie heute Nachmittag in ihrem Gepäck gefunden. Natürlich: Tilly hatte gewusst, was auf sie zukam.

Fröstelnd schlug die junge Frau die Arme um ihren Körper, bemühte sich gleichzeitig, den Lichtkegel der Lampe geradeaus zu halten.

Die hellen Steine des Kieswegs, der um das Haus herumführte, sogen das matte Licht auf.

Die Bäume waren bleiche Skelette, mehr denn je.

Ringsum die Dunkelheit der Nacht.

Von den kleinen Tieren, die den Gutspark bevölkerten, war heute Nacht nichts zu sehen, und doch war es nicht still.

Ein dumpfes, fernes Poltern mischte sich mit anderen, höheren und schrilleren Geräuschen, die ihr irgendwie vertraut vorkamen, ohne dass sie sie einordnen konnte. Unheimlichen Geräuschen. Und irgendwo …

Augen?

Sie musste sich fast genau an derselben Stelle befinden, an der dieses Gefühl sie in der vorangegangenen Nacht überfallen hatte.

Langsam drehte sie sich um, richtete den Lichtstrahl in die Tiefe des Parks, wo das Gelände anstieg. Der winterliche Baumbestand ging nach wenigen Schritten in die Hänge über, die das Tal von Hohenholz begrenzten.

Die Hänge. Der schwarze Wald auf allen Seiten. Und das Übungsgelände der britischen Streitkräfte.

Doch die Grenze musste kilometerweit entfernt sein. Viel weiter, als die winzige Diode ihrer Lampe reichte.

Der Park war leer.

Eine undeutliche Bewegung weit oben in den Zweigen, vielleicht eine Fledermaus.

Keine Menschenseele.

Sophie schüttelte den Kopf, wandte sich ab.

Auf einmal fragte sie sich, warum sie Dorothea Helmke nicht auf ihre Beobachtung angesprochen hatte.

Aber dazu hätte sie sicher sein müssen, dass sie überhaupt eine Beobachtung gemacht hatte. Und der Traum war eben ein Traum gewesen. Die erste Nacht in einem fremden Bett, einem uralten Gebäude.

Wieder fröstelte sie und ging mit raschen Schritten weiter auf den rückwärtigen Hof des Gutsgeländes zu, auf die Remise.

Das ferne Wummern und Poltern hielt an, und das andere Geräusch …

Sophie hielt inne, lauschte in die Dunkelheit.

»Die Pferde sind unruhig.«

Sie stieß einen unterdrückten Schrei aus. Die Taschenlampe fiel zu Boden.

Im nächsten Moment bewegte sich der winzige Lichtkegel.

»Entschuldigung.« Ehrlich zerknirscht. »Das wollte ich nicht.«

»Gino!«

Die Taschenlampe wurde wieder in ihre Hand gedrückt. Der Lichtkegel zitterte, als Sophie ihn auf Dorotheas Enkel richtete.

Er strich eine Haarsträhne aus seiner Stirn zurück. »Entschuldigung«, murmelte er noch einmal. »Ich wollte mich nicht anschleichen.«

Sie richtete das Licht auf seine Füße. Heute Abend trug er ganz normale Schuhe. Natürlich, beim Empfang für die Nachbarschaft war selbst er nicht in Gummistiefeln aufgetaucht.

»Respekt«, hauchte sie etwas atemlos. »Haben Sie aber gut hingekriegt. – Was sind das für Geräusche? Dieses ... Donnern?«

»Die Briten«, sagte er. Sein Mund war nicht mehr als ein dünner Strich. »Ein Manöver. Einer der Gründe, aus denen Richardson so früh gehen musste. – Richtung Bergen, wie es sich anhört, zehn oder fünfzehn Kilometer entfernt.«

Sophie hob die Augenbrauen. Dafür war es laut, richtig laut.

»Die Pferde kennen das eigentlich«, sagte er leise, warf einen Blick hoch zum Himmel.

Der Mond, vielleicht wirklich schon eine Winzigkeit schmaler als gestern Nacht.

»Der Mond macht sie unruhig?«, fragte Sophie, versuchte ihre Hand in ihre Achselhöhle zu schieben, ohne die Lampe fallen zu lassen.

»Der Vollmond.« Wie selbstverständlich zog Gino seine Jacke aus, einen gefütterten Bundeswehrparka, und legte sie um ihre Schultern. Sophie leistete keinen Widerstand.

Die Jacke roch nach Pferd. Nach Arbeit. Ein wenig auch nach ihm.

Doch vor allem war sie warm.

»Alles reagiert auf den Mond«, erklärte er. »Die Pflanzen, die Tiere. Auch Sie und ich. Meine Großmutter wartet jedes Mal den Vollmond ab, wenn sie ihre Schlehen sammelt. Die Wirkstoffe sind dann stärker in den Früchten konzentriert.«

»Dann muss es vor ein paar Tagen richtig schlimm gewesen sein«, murmelte Sophie. »Mit den Pferden.«

»Nein«, sagte er knapp und warf einen Blick zu den Stallungen, wo Sophie nichts als Schwärze erkennen konnte. »Nicht so schlimm wie heute.«

Er drehte sich um, und Sophie rechnete schon damit, dass er wieder wortlos im Stall verschwinden würde, doch stattdessen schlug er mit langsameren Schritten den Weg zur Remise ein. Eine Lampe schien er nicht zu brauchen.

»Sie werden sich daran gewöhnen«, sagte er über die Schulter, und Sophie fragte sich, ob er von den Geräuschen sprach oder ihre Gedanken gelesen hatte.

Im Gehen wandte er den Blick kurz nach links, zum oberen Stockwerk des Herrenhauses.

»Ihre Wohnung?«, fragte Sophie. Sie hatte mit ihrer Lampe zu ihm aufgeschlossen, doch sein Nicken war eine so knappe Andeutung, dass sie sich nicht sicher sein konnte. »Schläft Rike schon, oder ist sie auch … unruhig?«

»Wenn, dann hat es jedenfalls nichts mit dem Mond zu tun.«

Sondern mit Ihnen. Es war unnötig, das laut zu sagen.

Allerdings hatte kein Vorwurf in seiner Stimme gelegen. Es war ganz einfach eine Feststellung. Und Sophie konnte sich gut vorstellen, dass er recht hatte. Für das kleine Mädchen war ihr Besuch ein riesengroßes Abenteuer. Wie musste sich das nur anfühlen? Als einziges Kind in diesem Dorf?

Sie biss sich auf die Lippen.

Ich sollte froh sein, dass er inzwischen mit mir redet, dachte sie.

Ihn nach weniger als vierundzwanzig Stunden auf die Erziehung seiner Tochter anzusprechen kam nicht infrage.

Und es war unübersehbar, dass nicht allein die Pferde unruhig waren oder das kleine Mädchen. Sophie spürte es ja selbst.

Bin ich es?, dachte sie. Bin ich es, die diese Unruhe nach Hohenholz bringt?

Gino blieb stehen.

Sophie war schon zwei Schritte weiter, bis sie es merkte. Der Lichtkegel tanzte geradeaus über die weiß gekalkte Fassade der Remise.

Sophie keuchte auf.

Rechts neben dem Eingang ein Schriftzug in rostbrauner Farbe. Ungeschickte Buchstaben, einen halben Meter hoch. Zwei Worte:

HAU AB!

»Es ist noch nicht vollständig getrocknet.« Gino beugte sich vor, fuhr über die dünne Blutspur, die vom linken Balken des großen H die Fassade hinabgeronnen war. »Höchstens eine Stunde alt.«

Sophie hatte die Taschenlampe auf dem Boden abgelegt, die Hände in der weich wattierten Jacke versteckt.

Sie fror und zitterte trotzdem. Vielleicht mehr als je zuvor in ihrem Leben.

Gino tippte mit dem Zeigefinger auf seine Zungenspitze.

»Hühnerblut«, murmelte er. »Das kann jeder gewesen sein.«

Sophie starrte ihn an.

»Hühner werden auf jedem Hof im Dorf gehalten«, erklärte er. »Anders als …«

»Versteh schon«, flüsterte sie.

Das zweite Bild, dachte sie. Die zweite Erinnerung an ihren Aufenthalt in Hohenholz, die sich auf alle Zeit in ihr Gedächtnis einbrennen würde. Der erste Blick auf das Dorf im Dämmerlicht, vom Beifahrersitz des Landrovers aus – und nun dieses Bild. Krakelige Buchstaben, geschrieben mit rostfarbenem Hühnerblut: *HAU AB!*

Rostfarben wie die Zeichen an den Bäumen in ihrem Traum.

Rote Markierungen in den Wäldern an der Grenze von Hohenholz.

Hätte sie einen eigenen Wagen gehabt, und wäre ihr nicht in einem Winkel ihres Bewusstseins klar gewesen, dass sie unter Schock stand – sie hätte gehorcht. Auf der Stelle.

»Kommen Sie mit!« Gino richtete sich auf. »Wir müssen mit meinen Großeltern reden.«

»Nein!«

Das Wort kam ohne Nachdenken.

Er sah sie an. »Ich lasse Sie hier jetzt nicht allein. Wer immer das getan hat, kann noch in der Nähe sein.« Er fuhr sich über die Stirn, schien nicht zu merken, dass das Blut eine dünne Spur hinterließ. »Mit Sicherheit ist er noch in der Nähe. Hier im Dorf.«

Er, dachte Sophie. Oder sie. Sie, die Mehrzahl, oder sie, eine Frau.

Doch sie konnte sich nicht vorstellen, dass eine Frau das getan hatte.

Sophie schüttelte den Kopf. »Nein«, sagte sie. »Es …

es geht mir nicht darum, dass ich allein hierbleiben will. Aber ich will nicht, dass wir …«

Sie biss sich auf die Zunge.

Dorothea sollte sich ein wenig schonen. *Keine unnötigen Aufregungen, Sie verstehen?*

Aber sie hatte der alten Dame ihr Wort gegeben, mit niemandem über den Vorfall, den Herzanfall heute Vormittag, zu sprechen.

Und Dorothea selbst hatte ihr Wort gehalten und Warnecke davon berichtet.

Durfte Sophie erzählen, was Warnecke ihr erzählt hatte?

Streng genommen war davon zwischen Dorothea und ihr nicht die Rede gewesen.

Und doch wäre es ein Verrat, dachte sie. Ein Bruch des Vertrauens, noch bevor sie mit der Arbeit an Dorotheas Lebensgeschichte begonnen hatte.

Sie fuhr sich über die Lippen. »Gino, Ihre Großeltern sind alte Leute«, sagte sie. »Glauben Sie, es ist wirklich notwendig, dass wir ihnen mit diesem Mist einen Schreck einjagen?«

»Das hier ist ihr Hof!«, knurrte er. »Sie sind ihr Gast!«

Doch es war etwas in seiner Art zu knurren: Er war sich selbst nicht sicher.

Sophie nahm all ihren Mut zusammen: »Bitte, Gino! Können wir beide nicht irgendwas machen, dass das hier morgen früh nicht mehr zu sehen ist?«

Er starrte sie an, und es war ein Blick, bei dem sie am liebsten drei Schritte zurückgestolpert wäre, die Blutspur auf seiner Stirn wie eine barbarische Kriegsbemalung.

Finster. Wenn es einen Menschen in Hohenholz gab,

dem sie auf der Stelle zugetraut hätte, einem Huhn den Kopf abzuschlagen, um diese Graffiti an ihrer Hausfassade zu hinterlassen, dann war es Gino.

War es ausgeschlossen, dass sie von ihm stammten?

Er hatte Zeit genug gehabt, nachdem er das Herrenhaus verlassen hatte.

Und Gino, der auf dem Gutshof wohnte, hätte am wenigsten damit rechnen müssen, bei der Arbeit erwischt zu werden.

Und gerade eben hatte er sie bis zur Tür ihrer Unterkunft begleitet: um zu sehen, wie sie auf die Botschaft reagierte?

Und doch wehrte sich plötzlich alles in Sophie gegen diese Vorstellung.

Der Vater der kleinen Rike schwieg eine volle Minute lang.

Dann entspannte sich sein Gesicht um eine Winzigkeit, nur um übergangslos einer neuen finsteren Miene Platz zu machen.

»Welche Farbe wollen Sie?«, fragte er.

»Was?«

»Für die Fassade.« Düster blickte er an der Front des Gebäudes entlang. »Ich habe ein dunkles Terrakotta. Das müsste funktionieren.«

»Sie wollen das überstreichen?«

»Nein.« Sein Blick fixierte sie. »*Wir beide* werden das überstreichen. Das Blut abwaschen und einen neuen Anstrich drüber. Die Farbe wird morgen früh noch nicht trocken sein, merken würde Wilhelm es auf jeden Fall. Weiß kommt also nicht infrage. Warum wir eine sowieso schon weiße Fassade mitten in der Nacht weiß überstreichen, könnten Sie meinen Großeltern beim besten

Willen nicht erklären. – Und Sie werden es ihnen erklären, morgen früh.«

Sie arbeiteten den größten Teil der Nacht, bei Taschenlampenlicht, jeden Augenblick darauf gefasst, dass sich Dorothea oder Wilhelm in ihrem Rücken näherte und wissen wollte, was zur Hölle sie hier anstellten.

Sophie hatte sich ihre eigene Winterjacke aus der Remise geholt, stellte aber fest, dass sie selbst in Kombination mit einem Schal nicht halb so warm hielt wie der ausgeblichene Bundeswehrparka, den sie Gino zurückgegeben hatte.

Was wir hier machen, ist Irrsinn, dachte sie. Doch nachdem sie das Blut so gut wie möglich entfernt hatten, war ihr klar geworden, dass das einfach nicht ausreichte. Bei Tageslicht würde der Schriftzug trotz allem noch zu sehen sein.

Dunkles Terrakotta also. Aufwärts, abwärts, regelmäßige Bahnen, rund um die Fenster einen schmalen Pinsel verwenden. Längst hatte sie kein Gefühl mehr in den Fingern.

Dunkles Terrakotta. Sie mochte sich nicht vorstellen, wie die Helmkes reagieren würden, wenn sie ihr Werk zu sehen bekamen.

Und doch war genau der Gedanke daran ihre einzige Ablenkung. Das Einzige, was verhinderte, dass sich ihr Denken wieder und wieder auf dieselbe Frage richtete:

Wer hat das getan?

Jeder Mensch im Dorf kam infrage, ausgenommen vielleicht Dorothea selbst, die sich in der letzten Stunde, bevor Sophie das Herrenhaus verließ, in der Küche aufgehalten hatte.

Und falls sich Gino mit seiner Schätzung vertan hatte, war nicht einmal das absolut sicher.

Jeder kam infrage: die Gäste aus der Nachbarschaft, Warnecke, seine Frau Erika, Schlüter, Behrens, die anderen Greise aus Wilhelms Raucherrunde, Cousine Edeltraut, wobei Sophie Mühe hatte, sich vorzustellen, wie die pingelige alte Dame einen Pinsel in einen Eimer mit Blut tunkte. Ebenso verdächtig waren natürlich diejenigen Dorfbewohner, die an diesem Abend nicht eingeladen gewesen waren. Aber eben auch Gino selbst, sogar die kleine Rike – womöglich mit einer Trittleiter.

Das ist lächerlich, dachte Sophie.

Aber irgendjemand musste ihr dieses drastische Zeichen gegeben haben, aus Hohenholz zu verschwinden.

Warum?

Weil ich eine Hose trage?

Ihr war klar, dass der Gedanke Unsinn war, selbst in Hohenholz. Doch welchen anderen Grund hätte irgendjemand haben sollen, sie einzuschüchtern?

Lag er – oder sie – in diesem Moment zu Hause im Bett, wartete den nächsten Morgen ab, ob die Drohung Wirkung gezeigt hatte?

Oder war diese Person irgendwo da draußen: Augen zwischen den Bäumen, die jede ihrer Bewegungen verfolgten?

Sophie glaubte diese Augen zu spüren wie eiskalte skelettierte Finger um ihren Nacken.

Mehr als einmal zuckte sie zurück, wenn sie aus dem Augenwinkel eine Bewegung wahrnahm.

Fledermäuse. Eulen.

Katzen auf der Jagd nach nächtlicher Beute.

Die Pferde wenigstens schienen sich beruhigt zu haben.

Gino sagte die ganze Zeit kaum ein Wort, tief in seine eigenen düsteren Grübeleien versunken.

Und doch war Sophie unglaublich dankbar, dass er hier war und sie nicht allein sein musste. Sie fürchtete sich vor dem Moment, in dem sie die Pinsel und Farbrollen aus den verkrampften Händen legen würden.

Den Rest der Nacht allein in einem Haus mit einer Tür, zu der sie keinen Schlüssel besaß.

Doch als es so weit war …

Gino brummte etwas, brachte die fast leeren Farbeimer zurück in den Schuppen.

Als er eine Minute später zurückkam, schob er sich an Sophie vorbei in die Remise, stapfte ins Wohnzimmer und ließ sich in den Lesesessel fallen.

Er war eingeschlafen, bevor Sophie dazu kam, eine Bemerkung zu machen.

Sie hatte nicht die Kraft, darüber nachzudenken. Sie ließ Hose und Pullover auf den Dielenboden des Schlafzimmers gleiten und schlüpfte unter die Decke wie fast dreißig Stunden zuvor.

Die Tür ließ sie angelehnt.

Im Hufschlag fliegt dahin die Heide,
grün der Wachholder, Birken hold.
Froh äst das Vieh auf saft'ger Weide.
Es spiegelt Sonn' der Ähren Gold.

(Dorothea Helmke, Von Rossen und Reitern)

Die Stimmen sind lauter geworden.

Nicht aber deutlicher.

Eine unbekannte Sprache.

Knappe Rufe, Befehle, gebellte Anweisungen wie das Kläffen von Jagdhunden, die Witterung aufgenommen haben. Sie kommen aus der Tiefe hinter ihrem Rücken, brechen sich an den steilen Hängen der Schlucht wie in einem engen Trichter.

Aber sie sind auch dort oben, unsichtbar zwischen den Bäumen.

Sie spürt ihre Blicke, während sie sich verzweifelt vorankämpft, auf Händen und Knien, höher und höher zwischen den zerfurchten Stämmen mit Unheil verkündenden Zeichen im Rot von altem Blut.

Ihre Hände sind aufgeschürft. Ein dünner, scharlachroter Faden kitzelt über ihre Waden. Der Geruch ihres Blutes, der die Verfolger zu neuem Wahnsinn anstachelt.

Sie weiß, dass es noch einen Ausweg gibt: am höchsten Punkt der Schlucht, dort, wo sie in die Hochfläche übergeht.

Ihre einzige Chance.

Ihr ist klar, was sie erwartet, wenn die Jagdhunde sie erreichen.

Es wird beginnen.

Schlimmer als der Tod.

Metallischer Geschmack in ihrem Mund. Jede Bewegung ein Dolch aus Eis in ihrer Lunge.

Es ist aussichtslos.

Sie kann es nicht schaffen.

Sie spielen mit der Beute. Mit der Panik der Beute wächst ihre Macht, mit jedem wirbelnden Schlag ihres Herzens.

Doch sie wird nicht aufgeben.

Sie klettert, kriecht voran, halb blind vor Blut, Schweiß und Tränen, die ihr Gesicht in eine tierische Maske verwandeln.

Schatten um sie herum. Schatten von Bäumen. Schatten von Gestalten.

Pranken, Klauen, die roh nach ihr greifen.

»Loslassen!«

Rau hervorgestoßen. Ein Wort wie ein tierisches Knurren.

Ihr Pulsschlag ein jagendes Rauschen in ihren Ohren.

»Los ...«

Ein harter Schlag traf ihre Wange.

Und im selben Moment war sie wach.

Ginos dunkles Gesicht hatte die Farbe von bleicher Asche.

Sie starrte ihn an, den Mund aufgerissen. Doch es kam kein Ton mehr.

»Sophie! Hören Sie mich?«

Seine Hände, die sich um ihre Schultern geschlossen hatten, als er versucht hatte, sie wachzurütteln. Fest, beinahe schmerzhaft.

Wie sein Schlag. Der Schlag auf ihre Wange, der sie wieder zu Bewusstsein gebracht hatte.

»Ich …« Ihre Lippen bewegten sich zitternd. »Ich höre Sie.«

Sie spürte, wie der Griff um ihre Schultern sich löste, sein Körper sich entspannte. Seine Augen: Angst. Sorge. Ein fremdartiger Ausdruck in diesen Augen.

»Sie bleiben wach!«

Die Worte waren ein Befehl.

Ihr Puls fing unvermittelt wieder an zu jagen, als er sich entfernte.

Doch Sekunden später war er wieder da.

»Hier.« Eine kühle Berührung an ihren Lippen. Ein Glas.

»Was ist das?«

»Wasser.« Was sonst? Die Frage schien ihn zu überraschen.

Sie trank, dankbar für die Flüssigkeit. Ihre Kehle war rau und trocken, als wäre sie durch die Hölle gekrochen.

Ich *bin* durch die Hölle gekrochen, dachte sie. Im Traum. Was stellt dieses Haus, dieses Dorf mit mir an?

Doch war es ein Wunder, wenn ihr Unterbewusstsein sich zu Wort meldete nach dem, was gestern Abend geschehen war?

Gino saß auf ihrer Bettkante, das Gesicht noch immer maskenhaft bleich. Seine Haare standen nach sämtlichen

Richtungen ab. Aus seinem Flanellhemd, dessen obere Knöpfe offen standen, wucherte ein Urwald.

Auf seiner Stirn noch immer der rötlich braune Streifen von getrocknetem Hühnerblut.

»*Maledetto*«, flüsterte er. »Ich dachte, die wären hier drin.«

»Nein«, murmelte sie. »Das war nur …« Sie schüttelte den Kopf. Eine Bewegung, die eine Welle aus Schmerz in ihren Hinterkopf sandte. Ihre Malerarbeiten an der Fassade, bei Temperaturen unter dem Gefrierpunkt.

Sie würde sich an diese Nacht erinnern, in mehr als einer Beziehung.

»Das war nur ein Traum«, sagte sie leise.

Seine Augen zogen sich zusammen. »Haben Sie solche Träume öfter?«

Eigentlich nicht, dachte Sophie. Erst seit ich hier bin.

»Nur sehr selten«, murmelte sie. »Zum Glück.«

Sein Blick blieb misstrauisch.

Vorsichtig richtete sie sich in eine sitzende Haltung auf, und erst jetzt wandte er die Augen ab, stand, nein, sprang auf und trat ans Fenster, den Rücken zu ihr.

Hastig drückte Sophie die Bettdecke vor ihre Brüste.

Ihre Jeans. Der Kaschmirpullover, den sie gestern Abend achtlos auf die Dielen hatte fallen lassen.

»Im Badezimmer hängt mein Morgenmantel«, sagte sie leise. »Würden Sie …«

Selten hatte sie einen Mann in einer solchen Geschwindigkeit einen Raum verlassen sehen.

»Das ist … eine Überraschung.«

Wilhelm Helmke betrachtete die frisch gestrichene Fassade der ehemaligen Remise.

Sophies und Ginos Werk sah überraschend professionell aus, wenn man bedachte, unter welchen Umständen es zustande gekommen war. Ein warmer, freundlicher Terrakottaton. Selbst Sophie, die wusste, wo sich die blutige Schrift befunden hatte, zwischen der Eingangstür und dem ersten der beiden Sprossenfenster ihres Schlafzimmers, konnte keine Spur mehr entdecken.

»Eine Überraschung«, wiederholte Wilhelm, und Sophie war klar, dass sie eine ausführlichere Reaktion von ihm nicht bekommen würde.

Unmöglich zu sagen, was er von der Sache hielt.

»Also, mir gefällt es«, sagte Dorothea entschieden. Sie stützte sich auf ihren Gehstock und betrachtete das reetgedeckte Gebäude wie die sachkundige Besucherin einer Kunstausstellung. »Das wird wunderschön aussehen, wenn die Rosen blühen. – Danke, Sophie!«

Mit einer warmen Geste legte sie die Finger auf den Oberarm der jungen Frau.

»Aber Sie hätten das wirklich nicht mitten in der Nacht machen müssen, Kindchen.« Ihr Blick bezog Gino mit ein, der sich im Hintergrund gehalten hatte. Wie angekündigt, hatte er Sophie das Reden überlassen.

Nicht dass es viel zu reden gegeben hätte.

Sophie hatte geduscht und danach einen eiligen Kaffee getrunken, während Gino im Herrenhaus verschwunden war, um seine Tochter für den Unterricht fertig zu machen.

Dann war sie ihm gefolgt und hatte die Helmkes gebeten, sich draußen mal etwas anzusehen.

»Na ja«, sagte sie, warf einen Blick auf Wilhelm. »Eine Überraschung eben.«

Die alte Frau nickte verstehend.

Ein tiefer Blick aus ihren Augen, die so viel sehen – und so viel verbergen konnten.

Die Aufräumarbeiten im Kaminzimmer waren in einer halben Stunde erledigt. Es war seltsam: Als Sophie die gedrechselten Holzstühle unter die Tische geschoben hatte und einen letzten Blick durch den Raum warf, kam es ihr fast unwirklich vor, dass hier gestern Abend mehr als zwanzig Menschen zusammengesessen haben sollten.

Mehr als zwanzig Menschen. Und einer von ihnen hatte möglicherweise fünf unmissverständliche Buchstaben an die Wand ihres Quartiers geschmiert: *HAU AB!*

Einer von ihnen. Oder auch nicht.

Mit einem Kopfschütteln wandte sie sich ab.

Sie spürte die Anspannung, noch immer. Außerdem spürte sie jeden einzelnen ihrer Knochen nach der Streichaktion und einem Schlaf, der alles andere als erholsam gewesen war.

Woher kamen die Träume, die sie heimsuchten, seitdem sie in der Remise wohnte?

Alte Gebäude.

Sophie musste an eine Reportage denken, die sie vor ein paar Jahren in mehrere alte Landhäuser im englischen Somerset geführt hatte. Jedes dieser Anwesen hatte seine persönliche Gespenstergeschichte gehabt. Für einen Landsitz auf den britischen Inseln gehörte sie dazu wie der bröckelnde Putz an der Außenfassade. Sie wurde gehegt und gepflegt.

Tatsächlich hatte Sophie in einigen Fällen ein wohliges Gruseln gespürt, wie in einer gut gemachten Geisterbahn.

Das hier war anders. Vollkommen anders.

Alte Gebäude, hieß es, hielten ihre Erinnerungen fest.

Sophie fasste einen Entschluss.

Dorothea saß bereits auf ihrem Platz an dem großen Esstisch vor dem Panoramafenster, das heute geschlossen war. Die Sonne jenseits der Scheiben war hinter einer hohen Nebeldecke nur blass und undeutlich zu erkennen. Auf der Rasenfläche, die in die feuchten Wiesen überging, glitzerte der Reif.

Von Wilhelm oder Gino war keine Spur zu sehen, die kleine Rike befand sich bei Cousine Edeltraut im Unterricht. Die beiden Frauen hatten das Haus für sich allein.

Die Arbeit an Dorothea Helmkes Lebensgeschichte: Tag eins.

»Die Remise ist wirklich etwas Besonderes«, bemerkte Sophie, als sie sich auf ihrem Stuhl niederließ.

Ein Versuchsballon.

Die alte Frau konnte den Ball auffangen – oder nicht.

Auf dem Tisch stand ein geflochtener Korb mit grobem Brot und vier dunklen Roggenbrötchen. Dorothea hatte am Vortag mit einem Lächeln erwähnt, dass sie schon Vollwertkost gebacken hatte, Jahrzehnte bevor dieses Wort in den allgemeinen Sprachgebrauch eingegangen war. Wurstaufschnitt, Honig, Marmelade …

Schweigend schenkte die Gastgeberin ihnen Kaffee ein.

»Ich hoffe, das war wirklich in Ordnung«, fügte Sophie an. »Mit unserer Überraschung.«

Dorothea schloss die Augen, nahm einen langsamen Schluck, stellte die Tasse wieder ab.

»Wir hatten uns vorgestellt, einmal dort zu wohnen«, sagte sie leise. »In der Remise. Wenn die Kinder das große Haus übernommen hätten. Tilman, wenn er eine Familie gehabt hätte, oder dann eben …«

Sie vollendete den Satz nicht.

Ginos Eltern. Ginos und Mariettas Eltern.

Eine Sekunde lang fragte sich Sophie, wie sich die Frau mit dem dunklen Teint hier gefühlt haben musste. Dorotheas Schwiegertochter. Auf den Fotos des kleinen Gino war ja schwer zu übersehen gewesen, wer von seinen Eltern aus Italien kam.

Was musste das für ein Gefühl für sie gewesen sein? Noch fremdartiger als für Sophie selbst? Doch Sophie fühlte sich nicht fremd, trotz allem, was in der Nacht geschehen war.

»Hier in der Gegend ist das so üblich«, murmelte Dorothea. »Wenn man alt wird, übergibt man den Hof und die Landwirtschaft an die Kinder. Und mit dem Hof das große Wohnhaus: Platz für die neue Familie. Die ältere Generation zieht sich in ein kleineres Gebäude zurück, aufs Altenteil. So hatten wir uns das vorgestellt.«

Sie blickte in die Kaffeetasse.

»Aber das Leben ist das, was geschieht, während wir ganz andere Pläne machen.«

Sophie nickte stumm. Sie fühlte eine tiefe Verbundenheit mit dieser Frau, die sie erst seit eineinhalb Tagen kannte. Mit ihrer Familie.

Aber Dorotheas Worte gaben keinen Hinweis darauf, dass Sophies Träume irgendetwas mit der ehemaligen Remise zu tun hatten.

»Also hat dort nie jemand gewohnt«, murmelte Sophie.

Die alte Frau schüttelte den Kopf: »Früher manchmal Freunde von Gino aus seiner Bundeswehrzeit, übers Wochenende oder so. Er war selbst hier ganz in der Nähe stationiert, in Munster.«

Sophie nickte.

»Irgendwie hat das Gebäude seit Langem schon für niemanden mehr einen echten Sinn gehabt«, murmelte Dorothea. »Sie sind die Erste, die wirklich für einige Zeit dort einzieht. Ich freue mich, dass Sie es sich nach Ihrem Geschmack zurechtmachen. Es hat so lange leergestanden. Schließlich hatten wir schon seit Jahren keine Kutschen mehr oder …« Sie schüttelte den Kopf. »Es war wohl höchstens noch ein …«

Ihre Lider flatterten.

»Dorothea?«

Die alte Frau sah sie an.

»… ein Geheimversteck«, sagte sie, und ein Lächeln, fast schuldbewusst und so flüchtig, als wäre es überhaupt nicht da gewesen. »Für Liebespaare.«

Sophie hob die Augenbrauen.

Doch Dorothea Helmke stützte sich auf den Tisch und zog das schwere Fotoalbum zu sich heran. Die Geschichte ihres Lebens.

»Lassen Sie uns anfangen«, schlug sie vor. »Ich bin zweiundachtzig Jahre alt. Da kommt einiges zusammen.«

Sie arbeiteten den gesamten Vormittag.

Sophie hatte ihren Tablet-PC im Gepäck und war sich von Anfang an bewusst gewesen, dass er ein kümmerlicher Ersatz für ein echtes Notebook sein würde, wenn sie vorhatte, auf diese Weise eine komplette Story zu tippen. Doch selbst dieses Gerät kam nicht zum Einsatz.

Dorothea weigerte sich kategorisch, mit der Arbeit zu beginnen, wenn Sophie ein elektronisches Medium zu Hilfe nahm. Im Gegenteil: Sie nahm der jungen Frau das Versprechen ab, ihre Notizen auch später in der Remise nicht in den Rechner zu übertragen. Nicht bevor die

Gastgeberin ihr ausdrückliches Einverständnis gegeben hatte.

Sophie konnte sich nur vorstellen, dass die alte Frau irgendeinen Fernsehbericht über die Gefahren des Monstrums Internet gesehen hatte, das bekanntlich sämtliche auf PC gespeicherten Informationen ungefragt weltweit verbreitete.

Allerdings hatte sie bisher im Herrenhaus nicht mal einen Fernseher gesehen.

Und ihr Tablet-PC hatte so oder so keinen Webzugang.

Doch sie fügte sich der alten Frau. Bewaffnet mit einem Kugelschreiber und einem Oktavheft, das Dorothea aus einer Krimskramsschublade gefischt hatte, begann sie dem Bericht der alten Frau zu lauschen – und war innerhalb von Minuten gefangen von der Lebensgeschichte Dorothea Helmkes und der Vergangenheit des Ortes Hohenholz.

Die alte Frau setzte mit der Geschichte ihrer Familie ein, die einige Höfe weiter gewohnt hatte, in dem Haus, in dem heute Cousine Edeltraut lebte. Dorotheas Eltern waren Bauern gewesen, wie alle im Dorf, doch ihr Vater hatte zusätzlich noch einen anderen Beruf ausgeübt, die Stellmacherei. Er hatte Fuhrwerke und Leiterwagen gezimmert – bis sich eines Tages eines der halb fertigen Fuhrwerke aus seiner Verankerung gelöst und ihn unter seinen mächtigen Rädern zerquetscht hatte. Er war nicht einmal vierzig geworden.

»Damals war ich sieben Jahre alt.« Das Blau in den Augen der alten Frau war dermaßen intensiv und schien doch gleichzeitig nahezu transparent: wie ein Spiegel, der den Blick in eine ferne Zeit gestattete, aber durchlässig nur für die Erinnerung war.

Sie sieht nicht mich, dachte Sophie. In diesem Moment ist sie im Damals.

»Wir waren nur zwei Geschwister«, murmelte Dorothea. »Mein älterer Bruder, der später im Krieg gefallen ist, und ich. So wenige Kinder, das war ungewöhnlich zu dieser Zeit, bevor man auf die Idee kam, dass man eine Familie planen kann.«

Für eine Sekunde schien sie in der Gegenwart zurück zu sein, warf Sophie einen Blick zu.

Das Leben ist das, was geschieht, während wir ganz andere Pläne machen, dachte Sophie.

Doch schon war ihre Gastgeberin wieder fort, erzählte, wie ihre Mutter die Landwirtschaft übernommen hatte, unterstützt von den Verwandten ihres verstorbenen Mannes. Es war eine schwere Zeit gewesen, daran ließ sie keinen Zweifel, doch irgendwie hatte die kleine Familie überlebt.

Die Gemeinschaft in einem kleinen Ort wie Hohenholz war stark. Über vier oder fünf Ecken war in diesem Dorf jeder mit jedem verwandt, und schwere Zeiten stand man durch – gemeinsam.

Doch richtig klar wurde Sophie das erst, als die alte Frau auf den Truppenübungsplatz zu sprechen kam.

»Es hatte schon eine Zeit lang Gerüchte gegeben.« Dorothea hatte das Album aufgeblättert – am Anfang diesmal – und wies auf eine Reihe vergilbter Schwarz-Weiß-Aufnahmen, die die wellige Landschaft der Heide zeigten: schwarze Wälder, karge sandige Flächen und, schüchtern beinahe, die Kirchturmspitzen winziger Dörfer, die sich gegen die Übermacht der Natur in feuchtere und fruchtbarere Senken duckten.

»Es war die Nazizeit, müssen Sie bedenken.« Ein kurzer Blick zu Sophie. »Nicht dass das, was draußen in der Welt passierte, damals eine größere Rolle gespielt hätte als heute. Wilhelms Onkel, der auf dem Gutshof das Sagen hatte, konnte sich für diesen Mist begeistern …« Ein Aufflackern in Dorotheas Augen. Mist war das härteste Wort, das die alte Frau bisher in Sophies Gegenwart in den Mund genommen hatte. »Er ist im Krieg geblieben«, murmelte die Gastgeberin. »Aber das war später.«

Sophie blieb die Luft weg, als sie hörte, was vorher passiert war:

Fünfundzwanzig Dörfer im Süden der Lüneburger Heide, über eine Fläche verstreut, die einem mittleren deutschen Landkreis entsprach: Innerhalb weniger Jahre hatten sie geräumt werden müssen. Widerstand war undenkbar gewesen; die Menschen hatten gewusst oder geahnt, dass das Regime zu noch weit unmenschlicheren Taten in der Lage war.

An diesem Punkt wollte auch Dorothea Helmke nicht weiter ins Detail gehen. Wie so viele Menschen ihrer Generation.

Fünfundzwanzig Dörfer. Die Bewohner waren auf Ortschaften in der Umgebung verteilt, Familien und Freundschaften auseinandergerissen worden. Land, auf dem die Menschen seit Jahrhunderten gelebt hatten, war in eine verbotene Zone verwandelt worden, in der die Machthaber die Umsetzung ihrer Pläne zur Eroberung der Welt vorbereitet hatten wie in einem gigantischen Sandkasten. Eine gesamte Region vernichtet.

Ausgenommen Hohenholz.

»Wilhelms Onkel«, erklärte Dorothea, »der hatte Kontakte zu sonst was für Bonzen, das war bekannt. Wir können nur vermuten, dass man deshalb eine Ausnahme gemacht hat mit Hohenholz, das doch mitten in diesem Gebiet lag. Aber letztendlich hat damals niemand nachgefragt. Den Menschen im Dorf kam es vor wie ein Wunder. Ein Wunder, das sie nur noch enger zusammengeschmiedet hat. Hohenholz gegen den Rest der Welt.«

Ein leichtes Lächeln, und doch glaubte Sophie in ihrem Blick etwas zu erkennen, das sie einfach nicht zu fassen bekam.

Dorothea erzählte ihr die Geschichte ihres Lebens. So war es abgemacht. Die Dorothea Helmke, die Sophie bisher kennengelernt hatte, aber hätte voll bei der Sache sein müssen. Schließlich hatte die alte Frau selbst darauf bestanden, so schnell wie möglich mit der Arbeit zu beginnen.

Doch sie war eben nicht vollständig bei der Sache.

Sophie hätte nicht eindeutig sagen können, seit wann genau das so war. Schon vor Beginn der Erzählung? Seit sie über die Remise gesprochen hatten?

Was hatte es mit der Remise auf sich?

War es tatsächlich so entscheidend, was Dorothea erzählte? Hätte Sophie viel stärker auf das achten sollen, was sie nicht erzählte?

Dann hätte sie selbst die Gabe der alten Frau besitzen müssen.

Und doch wurde ihr immer klarer, dass da etwas sein musste: Hohenholz gegen den Rest der Welt.

Krakelige Buchstaben an einer weiß gekalkten Wand: *HAU AB!*

Irgendetwas verbarg sich hinter der konzentriert in Falten gelegten Stirn der alten Frau. Eine Erinnerung, die sich noch mühsam den Weg an die Oberfläche suchte.

Und Sophie von Wiedenthal war sich keineswegs sicher, dass Dorothea Helmke bereit sein würde, sie mit ihr zu teilen.

Geheimnisse der Vergangenheit, nahezu unleserlich geworden im Lauf der Jahrzehnte.

Wie rostbraune Zeichen auf der rauen Borke der Bäume.

Geheimnisse.

Der Gedanke ging Sophie nicht aus dem Kopf.

Sie war seit über zehn Jahren Journalistin, und sie wusste, wie eine Story funktionierte. Sie war es gewohnt, den Herrschaften aus Wirtschaft und Politik auf die Finger zu schauen – und ihr war klar, dass sie einige von ihnen hin und wieder ziemlich überrascht hatte.

Nicht etwa durch die reine Tatsache, dass sie ihre schmutzigen Geheimnisse ans Tageslicht gebracht hatte. Nein. Am allermeisten waren diese Herrschaften wohl darüber erstaunt gewesen, dass Sophie von Wiedenthal auf die Idee gekommen war, an einer Stelle nach einem Geheimnis zu suchen, an der ihre Kollegen vorbeigegangen wären, ohne ein zweites Mal hinzusehen.

Dabei war die Sache so einfach: Nichts auf der Welt geschah ohne Grund.

Wenn der Chauffeur Konrad Hegemanns, des ungekrönten Königs der Süßwarenindustrie, von heute auf morgen seinen Job aufgeben und gleichzeitig mit seiner Familie in die schicke Neubausiedlung am Drachenfels ziehen konnte – und weiterhin auf bestem Fuß mit seinem alten Chef stand –, dann musste es einen Grund dafür geben.

Einen Grund, den Sophie in diesem Fall nicht beim Chauffeur gefunden hatte, sondern bei dessen dreizehnjähriger Tochter, die nämlich der wahre Anlass für Hegemanns fortgesetzte Besuche in der Reihenhaussiedlung gewesen war. Mit Wissen der Eltern des Mädchens.

Die Eltern waren mittlerweile auf Bewährung wieder in Freiheit, wenn Sophie sich richtig erinnerte. Hegemann selbst musste noch ein oder zwei Jahre einsitzen.

Geheimnisse. Sophie konnte sie spüren.

HAU AB!

Natürlich machte die Schmiererei an der Remise ihr Angst.

Doch gleichzeitig ... Es musste einen Grund dafür geben, dass irgendjemand sich nach Einbruch der Dunkelheit auf das Gelände des Herrenhauses geschlichen hatte, um mit Hühnerblut diese Buchstaben anzubringen.

Es war eine Herausforderung. Sophie hatte Blut geleckt. Wie ein Jagdhund, der die Witterung der Beute aufgenommen hatte.

Die Meute. Gebellte Befehle wie ein Kläffen in der Ferne. Zwischen den rostrot markierten Bäumen.

Ein plötzliches Frösteln überkam Sophie.

Dieses Geheimnis ist anders, dachte sie. Anders als alles, was dir bis heute begegnet ist. Vergiss das nie. Es ist uralt, und nicht ohne Grund ist es so lange verborgen geblieben.

Die Vergangenheit vergisst nicht.

Die Vergangenheit tötet.

Sophie schüttelte sich. Sie konnte nicht sagen, woher der Gedanke gekommen war.

Mit einem Seufzen schlug Dorothea das kleine Oktavheft zu.

Sophie hatte fünf Doppelseiten mit Notizen gefüllt, und die alte Frau hatte darauf bestanden, sich die Aufzeichnungen durchzulesen, bevor sie die Arbeit für diesen Vormittag beendeten.

»In Ordnung.« Die Gastgeberin blickte auf. »Was Sie da geschrieben haben, habe ich ganz genau so gesagt, und dazu kann ich stehen. – Was bedeuten die Fragezeichen am Rand?«

Sophie wich ihrem Blick nicht aus. »An diesen Stellen möchte ich noch einmal nachhaken.«

Dorothea nickte. »Das dürfen Sie. Das ist nur fair. – Ich kann Ihnen nur nicht versprechen, dass Sie jedes Mal eine Antwort bekommen werden.« Sie sah über die Schulter der jungen Frau. »Ganz sicher nicht mehr heute Vormittag jedenfalls. Die Männer haben den ganzen Morgen in den Ställen verbracht, und das ist harte Arbeit. Wir schulden ihnen ein vernünftiges Mittagessen.«

Sophie nickte. Diese ganz handfesten, alltäglichen Aufgaben waren ein Teil dessen, was sie an Hohenholz liebte. Eine Gemeinschaft, dachte sie. Eine Familie.

Es kann doch unmöglich dermaßen einfach sein.

»Dann machen wir nach dem Essen weiter?«, fragte sie.

Dorothea schüttelte den Kopf. »Bei allem Verständnis für Ihre Begeisterung, Kindchen, aber ich sehe Tilman jetzt schon vor mir, wie er seiner alter Mutter bittere Vorwürfe macht. Sie sind zur Erholung hier bei uns, Sophie. Und ich habe auch noch einen Haushalt zu führen.«

Ihr Blick wanderte zu den Panoramascheiben, hinaus auf die Weiden.

Das feuchte Gras hatte den morgendlichen Dunst aufgesogen wie ein gigantischer moosgrüner Schwamm. Vom Reif, der die Wiesen bedeckt hatte, war keine Spur mehr zu sehen. Eine gelbe Sonne an einem fast wolkenlosen Himmel.

»Die Pferde müssten dringend bewegt werden«, murmelte die alte Frau.

Sophie versuchte sich zu erinnern, wann sie zum letzten Mal im Sattel gesessen hatte.

Irgendwann in der neunten Klasse? Zu Beginn der zehnten?

Viel zu lange her. In den nächsten Tagen würde ihr Körper ihr das sehr, sehr deutlich zu verstehen geben.

Doch jetzt war das bedeutungslos.

Sie hatte den Stall betreten, und im selben Moment hatte ihre Wahl festgestanden. Eine fuchsbraune Stute, ein wunderschönes Tier, auch wenn es etwas bockig war.

Zumindest in dieser Beziehung sollten sie beide gut zueinanderpassen.

Gino hatte am Anfang natürlich Einwände gehabt: Die Stute sei eingeritten, klar, aber sie hätten andere Pferde in den Boxen, mit denen sie weit besser zurechtkommen würde, wenn sie so aus der Übung war.

Doch was war ihm am Ende anderes übrig geblieben? Und Sophie glaubte sogar, ganz kurz wieder diese winzige Andeutung eines Lächelns gesehen zu haben – zum ersten Mal seit gestern Mittag, als sie versucht hatte, mit dem Fuß in einem Kuhfladen mit ihm ins Gespräch zu kommen.

Er selbst ritt einen temperamentvollen Wallach, ein junges Tier, dem man den Mutwillen deutlich ansah, schon an der Art, wie es mit den Ohren spielte.

Es war ein Erlebnis, Gino im Sattel zu sehen. Bis zu diesem Moment war Sophie davon überzeugt gewesen, dass er sein Leben in Hohenholz vor allem als eine Art Buße betrachtete für die Dinge, die geschehen waren, als er noch ein halbes Kind gewesen war.

Erst jetzt wurde ihr klar, wie sehr er an diesen Ort gehörte.

Mit einem kaum sichtbaren Druck seiner Waden gab er dem Wallach Befehle, und in neun von zehn Fällen gehorchte das Pferd ohne Widerstand. Doch nur ein ungeübter Reiter hätte unterschätzen können, was für Flausen einem jungen Tier in den Kopf kommen konnten. Wer dagegen das Reiten von der Pike auf gelernt hatte, würde jeden Moment auf der Hut sein, auf das erste Anzeichen von Gegenwehr kompromisslos reagieren, dem Wallach klarmachen, wer von ihnen beiden das Sagen hatte.

Und genau das tat Gino nicht.

Er ließ dem Tier seine Freiheit. Gab ihm Raum, sich auszutoben, weit vorzupreschen, während Sophie auf der Stute langsamer folgte. In dem Moment aber, in dem Gino erkannte, dass es Zeit zum Eingreifen war, handelte er, ohne zu zögern, nahm auch die Zügel zu Hilfe. Und der Wallach – gehorchte.

Mensch und Tier: als wären sie ein einziges Wesen.

Als wenn etwas vom Temperament des Pferdes, dunkel wie er selbst, auf Gino überging. Oder vielleicht etwas in ihm befreite, das sonst verborgen war hinter diesem finsteren Gesichtsausdruck, aus dem so selten eine Gemütsregung abzulesen war.

Er schien mit dem Tier zu sprechen, zischte, flüsterte und – lachte? War das ein Lachen? Wild und stolz und frei und ganz und gar im Hier und Jetzt. Es klang wie der Schrei eines Raubvogels.

Gino – oder vielleicht auch der Wallach – gab die Route ihres Ausritts vor. Vom Wirtschaftshof des Herrenhauses hatten sie zunächst den Weg in die Wiesen eingeschlagen, auf einem befestigten Damm, über den Bach hinweg.

Hier, noch nahe am Dorf, waren sie das einzige Mal Menschen begegnet, und Sophie hatte Gustav Behrens erkannt, den Alten mit der Gitarre aus Wilhelms Kaminrunde – hier draußen natürlich ohne Gitarre, stattdessen aber mit einem Vorschlaghammer, der aus dem vorvorigen Jahrhundert stammen musste. Bevor das Vieh im Frühjahr auf die Weide konnte, mussten die Zäune repariert werden, hatte Gino Sophie zugebrüllt.

Behrens selbst hatte ihren raschen Gruß nur stumm erwidert.

Vielleicht hatte er seine Zähne nicht dabei.

Auf der anderen Seite des Bachs erreichten sie höher gelegenes, trockenes Gelände.

Einzelne Gruppen kahler Birken, deren Blüten eine erste Ahnung von Grün vortäuschten, flogen im zügigen Trab vorbei. Der Rand des schwarzen Waldes war noch weit entfernt, doch in der hypnotischen Bewegung der Pferdehufe rückte er näher und näher.

Talaufwärts, von wo ihnen das grasüberwucherte Band des Bächleins entgegenkam, sah Sophie jetzt einen unregelmäßigen dunklen Umriss. Im ersten Moment glaubte sie einen Schuppen zu erkennen, eine aufgegebene Hütte vielleicht.

Dann erinnerte sie sich an Dorotheas Worte.

Der Bachlauf. Die Quelle am Hohen Stein.

Wenige Hundert Meter entfernt erhob sich der Rand des Waldes wie eine schwarze Mauer.

Irgendwo hier hatten die Kinder am dunkelsten Tag in

der Geschichte von Hohenholz die Grenze überschritten: Gino – und Marietta.

Sophie stellte fest, dass die Stute automatisch langsamer geworden war. Ihr eigenes instinktives Zögern musste sich auf das Tier übertragen haben.

Doch das war kein Problem.

Gino hatte an dem mächtigen Steinblock haltgemacht, blickte ihr entgegen. Unruhig tänzelte der Wallach. Noch längst nicht ausreichend Abenteuer für einen ganzen Tag.

Doch der Gesichtsausdruck des Reiters hatte sich wieder verändert. Verschlossen, düster wie der Schatten, den der aufragende Felsen auf die Wiesen warf, wo der Bach als dünnes Rinnsal aus dem Gras hervorkam.

Ein einzelner Schweißtropfen suchte sich den Weg über Ginos Hals, verschwand in seinem Hemdkragen, der aus der Bundeswehrjacke sah.

»Sie haben recht gut durchgehalten«, bemerkte er.

Das erste Mal, dass sie so was wie ein Lob von ihm zu hören bekam.

Merk dir diesen Moment!

Lob gehörte nicht zu den Ausdrucksformen, mit denen er besonders verschwenderisch umging.

Sophie tätschelte den Hals ihrer Stute. »Sie ist wunderschön«, sagte sie. »Und klug. Sie teilt sich ihre Kräfte ein. Wir beide könnten noch stundenlang so weitermachen: einfach immer geradeaus.«

Gino schüttelte den Kopf. »Geradeaus ist nicht möglich. Aber wir können in weitem Bogen …« Er streckte den Arm aus, wies über die Ausläufer der Hügel. »Zurück ins Dorf werden wir noch mehr als eine Stunde unterwegs sein. Das genügt den Tieren, jetzt, nach dem Winter.«

Sophie nickte, legte den Kopf in den Nacken, betrachtete den Felsen: dunkles Gestein, höher als die beiden Reiter in ihren Sätteln. Wie ein bizarres, schartiges Osterei, das vom Himmel gefallen war und sich in die Hänge oberhalb von Hohenholz gebohrt hatte.

»Irgendwie ... gewaltig.« Sophie war klar, dass sie das Gefühl nicht angemessen wiedergab.

Diese Stelle war alt, uralt. Sehr viel älter als das Dorf unten im Tal, das selbst uralt sein musste. Es war nicht mehr als ein Gefühl, doch sie wusste, dass sie sich nicht täuschte.

Ihr Blick kehrte zurück zu Gino. »Sind Sie häufiger hier?«

Sofort wurden seine Augen zu schmalen Schlitzen. Sie zuckten nicht hinüber zum Waldrand, doch sie war sich sicher, dass er sie mit Gewalt daran hindern musste.

Ahnt er, dass ich mit Dorothea über ihn gesprochen habe?

Plötzlich schämte sie sich für ihre Neugier.

Andererseits hatte die alte Frau von sich aus angefangen zu erzählen.

Und ihn hatte sie nun ja kaum fragen können, warum er so ein finsterer Kerl war.

»Manchmal«, sagte er. »Hin und wieder komme ich her.«

Die Stute tänzelte leicht. Sophie war dermaßen überrascht, eine Antwort zu bekommen, dass sie wohl zusammengezuckt sein musste.

»Zum Nachdenken«, murmelte er. »Das hier ist einer der Orte in Hohenholz, von dem aus man am weitesten sehen kann. Irgendwie ist das eine Hilfe von Zeit zu Zeit. Alles, worüber man sich ständig den Kopf zerbricht, fühlt sich auf einmal ganz anders an, wenn es plötzlich so klein aussieht.« Er kniff die Augen zusammen.

Das Dorf, weit unten, wie in einer Spielzeuglandschaft.

»Hier oben scheint es besonders gut zu funktionieren«, sagte er leise, warf einen beinahe scheuen Blick auf den gewaltigen Stein.

Er spürt es auch. Der Gedanke fuhr durch Sophies Kopf.

»Was ist das für ein Ort?«, fragte sie. Irgendwie hatte sie hier oben das Bedürfnis zu flüstern, wie zu Hause im Chor des alten Doms zu Köln, wo man automatisch mit gedämpfter Stimme sprach.

Gino hob die Schultern, doch auf eine schwer zu bestimmende Weise ließ die Bewegung so etwas wie Unbehagen erkennen. »Als der Truppenübungsplatz angelegt wurde, sind in der ganzen Gegend Ausgrabungen gemacht worden. Wahrscheinlich war ihnen klar, dass bald nichts mehr übrig sein würde, wenn erst die Panzer rollten.« Ein Nicken über die Schulter, aber ohne sich zum Waldrand umzusehen. »Hier am Stein wurde damals einer der größten Funde gemacht: Scherben, die zu Urnen gehört haben müssen, für die Asche der Toten. Schmuck. Geschnitzte Tierknochen: Grabbeigaben. Ich denke, dass dieser Ort eine Art Heiligtum war, ein Kultplatz oder Opferplatz, bevor die Gegend christlich wurde.«

Seine Stirn hatte sich in Falten gelegt. Sophie fiel auf, dass auch der Wallach irgendwie unruhig wirkte, mit den Ohren spielte.

Gino sah geradeaus in Richtung Dorf. Die nächsten Worte waren ein Murmeln, ohne dass sich seine Lippen bewegten. Kaum zu verstehen.

»Wir werden beobachtet. Sie merken es auch. – Sagen Sie nichts! Streichen Sie sich die Haare aus der Stirn, wenn ich recht habe!«

Eine plötzliche Gänsehaut rieselte über Sophies Körper.

So beiläufig wie möglich strich sie sich eine Haarsträhne hinter das Ohr zurück.

»Der Stein ist ein Überbleibsel aus der Eiszeit«, fuhr Gino in normaler Lautstärke fort.

Als wäre überhaupt nichts gewesen.

»Damals, als die Landschaft hier entstand und die Eismassen den Sand und das Geröll vor sich herschoben, bis es irgendwo zu liegen kam und diese Hügel bildete. Seitdem hat sich dieser Stein nicht von der Stelle bewegt.«

Sophie nickte wortlos, bemühte sich, ihn nicht zu deutlich anzustarren.

Sie wurden beobachtet? Von wo? Von wem?

Blutige Buchstaben an der Mauer der Remise.

Der Wallach schlug unruhig mit dem Schweif, und seine Unruhe begann sich auf Sophies Tier zu übertragen.

»Seien Sie mir nicht böse.« Gino sah sie an. »Ich würde hier oben gerne noch ein wenig allein sein. Am besten nehmen Sie denselben Weg, den wir gekommen sind. Kommen Sie dem Bach nicht zu nahe, dann hat das Pferd ...«

Sophie öffnete den Mund.

»Tun Sie es! Der Wind kommt von Westen. Er ist im Wald, direkt hinter uns. Die Tiere wittern ihn.«

Diese Worte hatte sie von seinen Lippen lesen müssen.

Sophie kniff die Augen zusammen.

Sie sollte sich in Sicherheit bringen. Und er?

Sie hatte sich in den letzten zehn Jahren mit ein paar ziemlich mächtigen Männern angelegt. Ihre zerstochenen

Autoreifen während der Hegemann-Affäre waren noch einer der harmloseren Einschüchterungsversuche gewesen, und auch das blutige *HAU AB!* war bei Lichte betrachtet ein Witz, verglichen mit ihrer Reportage aus dem afghanischen Bürgerkriegsgebiet. Unheimlicher als alles, was sie bisher erlebt hatte, aber damit noch nicht unbedingt gefährlicher.

Sophie von Wiedenthal war noch nie davongelaufen.

Doch die Heckenschützen der Taliban hatten es nicht speziell auf sie abgesehen gehabt. Wenn dagegen in diesem Moment jemand in Gefahr war, dann war es nicht Gino, der schließlich nach Hohenholz gehörte, sondern einzig und allein sie.

Ihre Augen folgten dem Weg, den sie vom Dorf her genommen hatten. Wenn ihr jemand auf der Spur bleiben wollte, musste er am Hohen Stein vorbei – und an Gino.

So dumm wird er nicht sein.

Nein, der Beobachter würde sein Versteck nicht verlassen.

Wenn Sophie gehorchte, hätten sie exakt nichts erreicht. Die Bedrohung würde in gleicher Weise fortbestehen.

Augen zwischen den Bäumen. Sie konnten jedem gehören.

Sie würden ihr weiter folgen.

»Direkt an den Bäumen fängt der Übungsplatz an?«, fragte sie laut.

Gino starrte sie an. Seine Augen verschossen blau blitzende Pfeile.

»Nicht unmittelbar«, knurrte er aus zusammengebissenen Zähnen. »Das vorderste Stück gehört an dieser Stelle noch zu Hohenholz.«

»Dorothea hat mir davon erzählt.« Sophie nickte. »Ich glaube, das möchte ich mir mal ansehen – die Grenze.«

Ein leichter Druck ihrer Waden. Die Fuchsstute warf unbehaglich den Kopf zur Seite, doch sie gehorchte.

Gino fluchte lautlos, doch Sophie war schon an ihm vorbei.

Die Bäume, dunkles Nadelholz. Nicht wirklich schwarz, aber nun, aus der Nähe, doch eine geschlossene Mauer, fünfzehn, zwanzig Meter hoch. Eine schweigende Armee, die nur auf ihr Kommando wartete.

Eine Gänsehaut überzog Sophies Körper.

Sie spürte Ginos Augen in ihrem Rücken, zwei angespitzte Messer, knapp oberhalb ihrer Schulterblätter. Das leise Geräusch, als er den Wallach antrieb, ihr zu folgen.

Ihr Blick war auf den Wald gerichtet.

Irgendwo dort vorn waren sie, unsichtbar. Noch fünfzig, vierzig, noch dreißig Meter entfernt.

Augen.

Augen zwischen den Bäumen.

Du schimpfst dich Herr, errichtest hohe
und hehre Hallen voller Prunk,
doch reicht der brandlechzenden Lohe
ein einziger verirrter Funk'.

(Dorothea Helmke, Von fahlen Feuern)

Eine geschlossene Mauer aus dunklem Grün.

Erst als Sophie nur noch ein halbes Dutzend Pferdelängen entfernt war, sah sie die Öffnung in diesem Wall. Ein Weg, der zwischen die Bäume führte, gerade breit genug, dass ein Fuhrwerk hier hätte fahren können.

Doch es musste lange her sein, dass dies zuletzt geschehen war. Gras hatte die Fahrspuren überwuchert, das wenige Schritte hinter dem Waldsaum in dunkles Moos überging.

Sophies Schenkel gaben der Stute ein Zeichen, und das Tier gehorchte, mit deutlichem Unwillen jetzt, korrigierte die Richtung.

Ich mache einen Fehler.

Der Gedanke in ihrem Kopf war so deutlich, als hätte sie ihn laut ausgesprochen.

Sie spürte Ginos Gegenwart in ihrem Rücken. Seine Wachsamkeit. Seine Augen, deren Blick sich zwischen dem Gestrüpp einen Weg freizubrennen versuchte.

Sophies eigene Augen huschten hin und her.

Nicht so offensichtlich!

Wenn der Beobachter begriff, dass sie nach ihm suchten, war ihr einziger Vorteil verspielt.

Doch selbst wenn er nicht begriff:

HAU AB!

Hätte Sophie von Wiedenthal ein deutlicheres Zeichen geben können, dass sie nicht daran dachte, aus Hohenholz zu verschwinden?

Ihr Verfolger musste längst erkannt haben, dass sein Einschüchterungsversuch gescheitert war.

Er wird nicht einfach aufgeben.

Schon die Tatsache, dass er sich hier oben auf die Lauer gelegt hatte, bewies, dass er sie weiter unter Beobachtung hielt. Und das Blut an der Remise war ein so unübersehbares Signal: Er würde nicht beim Beobachten bleiben. Er war entschlossen zu handeln.

Aber woher konnte er wissen, dass wir hierher unterwegs waren?

Wahrscheinlich war Gino sehr viel häufiger am Hohen Stein, als er zugegeben hatte. Der Beobachter hatte davon ausgehen können, dass ihr Weg sie zur Quelle führen würde.

Und dass sie sich zum Ausritt fertig machten, hatte das halbe Dorf mitbekommen. Dr. Warnecke hatte über den Zaun hinweg noch ein paar Worte mit Wilhelm gewechselt.

Augen. Zwischen den Bäumen.

Sophies Stute wurde langsamer, warf den Kopf in die Luft.

»Shht!«, flüsterte die junge Frau.

Er hat hier auf uns gewartet.

Was, wenn er fest damit gerechnet hat, dass wir in den Wald vordringen?

Wenn genau das sein Plan war?

Die dunklen Zweige der Fichten hatten sich über ihnen geschlossen. Ein dichtes Moospolster bedeckte den Waldboden, an den zu keiner Zeit des Jahres ein Sonnenstrahl drang.

Die tastenden Schritte der Pferde waren nicht mehr zu hören.

Stattdessen …

Ein schrilles Wiehern. Keines ihrer Pferde. Ein Stück entfernt, im Wald.

Eine Hand griff nach den Zügeln der Stute.

Sophie schrie auf.

»Still!«, zischte Gino.

Er hatte den Wallach an ihre Seite gebracht. Ihre Gesichter waren keine dreißig Zentimeter voneinander entfernt, seine Finger hielten die Zügel der Stute gepackt.

»Er kann nicht weit sein«, flüsterte er. »Hundert Meter weiter beginnt der Übungsplatz, und er wird die Grenze nicht überschreiten, nach allem …«

Sein Mund: eine blutleere Linie.

Der Tag, an dem Marietta gestorben war. Gino war nicht der Einzige, der ihn niemals vergessen würde.

Alte Munitionsvorräte. Vielleicht sogar Minen im Boden.

Wenn der Verfolger begriff, dass er vom Jäger zum Gejagten geworden war, hatte er keine Chance, sich weiter nach hinten zurückzuziehen.

Konnte er zur Seite ausweichen, entlang der Grenze, oder hätte er sich dann ins Freie wagen müssen?

Sophie kam nicht zum Fragen.

»Sie bleiben genau hier!«, zischte Gino. »Und Sie steigen auf keinen Fall ab! Die Pferde müssen sein Tier gewittert haben, und sie werden es spüren, sobald er versucht, sich anzuschleichen. – Der Wind ist immer noch unser Verbündeter, selbst hier im Wald.«

Seine Augen fixierten sie.

»Wenn die Stute noch unruhiger wird, geben Sie die Zügel frei! Erst dann! Im Freien sind Sie …«

Er schüttelte den Kopf.

Ein besseres Ziel kann der Angreifer sich nicht wünschen.

Unnötig, die Worte auszusprechen.

Gino legte noch einmal kurz einen Finger an die Lippen: Verhalten Sie sich still!

Sophie schluckte, nickte stumm.

Gino glitt aus dem Sattel, legte dem Wallach kurz die Hand auf den Hals, als würde er sich auch mit dem Tier wortlos verständigen.

Dann tastete er kurz über seine Hüfte und begann sich lautlos den Waldweg hinabzubewegen.

Sophie kniff die Augen zusammen. Hatte er eine Waffe dabei? Ein Jagdmesser vielleicht?

Oder einfach ein Handy?

Im Stillen fluchte sie auf Tilly. Ihr eigenes Mobiltelefon lag zu Hause in Rodenkirchen.

Sie beobachtete, wie Gino dem überwucherten Weg einige Schritte folgte und sich dann in eine Lücke zwischen den Stämmen der Nadelbäume schob.

Sekunden später war er im Unterholz verschwunden.

Sophies Augen blieben auf die Stelle geheftet, an der sie ihn zuletzt gesehen hatte.

Sie wollte sich nicht umsehen, wollte nicht feststellen,

dass die Stämme links und rechts des Weges mit blutig roten Markierungen bezeichnet waren.

Sie tat es trotzdem.

Die Kiefern waren nach einem festen Muster gepflanzt worden, in langen, scheinbar unendlichen Reihen, die den Formen des Geländes folgten und ein Stück entfernt hinter Hügelkämmen unsichtbar wurden. Ihre Wurzeln dagegen waren bereits wenige Schritte entfernt nicht mehr zu sehen, in undurchdringlichem Unterholz versteckt, während ihre Äste erst mehrere Meter über dem Boden ansetzten, dann zusehends dichter wurden, bis sie ein massives Dach über dem Waldboden bildeten, durch das nur an wenigen Stellen ein verirrter Lichtstrahl drang.

Harzgeruch lag in der Luft, das Aroma von feuchter Erde und etwas noch Dunkleres, der Atem der Nadelbäume selbst.

Markierungen an der Rinde, ganz gleich in welcher Farbe, konnte Sophie nirgendwo entdecken.

Sie legte die Hand in den Nacken ihrer Stute, knapp unterhalb der unruhig zuckenden Ohren. Die Tiere waren nervös, witterten in die Luft.

Doch noch hatte sich an ihrem Verhalten nichts verändert.

Der Wallach stand kaum eine Armlänge entfernt. Sophie fragte sich, wie Gino das angestellt hatte: Diese Tiere hatten ein derartig feines Gespür für eine drohende Gefahr, und doch war das Pferd einfach stehen geblieben wie festgebunden.

Sophies Augen richteten sich wieder auf die Lücke im Unterholz, durch die Gino verschwunden war.

Sie schämte sich. Wie sehr hatte sie diesem Mann am Anfang unrecht getan. Und in diesem Moment setzte er sein Leben aufs Spiel – nur weil Sophie sich geweigert hatte, der Stute die Knie in die Flanken zu drücken und auf dem kürzesten Weg ins Dorf zu verschwinden.

Keiner von ihnen beiden wäre auch nur in Gefahr geraten.

Wenn es einen von ihnen gab, der Grund hatte, sich über den anderen zu beklagen, dann war es Gino.

Er hätte allen Grund gehabt, sie zum Teufel zu wünschen.

Allen Grund.

HAU AB!

Keuchend holte Sophie Luft, und die Stute regte sich nervös – doch das war im nächsten Moment wieder vorbei.

Doch nicht in Sophies Kopf.

Er *hatte* allen Grund.

Nichts auf der Welt geschah grundlos.

Gino war der einzige Enkel der alten Helmkes. Der einzige Erbe für das Herrenhaus, den riesigen Hof mit Pferdezucht und für alles, was sonst noch dazugehören mochte.

Wirklich der einzige? Tilly – Tilman – hatte das Dorf vor Jahren verlassen. Doch jetzt auf einmal tauchte eine Freundin des verschollenen Tilman auf, wurde mit offenen Armen empfangen und verwandelte sich in Windeseile auch in Dorothea Helmkes beste Freundin.

Und fing an, Fragen zu stellen.

Fragen über die Vergangenheit, die wie ein finsterer Schatten über Ginos Leben lag. Sieben Tote im Dorf, seine eigene Schwester, seine Eltern.

Konnte er mitbekommen haben, worüber sich die beiden Frauen am Vortag unterhalten hatten?

Er war im Schuppen gewesen. Beim Holzhacken. Die Geräusche hatten das gesamte Gespräch an diesem Vormittag begleitet.

Tatsächlich ohne Pause?

Und woher wollte Sophie überhaupt wissen, ob die Helmkes nicht noch irgendwelche Arbeiter beschäftigten, die ebenso gut das Holzhacken hätten übernehmen können?

Aber er hatte ihr geholfen! Sie hatten die halbe Nacht lang die Fassade ihres Quartiers überstrichen, damit die Helmkes nur nicht mitbekamen …

Was, wenn er ganz eigene Gründe dafür gehabt hatte, dass seine Großeltern nichts von den Schmierereien zu sehen kriegen sollten? Wen hätten die Helmkes wohl als Allerersten verdächtigt, so wie er sich bei der ersten Begegnung Sophie gegenüber verhalten hatte!

Aber Dorothea hatte ihn verteidigt, hatte Sophie erklärt, wie Gino zu dem Mann geworden war, der er heute war.

Doch welche Großmutter würde ihren Enkel in so einer Situation nicht in Schutz nehmen? Würde nicht an das Gute in ihm glauben – bis man ihr die Beweise lieferte, in blutigem Rot auf der weiß gekalkten Wand.

Sophie war allein mit ihm.

Allein im Wald an den Grenzen von Hohenholz.

Oberhalb des Hohen Steins an der Quelle des Baches.

Ganz in der Nähe der Stelle, an der seine Schwester vor Jahren den schrecklichen Unfall …

Einen Unfall.

Sophie kam aus der Stadt. Sie hatte ein halbes Leben lang nicht mehr im Sattel gesessen.

Vom Dorf aus war sie längst nicht mehr zu sehen. Es gab keine Zeugen.

Ein Unfall.

Gehetzt sah sie über die Schulter. Sie waren vielleicht zwanzig Meter in den Wald vorgedrungen, bevor sich Gino verabschiedet hatte.

Das Tal von Hohenholz war ein Tor aus gelbem Licht unter den Ästen der Kiefern, die sich quer über dem Pfad berührten.

Wenn sie es ins Freie schaffte …

Aber dort draußen würde sie ein perfektes Ziel abgeben. Sie hatte gesehen, wie er sich über die Hüfte getastet hatte. Wenn er eine Waffe mit sich führte, hatte sie nicht den Hauch einer Chance.

Aber würde er das wagen?

Nein. Das wäre unmöglich als Unfall zu verkaufen.

Doch hatte er nicht alles getan, um zu verhindern, dass sie sich dem Waldrand überhaupt näherte? Hatte er sie nicht unmissverständlich aufgefordert, nach Hohenholz zurückzukehren?

Was, wenn selbst das Teil seines Plans war? Eines komplizierten, um drei Ecken gedachten Plans, an dessen Ende sie …

Sophie biss die Zähne zusammen.

Kann es sein, dass du gerade vollständig am Durchdrehen bist?

Ihre Augen kehrten zurück zum Pfad, der sich in der Tiefe des Waldes verlor.

Menschenleer.

Doch etwas hatte sich verändert. Vielleicht war es nur der Lichteinfall, doch die Bäume schienen näher zusammengerückt zu sein. Erdrückend. Erstickend.

Hau ab! Raus aus dem Wald!

Sie riss an den Zügeln der Stute.

Erschrocken wieherte das Tier auf, stieg auf der Hinterhand in die Höhe.

Sophie schrie auf, klammerte sich an die Trense.

Die Bäume, die Äste, schwarz, braun, dunkles Grün, sekundenlang in unmöglichen Winkeln.

Die Stute schüttelte sich, bockte.

Sie versucht mich abzuwerfen!

Der Wallach war einige Schritte zurückgewichen, sichtbar unschlüssig.

»Ruhig!« Sophies Stimme war heiser, ihre Hände um die Zügel gekrampft.

Nicht so fest! Nicht so fest, verdammt!

»Ruhig!«

Sie glaubte zu spüren, wie das Tier sich ein ganz klein wenig beruhigte.

»Ruhig!«, flüsterte sie noch einmal.

Ich muss sie dazu bringen zu wenden.

Ein vorsichtiger Zug mit dem Zügel, ein Druck mit der linken Wade.

Ich schaffe es!

Unvermittelt stieg das Tier wieder in die Höhe.

Sophie schrie. Diesmal wusste sie, dass sie keine Chance hatte, das Pferd wieder unter ihre Kontrolle zu bringen.

Ich muss auf den Boden! Irgendwie!

Ihr Fuß! Der Steigbügel!

Die Stute bockte. Mehrere Schritte rückwärts, auf der Hinterhand. Unsichtbare Wurzeln auf dem Waldweg.

Sophie klammerte sich fest, doch sie spürte, wie ihr rechter Fuß Millimeter für Millimeter aus dem Steigbügel rutschte.

Sie konnte kaum noch einen klaren Gedanken fassen,

doch ihr war klar, dass sie keine Chance haben würde, wenn das Tier sie abwarf. Die Stute würde sie unter ihren Hufen zermalmen.

Ein Unfall.

Ihr Herz, jagend in der Kehle. Ihre Hände, ohne Gefühl.

Eine heftige Bewegung.

Jemand riss ihr die Zügel aus der Hand.

Gino.

»Ruhig!«

Er stand auf dem Pfad, wie aus dem Boden gewachsen. Ein einziges Wort, nicht einmal laut, aber wie gebellt. Ein Befehl.

Sie starrte ihn an.

Er achtete überhaupt nicht auf sie, hielt die Zügel gepackt, zwang sie ganz langsam dem Boden entgegen, bis alle vier Hufe des Pferdes wieder auf dem Boden standen. Seine Lippen bewegten sich, doch sie konnte die Worte nicht verstehen.

Die Stute: Sophie spürte die Panik des Pferdes noch immer, doch sie spürte auch seinen Willen, und er war stärker als die Angst des Tieres.

»Ruhig!«, wisperte er, streckte die freie Hand aus, noch immer ohne Sophie anzusehen. »Geben Sie mir Ihre Hand!«

Sie starrte auf seine Finger.

»Geben Sie mir Ihre Hand! Sie müssen absteigen!«

Sie starrte immer noch.

Er war viel stärker als sie. Wenn sie abstieg, war sie ihm ausgeliefert.

Ihre Lippen bewegten sich. Doch es kam kein Ton.

Erst jetzt sah er sie an.

»Sophie, Sie müssen absteigen!«

»Nein.« Nicht viel mehr als ein Flüstern. Dann etwas lauter. »Nein.«

Er kniff die Augen zusammen. »Sophie?«

Sie konnte den Blick nicht abwenden. Dieses finstere Gesicht, diese Augen, die einfach nicht passen wollten. Wie ein Riss mitten durch das Bild, das sie sich von diesem Mann gemacht hatte.

Ihre Zunge wollte ihr nicht mehr gehorchen.

»Sophie.« Sie sah, wie er Luft holte. »Bitte.«

Vorsichtig legte er die Hand auf ihren Arm.

»Lassen Sie mich los!«

Sofort wich er zurück, hielt die Hand in die Höhe, als wollte er ihr zeigen, dass er keine Waffe hatte. Die Zügel hielt er fest.

Seine Augen …

Ein tiefer, dunkler Klang.

Ginos Blick zuckte an ihr vorbei.

Der Klang wiederholte sich, ein voller, dröhnender Ton, aber aus weiter Ferne. Wie ein Echo.

»Verdammt!« Ginos Lippen bewegten sich, doch das Wort war kaum zu hören.

»Was …?«

Wieder traf sie sein Blick. Seine Hand, die sich nach ihr ausstreckte.

Und diesmal gab es keinen Widerstand.

Wie im Traum griff sie zu und ließ sich auf den Boden heben.

Wortlos drückte er ihr die Zügel in die Hand, griff selbst nach dem Zaumzeug des Wallachs. Das Tier wendete, und die Stute, erleichtert, endlich das Gewicht los zu sein, das störrisch auf ihrem Rücken gelastet hatte, folgte ihm wie selbstverständlich.

»Gino!«

Er nahm Sophie nicht mehr zur Kenntnis.

Sie folgte ihm stolpernd, die Stute trabte ohne Widerstand an ihrer Seite.

Unter dem Torbogen aus gelbem Licht, am Rande des Tals von Hohenholz, holte sie ihn ein.

Eine Spielzeuglandschaft, noch immer. Die Häuser am tiefsten Punkt der Senke wie eine Ansammlung bunter Bauklötze.

Doch die Rauchfahne, die in den blasser werdenden Nachmittagshimmel stieg, war unübersehbar.

»Das ist der Gutshof«, flüsterte Gino.

An den Rückweg konnte Sophie sich später nur schemenhaft erinnern.

Gino hatte ihr nur noch einen kurzen Blick zugeworfen, bevor er mit einer blitzartigen Bewegung in den Sattel gesprungen war. Innerhalb von Sekunden verlor sich der Hufschlag in der Ferne, als er dem Tier die Knie in die Weichen drückte und in gestrecktem Galopp talabwärts verschwand, am bizarren Schatten des Hohen Steins vorbei.

Sophie wagte es nicht, wieder in den Sattel zu steigen.

Ihr war klar, dass das die erste und älteste Regel des Reitsports war: Wenn du abgeworfen wirst, steig wieder auf!

Doch sie konnte nicht.

Sie griff nach den Zügeln ihres Pferdes und machte sich langsam auf den Weg. Die Stute trottete brav neben ihr her. Sie schien Sophie die Szene auf dem Waldweg nicht übel zu nehmen.

Vielleicht spürte sie auch einfach die Niedergeschlagenheit der jungen Frau. Ihre Verwirrung.

Die dunkle Rauchfahne über dem Tal wirkte wie ein sichtbares Zeichen des schwarzen Qualms, der Sophies Kopf zu füllen schien.

Die Feuerglocke hallte noch eine Weile über das Tal, bis sie mit einem letzten tiefen Ton verstummte.

Wer jetzt noch nicht begriffen hatte, was im Dorf vorging, musste taub sein.

Oder tot.

Zu Füßen des mächtigen Granitsteins ließ Sophie sich ins Gras gleiten, schöpfte mit der hohlen Hand Wasser aus dem Quellrinnsal.

Es schmeckte nach Erde, aber eigentlich nicht unangenehm.

Sie hatte Gino nicht gefragt, ob man das Wasser trinken konnte, aber sie hatte das sichere Gefühl, dass sie damit keinen Fehler machte. Wenigstens das fühlte sich noch richtig an.

Und schließlich trank die Stute ebenfalls.

Sophie fühlte sich erschöpft, kraftlos.

Wie seit ihrer Ankunft in Hohenholz nicht mehr.

War die Feuerglocke ihre Rettung gewesen?

Sie wusste, dass das Blödsinn war. Gino hatte ihr dort oben im Wald den Hals gerettet, im wahrsten Sinne des Wortes. Undenkbar, dass sie das Pferd aus eigener Kraft wieder in ihre Gewalt bekommen hätte.

Gino war genau das, was sie allmählich in ihm zu sehen begonnen hatte: ein Mann, dem das Leben übel mitgespielt hatte und der seitdem mit einem finsteren Gesichtsausdruck herumlief, der wie von selbst dafür sorgte, dass ihm niemand zu nahekam.

Doch unter dieser Maske befand sich ein anständiger Mensch. Mehr als anständig. Schließlich hätte er Sophie anbieten können, ihr bei den Malerarbeiten zu helfen – unter der Bedingung, dass sie am nächsten Morgen den Zug zurück nach Köln nahm.

Nein, Dorothea Helmke hatte recht gehabt. Nur in einem einzigen Detail war Sophie von Wiedenthal sich nicht vollständig sicher.

Ich kenne keinen Menschen, der weniger von einem rohen Ei an sich hat als mein Enkelsohn.

Sophie glaubte es besser zu wissen.

Gino konnte sehr wohl ein rohes Ei sein. Ein rohes Ei, das keinen anderen Schutz besaß als seine harte, kalkhaltige Schale. Wenn es jemandem gelang, diese Schale zu durchdringen, war dieser Jemand durchaus in der Lage, ihn zu verletzen.

Und genau das hatte Sophie getan.

Sie hatte es gesehen, in seinen Augen, als sie ihn angefaucht hatte: Lassen Sie mich los!

In diesem Moment hatte er begriffen.

In diesem Moment war ihm aufgegangen, was Sophie sich in ihrem Hirn zusammengegrübelt hatte, als er es gewagt hatte, sie zehn Minuten auf dem Waldweg allein zu lassen, während er selbst den Kopf für sie riskiert hatte.

Es war ein Verrat.

Sophie glaubte nicht, dass sie ihn wiedergutmachen konnte.

Sie schüttelte den Kopf.

Die Pferde waren nervös gewesen. Sie hatte die Blicke aus dem Wald gespürt. Und Gino und sie hatten das fremde Wiehern gehört, nachdem ihre Pferde den Waldweg betreten hatten.

Irgendjemand versuchte mit allen Mitteln, Sophie aus Hohenholz zu vertreiben.

Dem Manne konnte geholfen werden.

Ganz gleich, was es mit dem Feuer auf dem Gutshof auf sich hatte.

In diesem Moment beschloss Sophie von Wiedenthal, den ersten Zug zu nehmen, der den Bahnhof in Dorfmark am nächsten Morgen verließ.

Ein blutiges Rot stand am Himmel, als Sophie mit müden Füßen auf den Dammweg bog, der über den Bach hinweg zum Gutshof führte.

Die Strecke war ihr so viel länger vorgekommen, zu Fuß, die Stute am Zügel. Lahmte das Tier? Sophie war sich nicht sicher.

Falls es so ist, trage ich auch dafür die Schuld.

Ihre Panik, ihre hektische Reaktion. Welche Panik musste erst das Pferd gespürt haben, das nicht begreifen konnte, was vorging?

Während sich die Dämmerung über das Tal senkte, hatte die Rauchsäule über dem Dorf ihr Aussehen verändert. Schwarz, noch immer, doch an der Unterseite leuchtete der Qualm im Widerschein eines düsteren Rots.

Das Feuer.

Eine tiefe Scham war das Einzige, wozu selbst die betäubende Schwäche der jungen Frau noch Kraft ließ.

Der Gutshof, das Zuhause der Menschen, die sie aufgenommen hatten wie eine eigene Tochter, stand in Flammen. Und Sophie war unfähig gewesen, ihren Hintern zurück in den Sattel zu bewegen, um zu helfen.

Stattdessen hatte sie sich alle Zeit der Welt genommen für ihre egoistischen Selbstvorwürfe. Und tat es immer noch.

War sie tatsächlich ernsthaft dabei gewesen, sich einzureden, dass sie an diesen Ort gehörte? So war es doch gewesen?

Kein Mensch gehört weniger nach Hohenholz als ich.

An den letzten Weidenzäunen blieb sie stehen, leinte die Stute an. Unmöglich konnte sie das Tier mitten ins Inferno führen. Zuerst musste sie sich einen Überblick verschaffen.

Die Silhouette des Herrenhauses erhob sich vor ihr, halb verdeckt von den kahlen Bäumen der Parkanlage. Sie sah unversehrt aus.

Doch dahinter: ein zuckender rötlicher Schimmer.

Die Wirtschaftsgebäude.

»Die Remise!«, flüsterte Sophie.

Mit unsicheren Schritten überquerte sie den Hof.

Menschen rannten hektisch hin und her. Quer über die Einfahrt hatten Frauen eine Eimerkette gebildet, gaben die wassergefüllten Gefäße von Hand zu Hand.

Ich hätte eine von ihnen sein müssen! Mehr als jede andere!

Die Remise. Ihr gesamtes Gepäck befand sich in dem kleinen Gebäude, dessen Fassade Gino und sie noch in der vergangenen Nacht frisch gestrichen hatten.

Ein halbes Leben her.

Was spielte das noch für eine Rolle?

Ihr Verfolger hatte den heftigsten Beweis geliefert, wie bitterernst es ihm war, doch auch das spielte keine Rolle mehr.

Er hatte ja schon gewonnen.

Beißender Brandgeruch stieg ihr in die Nase. Ihre Augen brannten, doch Tränen wollten nicht kommen.

»Sophie!«

Eine gedrungene Gestalt, ein schwärzlicher Schatten,

der zwischen den Bäumen auf sie zukam. Er humpelte, hatte Mühe, das rechte Bein zu belasten.

Erst als er sie fast erreicht hatte, erkannte sie den Mann.

»Dr. Warnecke«, flüsterte sie.

Das Gesicht des Dorfarztes war von Rauch und Ruß geschwärzt, die Spitzen seines Walrossbarts angesengt. Den rechten Arm presste er vor den Bauch. Über der Schulter hatte sich ein dunkler Fleck auf seiner Jacke ausgebreitet.

»Sie sind verletzt«, murmelte Sophie.

»Nicht schlimm. – Sophie.« Er holte Luft. »Dorothea.«

Sophie blieb der Atem weg.

Dorothea.

Sie sollte sich ein wenig schonen. Keine unnötigen Aufregungen.

»Oh mein Gott«, flüsterte Sophie. »Sie ist …«

»Nein.« Dr. Warnecke schüttelte den Kopf: eine Geste, aus der ein nervöses Zucken wurde, als irgendwo in seinem Rücken ein lang gezogenes Krachen zu hören war, begleitet von einem Prasseln, das Sophie die Haare zu Berge stehen ließ. »Das war der Pferdestall«, murmelte der Arzt. »Keine Sorge, wir haben die Tiere rechtzeitig in Sicherheit gebracht.« Er schüttelte sich, fixierte Sophie. »Dorothea ist am Leben, aber sie hatte einen Herzanfall. Den schlimmsten bisher. Unter normalen Umständen hätte ich längst die Ambulanz gerufen, doch Sie kennen Dorothea. Und gegen ihren Willen kann ich nichts unternehmen.«

»Zur Seite!«

Sophie stolperte zurück, stieß schmerzhaft gegen einen vorstehenden Ast und …

Aus zwanzig Zentimetern Entfernung sah sie sich einem Gesicht gegenüber, das praktisch nur aus Falten bestand – und winzigen, ganz tief in den Höhlen liegenden Augen, in denen sich die Glut der Flammen spiegelte.

Kein Ast.

Eine knochiger, nahezu fleischloser Schulterknochen.

Schlüter. Lennart Schlüter.

Er war nicht allein.

Eine Gruppe von Männern drängte sich an Sophie und dem Dorfarzt vorbei.

Männer? Schlüter, Behrens – die anderen Namen hatte Sophie noch immer nicht im Kopf, doch an die Gesichter erinnerte sie sich, an jedes einzelne: die Greise aus der Kaminrunde, die jetzt eine schwere Leiter mit sich schleppten.

»Mein Gott«, flüsterte sie. »Wenn Sie schon nicht den Krankenwagen rufen, alarmieren Sie doch wenigstens die Feuerwehr!«

Warnecke schüttelte den Kopf. »Ich weiß nicht, was Dorothea Ihnen über Hohenholz erzählt hat, Sophie, doch ich fürchte, Sie verstehen noch nicht einmal die Hälfte. Hohenholz ist etwas Besonderes. Die Menschen hier leben so, wie sie immer gelebt haben, und ganz genau so wollen sie es haben. Das ist unsere Art zu leben. Doch das bedeutet auch, dass wir einen Preis zahlen müssen. Wir haben unsere eigene Feuerwehr, und sie ist bereits im Einsatz. Unsere Brunnen für das Löschwasser. Wenn wir die Hilfe der Briten in Anspruch nehmen würden – oder von den Feuerwehren in den Dörfern außerhalb des Übungsplatzes –, würde das bedeuten, uns von diesen Leuten abhängig zu machen. Sie würden beginnen, uns in unser Leben hineinzureden, uns ihre Art zu leben aufzuzwingen – und innerhalb weniger Jahre wäre Hohenholz nicht mehr das, was es heute ist.

Wir werden es aus eigener Kraft schaffen, wie wir es immer aus eigener Kraft geschafft haben.«

»Außer bei dem Brand, bei dem Marietta starb.«

Sophie biss sich auf die Zunge, doch es war schon zu spät.

Die Augen des Dorfarztes wurden schmal. Ihm stand nicht Dorotheas – oder Ginos – Blick zur Verfügung, doch es genügte, um Sophie verstummen zu lassen.

»Tun Sie mir den Gefallen und reden Sie nicht von Dingen, die Sie nicht begreifen!«, sagte er barsch.

»Doktor!«

Eine raue Männerstimme, zwanzig Meter entfernt. Gino? Sophie konnte die Gestalt nicht erkennen.

»Ich komme!«, brüllte Warnecke. »Ihre Stute bringen wir zu den anderen, zu mir auf den Hof«, wandte er sich an Sophie. »Dorothea ist im Haus. Ich kann nicht nach ihr sehen. Gehen Sie zu ihr! Kümmern Sie sich um sie!«

»Wie …?«

Er hatte sich schon umgedreht und humpelte davon, ohne noch einmal zurückzublicken.

Es war ein gespenstisches Gefühl.

Sophie stieg die Stufen zur Tür des Herrenhauses hoch. Ihre Finger legten sich auf die Klinke.

Achtundvierzig Stunden war es her, dass sie zum ersten Mal hier gestanden und Dorothea Helmke auf sie gewartet hatte.

Das Gefühl, nach Hause zu kommen. In ein Zuhause, von dem sie wenige Tage zuvor noch nicht geahnt hatte, dass es existierte.

Und nun?

Sie musste fort. Sie allein, Sophie von Wiedenthal, war es, die diese Unruhe nach Hohenholz gebracht hatte.

Meine Schuld. Am Ende ist es meine Schuld.

Wäre ich nicht hergekommen, wäre nichts davon geschehen.

Dorothea, die sich so sehr aufgeregt hatte, dass sie einen neuen, schweren Herzanfall bekommen hatte.

Ich muss fort.

Eine Sekunde lang spielte sie mit dem Gedanken, jetzt sofort, noch in dieser Minute, zu gehen. Und wenn sie zu Fuß laufen musste, über die Transitstrecke quer durch den Truppenübungsplatz.

Würde der Beobachter ihr folgen, wenn er sah, dass sie drauf und dran war, aus dem Dorf zu verschwinden? Sie konnte sich nicht sicher sein, doch sie ging davon aus, dass er sie ziehen lassen würde.

Es war nicht Angst, die sie zurückhielt.

Es war ihre Schwäche, ihre Kraftlosigkeit, und doch mehr als das.

Dorothea.

Sie durfte die alte Frau heute Nacht nicht im Stich lassen.

Entschlossen drückte sie die Klinke, öffnete die Tür.

Der nun schon vertraute Geruch des Herrenhauses. Ein Geruch nach Land, aber gleichzeitig sehr, sehr sauber.

Nicht zum ersten Mal versuchte sie sich vorzustellen, wie es gewesen sein musste, hier mit einer großen Familie zu leben.

Nun waren nur noch die beiden alten Leute übrig – und Gino, der sich mit einer Mischung aus Liebe und Hass an Hohenholz zu klammern schien.

In der Küche brannte kein Licht, doch die Türen zu den Zimmern rechts vom Flur, die Sophie noch nicht betreten hatte, standen offen. Durch die Fenster dieser Räume fiel ein unruhiger rötlicher Schimmer auf den Dielenboden. Das Feuer.

War das Wohngebäude selbst in Gefahr?

Sophie verwarf den Gedanken. Dr. Warnecke hätte nicht zugelassen, dass Dorothea unter diesen Umständen im Haus geblieben wäre.

Als sie ihre Augen anstrengte, sah sie einen schmalen Streifen Helligkeit, der in die Küche fiel. Gelbes Licht, nicht das Rot der Flammen.

Die Tür zum Esszimmer, wo sie die Vormittage mit der alten Frau verbracht hatte.

Mit raschen Schritten durchquerte sie die Küche.

»Dorothea?«

Sie schob die Tür auf.

Ein Stück vom Esstisch und den großen Panoramafenstern entfernt stand in einer Raumecke ein mit grünem Samt bezogenes Sofa, daneben ein kleiner Couchtisch. Gestern Morgen hatte sie sich noch vorgestellt, die alte Frau würde hier vielleicht ihr Mittagsschläfchen halten, doch mittlerweile hatte sie begriffen, dass so etwas wie Mittagsschlaf im Leben Dorothea Helmkes nicht existierte.

Jetzt aber lag die alte Frau ausgestreckt da, flach auf dem Rücken und bis zur Hüfte zugedeckt. Sie war wach, blickte Sophie entgegen, doch ihr Gesicht war geisterhaft fahl.

Schlimmer als gestern Vormittag, als Sophie ihr mit zitternden Händen ihr Spray aus der Küche geholt hatte.

Und sie war nicht allein.

Der Anblick traf Sophie wie ein eisiger Schneeball in den Nacken.

Rike.

Sie hatte schlicht nicht mehr an das kleine Mädchen gedacht.

Das kleine Mädchen.

Die schwerkranke alte Frau.

Rike hatte kaum mehr Farbe im Gesicht als ihre Großmutter. Die Augen der Kleinen glitzerten verräterisch, doch Sophie war sich sicher, dass sie nicht geweint hatte.

Etwas, das die Kinder in Hohenholz sehr früh lernen.

Es konnte keinen Zweifel daran geben, dass auch das in diesem Dorf zur Erziehung gehörte.

Sie fragte sich nur, ob das in diesem Fall auch gut war.

Und doch musste es der alten Frau geholfen haben, sich nicht auch noch um ein weinendes Kind sorgen zu müssen.

Die Kleine hatte sich einen Stuhl ans Sofa gezogen – genau wie gestern Morgen in Sophies Schlafzimmer. Auf den Knien des Mädchens lag ein Bilderbuch.

Sie hat Dorothea vorgelesen!

»Dorothea!« Mit fünf Schritten war Sophie bei der Kranken, ließ sich seitlich auf dem Lager nieder, strich gleichzeitig dem kleinen Mädchen über die Haare. »Was machen Sie denn für …«

»Warum haben Sie heute Nacht wirklich die Remise gestrichen?«

Kein Wort der Begrüßung. Dorothea richtete sich auf den Ellenbogen auf. Sophie sah, dass die Anstrengung sie Kraft kostete, doch ihre Stimme war hart und geschliffen. Fordernd. Und ihre Augen …

Sophie schluckte.

Lügen hatte keinen Sinn. Ausflüchte würden Dorothea nur noch mehr aufregen. Sie fuhr sich mit der Zunge über die Lippen.

Die alte Frau hob die Hand.

Ich muss ihr überhaupt nichts sagen, dachte Sophie. Sie weiß es ja schon.

Vielleicht nicht den genauen Wortlaut der Schmierereien, doch krank oder nicht: Dorothea hatte nichts von ihrer Gabe verloren.

Die alte Frau schloss die Augen.

»Sophie, ich möchte mich entschuldigen. Es tut mir unsagbar leid, dass Ihnen so etwas hier, auf meinem Hof ...«

»Dorothea ...«

»Nein! Hören Sie mir zu!« Die Kranke öffnete die Augen, ließ sie sekundenlang auf Sophies Gesicht ruhen. »Ich bin krank, das weiß ich. Doch ich liege nicht im Sterben. Glauben Sie mir einfach, dass ich es wüsste, wenn es so wäre. Könnten wir davon bitte ausgehen? Einverstanden?«

Sophie nickte mit zusammengebissenen Zähnen. Sie glaubte der alten Frau sogar, und deren Beteuerung erschien ihr nicht einmal seltsam, weil, ja weil diese Frau Dorothea Helmke war.

Wieder strich Sophie dem kleinen Mädchen über die Haare, machte eine einladende Handbewegung.

Rike schien nur darauf gewartet zu haben. Mit einer blitzartigen Bewegung huschte sie auf die Couch und kuschelte sich in Sophies Schoß.

Wie muss das alles für dieses kleine Mädchen sein?

»Sophie.«

Die junge Frau blickte auf. Dorotheas Augen strichen über ihre Urenkelin, bevor sie langsam nickte. Sophie hatte das Gefühl, dass dieses Nicken etwas zu bedeuten hatte, doch sie kam nicht dazu, darüber nachzudenken.

»Sophie, die Notizen, die Sie sich heute Vormittag gemacht haben. Ihre Aufzeichnungen. – Waren sie in der Remise?«

Sophie kniff die Augen zusammen, doch im nächsten Moment schüttelte sie den Kopf.

»Nein«, murmelte sie, tastete über ihre Jacke. Sie hatte das Oktavheft in der Innentasche verstaut und für den Ausritt einfach noch eine zweite Jacke übergezogen. Nicht nur in Sachen Schuhe: Tilly hatte ihr zwar das Wärmste eingepackt, was in Sophies Kleiderschrank zu finden war, aber sie hatte kaum die richtige Garderobe für einen Aufenthalt in Hohenholz dabei.

»Nein«, wiederholte Sophie und holte das Heft hervor. »Ich habe es noch.«

»Das ist gut.« Die alte Frau atmete aus. Ein Laut wie ein tiefer Seufzer. »Sie werden dieses Heft von jetzt an immer bei sich tragen, solange Sie in Hohenholz sind.«

Sophie spürte, wie ihre Kehle eng wurde.

Sie schuldete der alten Frau Ehrlichkeit.

»Dorothea, ich …«

»Nein!« Keine Chance zum Widerspruch. »Hören Sie mir weiter zu! Wir wissen beide, dass dieses Feuer kein Zufall ist. Nicht zu diesem Zeitpunkt. Irgendjemandem hier gefällt ganz und gar nicht, dass Sie bei uns sind. Allerdings kann es kaum jemand sein, der mich besonders gut kennt. Ich bin nicht bereit, mich von diesen Vorgängen beeindrucken zu lassen. Unter gar keinen Umständen werde ich zulassen, dass Sie mir jetzt davonlaufen. Ich möchte, dass wir mit der Biografie weitermachen, und zwar jetzt auf der Stelle.«

»Dorothea!« Diesmal hob Sophie die Stimme.

»Ich darf mich nicht aufregen.« Die blauen Augen funkelten. »Wollen Sie schuld daran sein, dass ich mich aufrege?«

Sophie holte Luft. »Dorothea, ich lasse mich nicht von Ihnen erpressen!«

Die alte Frau betrachtete sie. Sekundenlang.

Dann nickte sie.

»Sie haben Schneid, Sophie. Das habe ich gleich im ersten Moment gewusst, und das gefällt mir.«

Sie richtete sich auf beide Ellenbogen auf, und ganz automatisch legte ihr Sophie ein zweites Kissen in den Rücken, damit sie gerade sitzen konnte.

»So«, sagte Dorothea Helmke. »Und jetzt fangen wir an.«

Der Kugelschreiber in Sophies Fingern bewegte sich mechanisch über die Seiten.

Immer wieder blickte sie auf, stellte aber fest, dass das aufrechte Sitzen der Kranken gut zu tun schien. Entweder das – oder das Erzählen.

Wahrscheinlich das Erzählen.

Dorotheas Gesicht hatte wieder etwas Farbe bekommen, und hin und wieder hob sie sogar die Hand, um eine Bemerkung mit einer knappen Geste zu unterstreichen.

Sophie hatte bereits erkannt, dass die alte Frau anders erzählte als am Vormittag: konzentrierter. Als hätte sie genau darüber nachgedacht, was sie erzählen wollte.

Sie hat ein Ziel, dachte Sophie. Ein Ziel, auf das sie sich zubewegt.

Das, was heute Morgen noch verschwommen gewesen war, die Erinnerung, die darum kämpfen musste, sich einen Weg an die Oberfläche zu bahnen: Dorothea musste ihr nachgespürt haben. Ganz diszipliniert, wie es die Art der alten Frau war.

Sophie glaubte sie vor sich zu sehen, dort drüben am Esstisch, die Hände auf dem Deckel des Albums übereinandergeschlagen. Höchstens ein Schluck Kaffee zwischendurch. Oder zwei oder drei.

Erinnern.

Mehr denn je war Sophie gefangen von der Geschichte. Nur am Anfang noch versuchte sie mit halbem Ohr auf die Geräusche von draußen zu lauschen.

Das Mauerwerk des Herrenhauses ließ nicht viel von diesen Geräuschen durch, doch sie hatte das Gefühl, als würde es an der Brandstelle allmählich leiser werden, weniger aufgeregt.

Die Frauen und Männer von Hohenholz hatten den Brand unter Kontrolle bekommen, auf sich allein gestellt, ohne die Hilfe von außen, die sie nicht akzeptieren konnten oder wollten.

Sophie konnte ihre Aufmerksamkeit ganz auf die Erzählung richten.

Dorothea hatte die Ereignisse ihrer Kindheit relativ schnell abgehandelt: Freunde, Verwandte, Nachbarn, die sich nach dem Tod ihres Vaters um die Familie gekümmert hatten. Ihre Mutter, die die Stellmacherei der Familie nicht allein hatte fortführen können, aber sich mit einer unerschöpflichen Energie in die Landwirtschaft gestürzt hatte, einer Energie, von der Sophie vermutete, dass Dorothea sie von ihr geerbt haben musste.

Doch die Zeit war eine andere gewesen.

Der Krieg kam, und Hohenholz hatte den Bau des Übungsplatzes zwar als einziges der abgelegenen Heidedörfer überlebt, doch das bedeutete nicht, dass das Dorf von den Härten jener Jahre verschont geblieben wäre.

Dorothea, inzwischen ein Backfisch, wie sie sich ausdrückte, half längst auf den Feldern mit. Die Hungerwinter der letzten Kriegsjahre forderten dennoch ihre Opfer. Dorotheas Mutter starb am ersten Tag des Jahres 1945.

Die Männer des Dorfes waren da schon lange fort gewesen, einberufen an die Front. Dorothea sah sie davonziehen, und sie kehrten nie zurück: ihr Bruder, ihr Onkel …

»Und Wilhelm?«, warf Sophie mit leiser Stimme ein.

Dorothea stutzte, schüttelte den Kopf. »Wilhelm«, murmelte sie. »Nein, Wilhelm war zu jung. Er durfte bleiben. Aber wir hatten damals noch kaum miteinander zu tun.« Wieder ein Kopfschütteln, dann ein Schulterzucken. »Er kam vom Gutshof, verstehen Sie?«

Sophie brauchte tatsächlich einen Moment, bis sie begriff.

Der Erbe des Gutshofs.

Und ein elternloses Mädchen aus einer einfachen Familie des Dorfes.

Eine ungeheure Kluft in der damaligen Zeit. Unterschiedliche Welten.

Wie mochten die beiden trotzdem zueinandergefunden haben? Sophie verkniff sich die Frage. Dorothea sollte fortfahren. Es war ihre Geschichte.

Die alte Frau schloss die Augen.

»Plötzlich war ich wirklich allein. Im Winter hatte ich ein Päckchen bekommen mit den Orden, die mein Bruder für seinen Einsatz an der Ostfront erhalten hatte. Ich habe sie noch irgendwo im Schrank.« Sie schüttelte den

Kopf. »Er hatte es nicht geschafft. Und dann, plötzlich, war der Krieg vorbei. Die anderen Männer des Dorfes kamen nach und nach zurück, als sie aus der Kriegsgefangenschaft entlassen wurden.«

Ein tiefes Seufzen. Sie öffnete die Augen.

»Aber zuerst kamen die Briten.«

Sophie roch die Männer, bevor sie sie sah.

Die Tür zur Küche stand immer noch offen, und Wilhelm und Gino hatten sich leise genähert.

Vielleicht wollten sie Dorothea nicht in ihrer Konzentration stören.

Vielleicht hatten sie auch einfach keine Kraft mehr für ein Wort der Begrüßung.

Doch sie brachten einen solchen Qualmgestank mit ins Esszimmer, dass Sophie beinahe übel davon wurde.

Auch die Kranke blickte auf.

Die Übernahme des Übungsplatzes durch die Briten, die ersten Kontakte zwischen Siegern und Besiegten – darum war es in ihrer Erzählung zuletzt gegangen.

Dorothea war wieder ausführlicher geworden, ihre Schilderung lebendiger, farbiger, und die handelnden Personen, die jetzt zu Dorotheas eigener Generation gehörten, greifbarer: die Alten von Hohenholz – damals als junge Leute.

Doch trotzdem – oder gerade deswegen – hatte Sophie auf den letzten beiden Seiten ihrer Aufzeichnungen mehr Fragezeichen angebracht als im ganzen Rest zusammen. Einzelheiten, zu denen sie noch weitergehende Fragen stellen wollte. Die alte Frau verstummte abrupt, als sie die beiden Männer sah: ihren Ehemann. Ihren Enkel.

Ihre Lider flatterten, als brauchte sie einen Moment, um zu begreifen, wer die beiden waren: Menschen der Gegenwart.

»Papa!«

Niemand hatte ein Wort gesagt, doch irgendetwas musste die kleine Rike aufgeweckt haben. Das Mädchen rutschte von Sophies Schoß, schoss auf ihren Vater zu.

Gino ging in die Knie, drückte sie an sich, vergrub einen Moment lang das Gesicht in den Haaren des kleinen Mädchens.

»Principessa.« Ein raues Murmeln.

Wilhelm ging steifbeinig ebenfalls in die Knie und wurde von der Kleinen ganz ähnlich begrüßt.

Sophie stand auf.

Die beiden Männer befanden sich in einem Zustand, dem das Wort Erschöpfung nicht gerecht wurde.

Wortlos trat sie an den Tisch und goss den beiden Kaffee ein. Die einzigen fünf Minuten, die Dorothea ihren Bericht unterbrochen hatte: als sie Sophie gebeten hatte, frischen Kaffee zu brühen.

Er schien der alten Frau nicht geschadet zu haben. Sophie spürte, dass sie sich keine unmittelbaren Sorgen mehr um die Kranke machen musste.

»Wie sieht es aus?« Es war Dorothea, die die Frage stellte.

»Mmmh.« Wilhelm verzog den Mund.

Sophie hätte aus diesem Kommentar nichts entnehmen können – außer dass ihm möglicherweise der Kaffee zu heiß war. Doch Dorothea nickte ernst. Offensichtlich verstand sie ganz genau.

Ein ganzer Bericht, dachte Sophie. In einem einzigen Laut.

Wie muss das sein, sich so zu verstehen, nach einem ganzen gemeinsamen Leben?

Ihr Blick streifte Gino, der sich schwer auf einen Stuhl hatte fallen lassen und die kleine Rike auf dem Knie balancierte.

Mit einem Mal kam Sophie sich schrecklich ausgeschlossen vor.

Natürlich bin ich ausgeschlossen, dachte sie bitter. Im Grunde bin ich schon weg.

Doch das war nicht die Schuld oder die Entscheidung dieser Menschen, sondern ganz allein ihre eigene.

Sie wusste, dass sie es ihnen in diesem Moment hätte sagen und Wilhelm bitten müssen, sie ganz früh am nächsten Morgen zum Bahnhof zu fahren.

Doch sie konnte nicht.

»Die Remise war nicht zu retten«, sagte Gino, warf einen kurzen Blick zu Sophie, ohne dass ein Augenkontakt zustande kam, drehte sich wieder zu Dorothea. »Den Pferdestall können wir wieder aufbauen. Die Tiere stehen so lange bei Herrmann Warnecke.«

Dorothea nickte.

»Er ist jetzt draußen auf Brandwache«, sagte Gino. »Aber ich will ihn gleich ablösen. Glaubst du, dass du ihn noch mal brauchst? Er hat gefragt.«

Die alte Frau schüttelte den Kopf. »Wir drei hatten hier einen Damenabend, so gemütlich das an so einem Tag eben möglich war. Morgen bin ich wieder die Alte.«

Gino nickte. »Das ist gut. Herrmann ist selbst …«

»Ich habe ihn gesehen«, warf Sophie mit leiser Stimme ein. »Er sieht fürchterlich aus.«

»Erika wird mit ihm schimpfen.« Dorotheas Mundwinkel zuckten. »Aber tut sie das nicht sowieso ständig?«

Sophie staunte. Es war tatsächlich bereits ein Stück der optimistischen alten Dame zurückgekehrt, die sie kennengelernt hatte. Sie war keine Medizinerin, doch sie konnte förmlich vor sich sehen, wie Dorothea am nächsten Morgen schon wieder den Frühstückstisch deckte.

Und doch …

Sophie hätte nicht genau sagen können, was es war, doch etwas an Dorothea war anders.

Das kurze Flackern in ihrem Blick, als die beiden Männer den Raum betreten hatten. Und nun die Art und Weise, wie sie mit der Situation umging: eine Art und Weise, die beinahe schon zu normal war – normal für Dorothea Helmke.

Sie tat genau das, was Wilhelm, Gino, Sophie und das kleine Mädchen von ihr erwarteten, und doch …

Sie ist nicht vollständig wieder hier.

Ein Stück von ihr ist noch im Damals, kurz nach dem Krieg, als die Überlebenden nach Hohenholz zurückkehrten und die Briten den Übungsplatz übernahmen.

»Gut.« Gino nickte. Er war schon immer dunkel gewesen, doch nach diesem Abend war er schlicht schwarz, überzogen von einer Schicht aus Schmutz und Asche. »Principessa.« Er sah das kleine Mädchen an. »Ich muss heute Nacht draußen schlafen, damit es nicht wieder anfängt zu brennen. Aber wenn du mir versprichst, ganz schnell einzuschlafen …«

»Ich glaube nicht, dass das geht, Papa.« Rike schüttelte ernst den Kopf. »Ich kann einfach nicht allein einschlafen.«

»Das musst du auch gar nicht.« Gino nickte verständnisvoll. Eindeutig ein Gespräch unter Erwachsenen. »Was würdest du sagen, wenn Sophie heute Nacht bei dir schläft? Also – wenn Sie einverstanden sind.« Ein rascher Blick.

»Na… natürlich.«

Schon weil ich kein eigenes Bett mehr habe, dachte sie. Und kein Dach über dem Kopf.

Auch keinen Tablet-PC mehr und keine Gucci-Jacke.

Aber das fiel nicht ins Gewicht in dieser Nacht.

Viel wichtiger war, dass sie selbst nicht in der Lage gewesen wäre, heute Nacht allein zu schlafen.

»In Ordnung.« Gino hob seine Tochter auf den Boden, und Sophie sah, wie er bei einer bestimmten Bewegung das Gesicht verzog. Er war verletzt, und Sophie mochte sich gar nicht vorstellen, wie viele Menschen an diesem Abend noch verletzt worden waren.

Durch ihre Schuld.

Letztendlich.

»Rike kennt sich aus und zeigt Ihnen, wo Sie alles finden«, sagte er zu Sophie und war schon an ihr vorbei.

Sie sah ihm nach, wie er durch die Küche verschwand.

Dann fasste sie einen Entschluss.

»Gino!«

Schon war sie ihm hinterher, holte ihn im Flur an der Haustür ein und bremste ab, so knapp vor ihm, dass sie die Wärme seines Körpers spürte. Schweißtropfen hatten hellere Spuren in den Ruß auf seinem Gesicht gebahnt.

»Gino.« Sie spürte, dass sie außer Atem war. »Gino, ich möchte mich entschuldigen.«

Er kniff die Augen zusammen. »Wofür?«

Sie öffnete den Mund, doch dann brachte sie nur ein Kopfschütteln zustande.

»Danke«, sagte sie schließlich nur. »Für vorhin im Wald und … Danke.«

Eine knappe Geste, dass er die Worte akzeptierte, dann öffnete er die Tür und verschwand in der Nacht.

Sie ist gefallen.

Eine Dornenranke hat sich um ihren Knöchel gewickelt und sie zu Fall gebracht, dort, wo die enge Schlucht in die Hochfläche übergeht, wenige Meter von den Landmarken entfernt, die die Grenze bezeichnen.

Die Hände.

Die Hände, die nach ihr gegriffen haben.

Sekundenlang hat sie sich ihnen entwinden können. Es ist ihr gelungen, sich auf den Rücken zu drehen. Sie kämpft.

Doch es ist aussichtslos.

Sie wird zu Boden gepresst. Steine, Wurzeln, stachlige Zweige bohren sich in ihren Rücken.

Über ihr das Geäst winterkahler Bäume, scharf geschnitten gegen einen grauen Himmel.

Umrisse von Gestalten, grobschlächtige Silhouetten.

Ihre Stimmen.

Die Stimmen sind jetzt nahe, doch noch immer versteht sie ihre Worte nicht. Das tollwütige Kläffen der Hetzmeute, die einen Kreis um sie gebildet hat.

Der Geruch ihrer Ausdünstungen, bei dem ihr übel wird.

Ein Geruch, dem nichts Menschliches anhaftet.

Lachen. Lachen, aus dem keine Freude spricht, sondern eine Rohheit, die ihr den Magen umdreht.

Kühles, scharfes Metall an ihrer Kehle zwingt sie flach auf den Boden.

Ein metallischer Geschmack in ihrem Mund, als ein Schlag ihre Wange trifft.

Die Hände.
Sie weiß, was geschehen wird.
Reißend. Zerreißend.
Schlimmer als der Tod.
Wenige Schritte entfernt von der Grenze.
Sie hört das ferne Donnern hinter dem kläffenden Lachen der Stimmen.
Ein Donnern und Poltern und …

Ein lang anhaltendes Krachen.
Sophie fuhr in die Höhe. Ihr Puls überschlug sich.
Zwei Sekunden lang war ihr nicht klar, wo sie sich befand.
Dann kam ihr zu Bewusstsein, in welcher Farbe der hohe, wohnliche Raum gestrichen war: ein dunkles Terrakotta.
Ich habe noch ein dunkles Terrakotta. Das müsste funktionieren.
Ginos Wohnung, drei behagliche Zimmer unter dem Dach des Herrenhauses.
Gino.
Rike!
Sophie tastete neben sich. Das kleine Mädchen war an ihrer Seite eingeschlafen, eng an sie gekuschelt.
Der Platz neben ihr im Bett war leer.
Warum brennt das Licht?
Ein neues Krachen. Ein dumpfer Schlag, dann … Stille.
»Rike!«
Sophie sprang auf, kämpfte gegen den Schwindel, der sie sekundenlang erfasste.
Im selben Moment wurde die Gestalt des kleinen Mädchens im Türrahmen sichtbar.

Rike war barfuß, trug einen langärmligen Schlafanzug, auf dem eine hamsterartige, allerdings vieräugige Kreatur abgebildet war: Wally das Werschweinchen, wie das Mädchen erklärt hatte.

»Was war das?«, flüsterte Sophie. Ein Blick zu den Fenstern. Hinter den Vorhängen war es noch dunkel.

Das Feuer! Gino hielt Nachtwache da draußen!

Das kleine Mädchen starrte sie aus aufgerissenen Augen an.

Nein. Sophie schüttelte sich. Schon hatte sie Jeans und Pullover in der Hand. Nein, das Geräusch war nicht von draußen gekommen.

Von unten. Aus dem Haus.

Gehetzt zog sie ihre Kleidung über, ging in die Hocke. »Rike, du bleibst bitte hier oben! Ihr habt doch einen Schlüssel für die Wohnungstür? Du schließt hinter mir wieder ab!«

»Ich will aber mitkommen!«

Sophie schüttelte den Kopf. »Ich komme ganz schnell wieder zu dir hoch, versprochen. Und ich bring dir einen Kakao mit, einverstanden?«

Leise: »Ich darf keinen Kakao mehr trinken, wenn ich mir schon die Zähne geputzt habe.«

»Dann putzen wir sie hinterher einfach noch einmal.« Mit Gewalt bekam Sophie ein Lächeln zustande.

Das Mädchen legte die Stirn in Falten. Schließlich ein Schulterzucken. »Va bene.«

Sophie strich der Kleinen über den Kopf, schlüpfte in ihre Schuhe. Für Strümpfe keine Zeit mehr.

Neben der Wohnungstür stand eine Taschenlampe auf dem Fußboden: offenbar Standardausrüstung bei den Menschen von Hohenholz.

»Du machst erst wieder auf, wenn ich zurückkomme!«, schärfte sie dem Mädchen ein. »Oder dein Vater oder einer deiner Urgroßeltern.«

Stummes Nicken.

Sophie warf der Kleinen ein letztes, aufmunterndes Lächeln zu, dann zog sie die Tür ins Schloss, hörte, wie auf der Innenseite der Schlüssel herumgedreht wurde.

Sophie stand im Dunkeln.

Der Lichtschalter befand sich links neben der Tür, doch im letzten Moment zog sie die Hand wieder zurück.

Stille.

Totenstille.

Sie glaubte den Atem des nächtlichen Hauses zu spüren, phantomartige Bewegungen, mit denen sich die uralten Backsteinziegel des Gemäuers dehnten, wieder zusammenzogen.

Ihre Finger tasteten nach dem Treppengeländer, schlossen sich um das blank polierte Holz. Die Taschenlampe behielt sie in der rechten Hand, doch sie einzuschalten wäre jetzt ebenso verräterisch gewesen wie die Betätigung des Lichtschalters.

Verräterisch?

Verräterisch, wenn Dorothea oder Wilhelm auf dem Weg zur Toilette vielleicht irgendwas umgestoßen hatte?

So hat es sich nicht angehört!

Sie tastete sich die Treppe hinab, Stufe für Stufe. Ginos Wohnung befand sich im zweiten Stock. Sophie erreichte die erste Etage, lauschte.

Stille, ein leises Geräusch vielleicht, aber weit entfernt, von draußen.

Die letzten Stufen, und sie spürte den härteren Fliesenboden der Eingangsdiele unter ihren Füßen.

Sophie befand sich am hinteren Ende des Korridors. Direkt geradeaus musste die Eingangstür sein.

Sie holte Luft.

Ein schmaler, senkrechter Streifen von undeutlichem Grau.

Die Tür stand einen Spalt offen.

Sophie setzte sich in Bewegung, huschte den Flur entlang.

Ein Gedanke in ihrem Kopf: Es spielt keine Rolle mehr, ob du leise bist.

Eine Gänsehaut hatte sich auf ihren Rücken gelegt.

Tausend Erklärungen: Gino konnte kurz ins Haus gekommen sein, um sich ein Glas Milch zu holen.

Daran glaubst du nicht!

Irgendetwas ist passiert.

Sophie hätte nicht sagen können, woher dieses Gefühl kam. Vielleicht war es der Atem des Hauses, der Atem von Hohenholz selbst, der sich verändert hatte, als sie aus dem Schlaf hochgeschreckt war.

Ein Atem, der einen anderen Geschmack bekommen hatte.

Einen dunklen Geschmack.

Einen Geschmack nach Metall.

Sophie wurde langsamer. Ein rascher Blick durch den Türspalt ins Freie: Jenseits der Hofeinfahrt reckten sich die Bäume des Dorfplatzes in das erste trübe Grau der Morgendämmerung.

Keine Menschenseele.

Sie drehte sich um.

Die Küchentür, halb geöffnet.

»Dorothea?« Ein Zittern in ihrer Stimme. »Wilhelm?«

Ein Schimmer von gelblichem Licht fiel aus dem Esszimmer in den gewaltigen Küchenraum, etwas breiter, etwas heller als gestern Abend.

Hell genug, um Wilhelm Helmkes Gestalt zu erkennen, die auf der geschnitzten dunklen Bank saß.

Sein Oberkörper lag flach auf dem Tisch, die rechte Hand um einen der überdimensionierten Kaffeebecher.

Doch der Becher war umgekippt. Die dunkle Flüssigkeit bildete eine Lache auf der Tischfläche.

»Wilhelm?«, flüsterte Sophie.

Wie in Zeitlupe ging sie näher heran, beugte sich über ihn, stützte sich auf den Tisch. »Wilhelm?«

Bei der ersten Berührung spürte sie, dass etwas nicht stimmte.

Die Konsistenz unter ihren Fingern.

Und der Geruch.

Ein Geräusch!

Ein Maunzen. Die grau getigerte Katze schob sich durch den Türspalt, erweiterte ihn, ließ zusätzliches Licht in den Raum.

Sophie von Wiedenthal starrte auf ihre Handfläche, von der Wilhelm Helmkes Blut tropfte.

Die Baumlinie am Horizonte
in Schwarz und Grün aus hellem Feld.
Verboten lockt sie die besonnte
in Heidekraut bewahrte Welt.

(Dorothea Helmke, In Hain und Holz)

»Schneyder, Kripo Hannover. – Wie geht es Ihnen?«

Sophie hob die Augen, nahm die Gestalt des Mannes wahr: hager, farbloses dünnes Haar, Schnauzer.

Sie zuckte die Schultern.

Wie sollte es ihr gehen, nachdem sie ihren Gastgeber in der Küche gefunden hatte, den Schädel mit einem Fleischhammer zertrümmert, den einer von Kommissar Schneyders Kollegen soeben in einem transparenten Beweismittelbeutel verstaute?

Wie sollte es ihr gehen, nachdem ihre zweiundachtzigjährige Gastgeberin, die am Vorabend eine lebensbedrohliche Herzattacke erlitten hatte, spurlos verschwunden war und die Suche am hellen Vormittag noch immer ergebnislos verlief?

»Glauben Sie, wir können uns ein wenig unterhalten?«

Schneyder klang nicht unfreundlich. Er klang ganz genau so, wie Polizisten am Beginn einer Todesfallermittlung eigentlich immer klangen: vorsichtig. Tastend. Nur keinen Fehler machen, bevor nicht klar ist, in welchem Gemütszustand sich Angehörige und Zeugen befinden.

Sophie hatte dieses Spiel schon mehrfach miterlebt.

Als Journalistin.

Noch nie als Beteiligte.

Sie nickte.

»Würden Sie das bitte laut sagen?« Schneyder streckte ihr ein Diktiergerät entgegen.

»Einverstanden«, sagte Sophie.

Auf einen Schlag hatte sie eine unwiderstehliche Sehnsucht nach einer Tasse Kaffee. Mit Eierschalen.

»Sie heißen Sophie von Wiedenthal, einunddreißig Jahre, wohnhaft in Köln.« Schneyder sah auf ein Formblatt, auf dem einer seiner uniformierten Kollegen Sophies Personalien aufgenommen hatte. »Das ist richtig?«

»Richtig.«

»Ich habe Ihre Dokumentation über die S-Bahn-Surfer gesehen.«

»Ich arbeite nicht mehr für das Fernsehen.«

Schweigen.

Schneyder räusperte sich.

»Frau von Wiedenthal, waren Sie mit dem Toten verwandt oder verschwägert? In welchem Verhältnis standen Sie zu Wilhelm Helmke?«

»Ich war hier zu Besuch.« Sophie zögerte. »*Bin* zu Besuch. Ich bin mit Herrn Helmkes Tochter befreundet.« Sie fuhr sich über die Lippen. »Seinem Sohn.«

Schneyder hob die Augenbrauen. »Sie sind mit beiden Geschwistern befreundet?«

»Sohn.« Einen Kaffee. Ich brauche einen Kaffee!

Unvermittelt fing sie an zu weinen und konnte nicht mehr aufhören, auch als Schneyder das Gespräch mit einem gemurmelten »Dann danke erst einmal« beendet hatte.

Unsichtbar.

Ich bin unsichtbar.

Sophie saß auf dem Sofa im Esszimmer, mit geschlossenen Augen.

Die gedämpften Stimmen der Polizeibeamten waren weit fort, als die Bilder der Nacht zu ihr zurückkamen.

Sie hatte minutenlang in der Küche gestanden, allein mit dem Toten, hatte wie hypnotisiert auf Wilhelms graue Hirnmasse gestarrt, die aus dem faustgroßen Loch in seinem Schädel quoll.

Dann war Gino in den Raum gestürmt.

Sophie konnte sich nicht erinnern, dass sie geschrien hatte, doch so musste es gewesen sein.

Für Sekunden hatten sie Seite an Seite dort gestanden, dann hatte Gino in rasender Hast begonnen, das Haus zu durchsuchen. Ergebnislos.

Er hatte Rike aus der Wohnung geholt und das Mädchen zu Cousine Edeltraut gebracht. Die spitzmaushafte alte Dame besaß eines der wenigen Telefone im Ort. Von dort aus hatte er die Polizei alarmiert.

Der einzige Moment dieses grauenhaften Morgens, in dem ein klarer Gedanke durch die geisterhafte Trance gezuckt war, in die Sophie versunken war: Wenn schon nicht die Feuerwehr – zumindest die Polizei rufen sie.

Doch inzwischen war sie sich nicht mehr sicher, ob das tatsächlich ein Grund zur Erleichterung war.

Mit misstrauischen Mienen schlichen Kommissar Schneyders Beamte durch die Räume des Herrenhauses. Gestalten in semitransparenten Anzügen nahmen jeden

Quadratzentimeter der Küche und des Flurs unter die Lupe. Beweisstücke wanderten in durchsichtige Asservatenbeutel.

Selbst den Kaffeefilter nahmen sie mit, Kaffeesatz und Eierschalen, als müsste ausgeschlossen werden, dass Wilhelm vergiftet worden war.

Doch über so viel kriminalistischen Scharfsinn verfügte die niedersächsische Polizei dann wohl doch.

Die Beamten schienen Sophie vollständig vergessen zu haben, als Schneyder die Runde der Ermittler um den Esstisch der Helmkes versammelte und die unterschiedlichen Theorien durchging.

Es gab drei Möglichkeiten:

Ein unbekannter Täter konnte Wilhelm getötet und die alte Frau verschleppt haben. Dagegen sprach, dass die Beamten offenbar nirgendwo Spuren eines Kampfes gefunden hatten.

Theoretisch war außerdem denkbar, dass Dorothea dem Täter in letzter Sekunde entkommen war. Doch wäre sie dann nicht ins Dorf zurückgekehrt, nachdem die Polizei vor Ort und die Gefahr vorüber war? Hätte man sie nicht schlimmstenfalls bei Tagesanbruch irgendwo in der Nähe entkräftet auffinden müssen?

Blieb die dritte Möglichkeit.

Dorothea hatte den Mann, mit dem sie mehr als ein halbes Jahrhundert verheiratet gewesen war, mit ihrem Fleischhammer erschlagen und daraufhin das Weite gesucht.

Aller inneren Ablehnung zum Trotz musste Sophie sich eingestehen, dass sie zum selben Schluss kam wie die Ermittler auch: Es war die bei Weitem wahrscheinlichste Möglichkeit.

Kurz vor Mittag löste sich die Ermittlerrunde schließlich auf. Schneyder wandte sich an Sophie, verkündete mit gedämpfter Stimme, dass die Beamten ihr Hauptquartier quer über den Hof in die ehemalige Tenne des Anwesens verlegen würden.

Mit einem stummen Nicken signalisierte Sophie, dass sie verstanden hatte, beobachtete, wie die Spurensicherung ihre Ausrüstung wieder einpackte. Wilhelms Leichnam wurde in ein Polizeifahrzeug verladen. Weitere Untersuchungen müssten vorgenommen werden und noch stände nicht fest, wann der Körper freigegeben werden konnte, um in Hohenholz seine letzte Ruhe zu finden.

Nein, dachte Sophie. Nie wieder würde dieses Dorf Ruhe finden.

Sie stand hinter dem Küchenfenster und blickte hinaus, ohne wirklich etwas wahrzunehmen.

Und doch sah sie jede Einzelheit, unfähig, die Eindrücke in ein Muster zu bringen.

Uniformierte Polizisten, die auf dem Gutshof hin und her liefen. Kommissar Schneyder, der wild gestikulierend Anweisungen gab. Ganz kurz tauchte Gino auf, im Sattel seines Wallachs und begleitet von zwei der jüngeren Dorfbewohner und mehreren uniformierten Beamten, ebenfalls zu Pferde.

Sie wechselten nur einige kurze Worte mit Schneyder und waren schon wieder verschwunden.

Ein neuer Suchtrupp. Doch er würde nichts finden.

Dorothea war fort.

Wilhelm war tot.

Sophie schloss die Augen.

Es war Mittagszeit. Der Zeitpunkt des Tages, an dem sich die Familie um den Esstisch zu versammeln pflegte.

Nicht heute.

Heute nicht und niemals wieder.

»Sophie.«

Langsam drehte sie sich um.

Herrmann Warnecke stand im Türrahmen.

Der Dorfarzt sah fürchterlich aus, auf eine andere Weise fürchterlich als am vergangenen Abend. Über Nacht schien er zehn Jahre älter geworden zu sein.

»Wie geht es Ihnen, Sophie?«, fragte er leise.

Sophie atmete tief ein und wieder aus. »Sie werden mir wahrscheinlich erklären, dass ich unter Schock stehe. Ich denke, da haben Sie recht.«

Warnecke trat zu ihr, legte einen Moment lang mitfühlend die Finger auf ihre Hand.

Sophie hatte alle Mühe, nicht zurückzuzucken. Dieselbe Geste wie bei Dorothea.

»Ich muss Ihnen nicht erzählen, dass das, was geschehen ist, für uns alle ein Schock ist«, sagte er. »Ich habe Wilhelm und Dorothea gekannt, solange ich denken kann. Ich habe die beiden die letzten fünfunddreißig Jahre begleitet, als ihr Arzt und, das darf ich sagen, als ihr Freund. Niemand hier kann begreifen, warum Dorothea so etwas …«

Mit einem Mal brach es aus Sophie hervor:

»Das ist undenkbar, Dr. Warnecke! Dorothea kann das nicht getan haben! Sie haben sie selbst untersucht gestern Abend! Sie wissen, in welchem Zustand sie war. Als wir zu Bett gegangen sind, ging es ihr etwas besser, aber es ist unmöglich …«

Warnecke verzog das Gesicht. Sein Schnurrbart wirkte seltsam unsymmetrisch, seitdem er den Flammen zu nahe gekommen war.

»Soweit ich weiß, hat bisher keiner der Polizeibeamten behauptet, dass Dorothea die Täterin sein müsste«, brummte er. Überzeugt klang er nicht dabei. »Sie wird als Zeugin gesucht. Man will sie zur vergangenen Nacht befragen.«

Diesmal war es Sophie, die säuerlich den Mund verzog.

»Sie müsste schon ein schriftliches Geständnis hinterlassen haben, damit sie sich weiter aus dem Fenster lehnen.«

Warnecke nickte. »Ich hatte vergessen, dass Sie Journalistin sind. Bitte entschuldigen Sie.« Er schüttelte den Kopf. »Dabei geht es mir ja gar nicht anders als Ihnen. Ich kann zwar nicht mit Sicherheit sagen, ob es sich bei dem Vorfall gestern Abend um einen echten Infarkt gehandelt hat, doch im Grunde spricht alles dafür, und das habe ich den Beamten auch gesagt. Das Nitrospray schien diesmal nicht zu wirken.« Er betrachtete seine Hände, die er nebeneinander auf den Tisch gelegt hatte, blickte dann zu Sophie auf. »Aber ist das die Frage, die wir uns in Wahrheit stellen?«

Sophie schüttelte den Kopf, und der Mediziner nickte zustimmend.

»Warum sollte sie so etwas tun, Sophie? Mit wem ich auch spreche: Niemand hier im Dorf hat eine Antwort.« Er zögerte. »Doch niemand hier im Dorf hat in den letzten Tagen so viel mit ihr gesprochen wie Sie.«

Sophie kniff die Augen zusammen.

»Um Gottes willen!« Eilig hob Warnecke die Hände. »Das ist kein Vorwurf. Kein Mensch käme auf die Idee, Ihnen …«

Er verstummte, als er Sophies Gesichtsausdruck sah.

»Das Feuer«, murmelte er.

»Sieht aus, als würde mir irgendjemand in diesem Dorf sogar ziemliche Vorwürfe machen«, bemerkte Sophie. Sie erschrak, als sie hörte, wie ätzend ihre Stimme plötzlich klang.

Warnecke sah zu Boden.

»Ich wünschte, ich könnte das abstreiten«, sagte er leise. »Doch ich fürchte, das kann ich nicht.«

»Dann geben Sie mir recht?« Jetzt lag ein leichtes Zittern in ihrer Stimme. »Es kann ganz anders gewesen sein, als bisher alle annehmen. Irgendjemand hier im Dorf wollte mich loswerden. Dorothea hatte das begriffen. Wir haben gestern Abend noch darüber gesprochen, doch wenn Sie Dorothea so gut kennen, können Sie sich vorstellen, wie sie reagiert hat: jetzt erst recht! Sie hat sich geweigert, sich irgendwie beeindrucken zu lassen. Was, wenn das demjenigen, der den Brand gelegt hat, klar war? Wenn er beschlossen hat, dass er noch brutalere Mittel einsetzen muss, und daraufhin ...« Sie führte den Satz nicht zu Ende. Ihre Augen wurden von den Markierungen auf der Tischplatte angezogen, die die Stelle bezeichneten, an der Wilhelms toter Körper gelegen hatte. Dunkle Flecken, wo das Holz sein Blut aufgesogen hatte.

Warnecke schwieg.

Sophies Augen kehrten zu ihm zurück.

Warnecke kaute auf seiner Unterlippe. »Um ehrlich zu sein, Sophie: Ich weiß nicht, was ich glauben soll. Es könnte so sein, wie Sie vermuten, aber eben auch anders, selbst wenn wir das nicht wahrhaben wollen. Eines aber steht für mich fest, und das, was Sie sagen, bestärkt mich nur noch in dieser Überzeugung: Der Schlüssel zu dem, was heute Nacht geschehen ist, liegt in Dorotheas Vergangenheit.«

Jetzt hob Sophie die Augenbrauen. Wie konnte er wissen …?

»Wir leben ziemlich weit draußen hier in Hohenholz, Sophie, aber doch nicht vollständig hinter dem Mond. Natürlich wissen wir, wer Sie sind und aus welchem Grund Sie vermutlich hergekommen sind: Dorotheas Lebensgeschichte.«

Sophie starrte ihn an, öffnete den Mund. Das war nicht fair! Sie hatte nicht einmal gewusst, wer Tillys Mutter war, als sie nach Hohenholz kam! Sie war nicht so wie ihre Kollegen mit den Ferngläsern und den Abhörgeräten!

Aber war sie wirklich besser? Hatte sie nicht auf der Stelle zugegriffen, als ihr klar wurde, dass sie Dorotheas Vertrauen besaß?

Warnecke ließ sie sowieso nicht zu Wort kommen.

»Ich mache Ihnen überhaupt keinen Vorwurf, Sophie. Dorothea ist eine faszinierende Frau, und meiner persönlichen Meinung nach war es allerhöchste Zeit, dass sie eine Biografin findet. Sie hat also in den vergangenen Tagen damit begonnen, Ihnen aus ihrem Leben zu erzählen, und wie es aussieht, wollte irgendjemand genau das verhindern. Warum? Das ist die Frage.«

»Es muss irgendetwas geben …«, sagte Sophie zögernd. »Etwas, vor dessen Bekanntwerden er eine schreckliche Angst hatte.«

Warnecke nickte. »So sieht es aus.«

Sophie musterte ihn. »Sie haben eine Vermutung.«

Warnecke zögerte, schüttelte dann den Kopf. »Selbst wenn das so wäre«, sagte er vorsichtig, »so wäre es eben genau das: eine Vermutung. Keine Antwort. Eine Antwort könnte uns nur Dorothea geben, oder Sie, Sophie, die Sie in den letzten Tagen immer wieder mit ihr gesprochen haben. Worüber haben Sie gesprochen? Versuchen Sie sich zu erinnern! Gab es irgendwo einen Punkt, bei dem Sie sich vorstellen könnten, dass ...?«

Er brach ab, schüttelte den Kopf.

»Irgendetwas, das Ihnen merkwürdig vorkam«, murmelte er. »Bei dem Sie selbst das Gefühl hatten, dass ... Nein.« Er sah Sophie an. »Ich könnte mir wirklich nicht vorstellen, was das sein sollte. – Oder könnten Sie das?«

Sophie öffnete den Mund.

Sie sah das Oktavheft vor sich, die letzten Seiten gefüllt mit Dutzenden von Fragezeichen.

Vielleicht ...

War da nicht tatsächlich eine Veränderung gewesen nach Dorotheas Herzanfall? Als wenn sich der Fluss ihrer Erzählung verändert hatte, weil es jetzt ein Ziel gab, auf das sie hinsteuerte. Ein Wissen, eine Erinnerung, die sich tagelang einen Weg an die Oberfläche ihres Bewusstseins gebahnt hatte.

Der flatternde Blick der alten Frau, als Wilhelm und Gino ins Esszimmer kamen. Als wenn sie die beiden nicht erkannte, sekundenlang nicht zurückfand aus einer Vergangenheit, in der die Männer von Hohenholz aus dem Krieg zurückkamen und die Briten sich auf dem Übungsplatz einrichteten.

Die britischen Soldaten.

Gebellte Befehle in einer unverständlichen Sprache.

Raue Hände, die nach Sophie griffen.

Unsinn!

Sie ballte die Fäuste, zwang den Gedanken zurück an den Ort, an den er gehörte: in die finstersten Winkel ihres Unterbewusstseins, das Reich der Träume.

»Es tut mir leid«, murmelte Sophie. »Ich weiß es wirklich nicht.«

Warnecke nickte. Sophie von Wiedenthal hatte ihre Erfahrungen mit Menschen, die versuchten, ihre wahren Gedanken, ihr Wissen, ihre Beweggründe zu verbergen. Selbst wenn es ihr nicht immer gelang, diese Maskerade zu durchschauen, hatte sie doch zumindest ein Gespür dafür entwickelt zu erkennen, dass jemand etwas verbarg.

Bei Warnecke war sie sich nicht einmal an diesem Punkt sicher.

»Vermutlich zerbrechen wir uns ohnehin umsonst den Kopf«, sagte er leise. »Möglicherweise hat Dorothea gegen Morgen schlicht einen zweiten Anfall erlitten, der diesmal das Gehirn in Mitleidenschaft gezogen hat. Es kommt gottlob zwar nur sehr selten vor, dass ein Schlaganfall eine abrupte Verhaltensänderung auslöst und der Patient plötzlich körperlich aggressiv wird, doch wissenschaftlich belegt sind entsprechende Verläufe durchaus. – Trotzdem, Sophie, falls Sie sich an irgendetwas erinnern, auch nur den Hauch einer Vermutung haben: Kommen Sie zu mir! Vielleicht finden wir doch noch eine Spur. Einen Hinweis. Was auch immer Ihnen …«

Der Dorfarzt brach plötzlich ab, schien zu lauschen.

Im selben Moment hörte Sophie es ebenfalls.

Motorengeräusch.

Den ganzen Vormittag waren solche Geräusche zu hören gewesen: Polizeifahrzeuge, die auf dem Hof haltmachten, ihn wieder verließen, die wenigen ausgebauten Wege im Tal von Hohenholz abfuhren, die der Autoverkehr passieren konnte.

Doch dieses Geräusch war anders. Tiefer. Brachialer.

Es erinnerte an Wilhelms Landrover, und doch war es noch einmal anders.

Als Sophie ans Fenster trat, bog der Militärjeep soeben auf den Hof ein, bremste vor der Tenne ab, in der die Polizeibeamten ihr Hauptquartier aufgeschlagen hatten.

»Die Briten«, murmelte Sophie. »Was hat das zu bedeuten?«

Warnecke trat an ihre Seite. »Das bedeutet, dass Kommissar Schneyder jede Hoffnung aufgegeben hat, Dorothea irgendwo in Hohenholz zu finden und die Suche ausdehnen will, auf ein Gelände, zu dem die Beamten keinen Zugang haben. Auf die andere Seite der Grenze.«

Warnecke hatte sich eilig verabschiedet.

Als wären seine Ahnungen und Andeutungen plötzlich unwichtig geworden.

Doch Sophie hatte ohnehin Zweifel, dass er noch deutlicher geworden wäre.

Warum überhaupt war er zu ihr gekommen? Um nach ihr zu sehen? Sicher, sie war diejenige gewesen, die Wilhelms toten Körper gefunden hatte, doch letztendlich hatte er keinerlei Anstalten gemacht, ihr auch nur ein Beruhigungsmittel anzubieten.

War es ihm nur um seine ominösen Andeutungen gegangen?

Oder waren diese Andeutungen nichts als ein Mittel zum Zweck gewesen? Hatte er versucht, sie auszuhorchen?

Sophie biss sich auf die Lippen: die Kehrseite eines Lebens als investigative Journalistin. Man begann Verschwörungen und Gespenster zu wittern, wo gar keine waren.

Sie verbarg ihr Gesicht in den Handflächen.

Im Grunde war sie so klug wie zuvor.

Bei Anbruch der Dunkelheit kam Gino zurück.

Er stand in der offenen Küchentür, und Sophie wusste sofort, dass er mit leeren Händen kam.

Leise sagte sie seinen Namen, stand auf und erschrak, als sie sein Gesicht sah: Es hatte dieselbe Farbe wie am Abend zuvor, und dabei hatte er Staub und Asche längst abgewaschen. Wie ein Toter. Die blauen Augen lagen tief in den Höhlen. Sie waren Sophie noch nie so blass vorgekommen.

Er deutete ein Kopfschütteln an. »Nichts«, murmelte er. »Wir sind das gesamte Tal abgeritten, dreimal jetzt. Vom Hohen Stein aus hatten Sie ja einen guten Blick. Mit den Männern, die wir heute zur Verfügung hatten, konnten wir jeden Winkel durchkämmen: die Wiesen, Felder, die Gebüsche, den Waldrand, soweit er zu uns gehört, sogar den Bach und die Ufer der Aue. Nichts.«

»Hätte Dorothea überhaupt so weit laufen können? Selbst wenn sie keinen Herzanfall gehabt hätte?«

Gino schüttelte den Kopf. »Ich bin mir nicht sicher. Seitdem Sie hier sind, hat sie die Tage auf dem Hof verbracht, doch bei schönem Wetter hatte sie durchaus ihre Spazierstrecken.«

»Also könnte sie genauso gut über die Grenze …«

»Nein.«

»Aber …«

»Nein!« Ginos Blick wurde hart.

Sophie lag der Widerspruch auf der Zunge. Sie hatte mittlerweile begriffen, dass der Truppenübungsplatz für die Menschen von Hohenholz eine Art Tabu darstellte. Für Gino sowieso.

Die Grenze. Die britischen Soldaten.

Der britische Militärjeep war auf das Gutsgelände eingebogen, und im selben Moment war Warnecke verstummt.

Es musste einen Zusammenhang geben. Irgendwo dort lag die Lösung.

Doch ihr war klar, dass sie bei Gino damit nicht weiterkam.

Sie fuhr sich über die Lippen. »Wie weit ist es über die Transitstraßen?«, fragte sie. »Nach draußen? Richtung Dorfmark und in die andere Richtung?«

Gino schüttelte den Kopf. »Sie begreifen nicht«, sagte er. »Ich lebe seit fünfzehn Jahren in Hohenholz, und in der gesamten Zeit hat meine Großmutter das Dorf nicht ein einziges Mal verlassen.«

»Fünfzehn Jahre?« Sophie starrte ihn an, glaubte nicht richtig gehört zu haben. »Alles wegen der Journalisten?«

»Journalisten?« Mit beiden Händen fuhr er sich durch die Haare. »Ich weiß es nicht, Sophie. Solche Fragen stellt man nicht in Hohenholz. Ich kann Ihnen nur sagen, dass sie sich geweigert hat, der Grenze auch nur nahe zu kommen. Bis zum Hohen Stein, ja, aber keinen Schritt weiter.«

»Aber die Transitstrecken ...«

»Das macht keinen Unterschied. Die Transitstrecken führen quer durch das britische Übungsgelände. Über die Grenze.«

»Aber zuerst kamen die Briten«, murmelte Sophie.

Gino legte die Stirn in Falten, sah sie fragend an.

»Nichts«, sagte Sophie leise. »Nur etwas, das Dorothea gesagt hat. – Wissen Sie, seit wann genau sie das Dorf nicht verlassen hat? Sie kann doch unmöglich ihr ganzes Leben ...«

Er schien einen Moment zu überlegen. »Nein«, murmelte er. »Sie hat mal etwas erzählt, von einem Besuch in Hamburg. Aber da muss sie noch ein Kind gewesen sein. Irgendwann vor Kriegsende.«

»Bevor die Briten kamen.«

Die Briten. Immer wieder die Briten.

Doch was machte es in diesem Moment für einen Unterschied, warum Dorothea Hohenholz nicht verließ? Sie war fort.

Und gleichzeitig war sie schwer krank. Der Weg bis an die Grenze erschien schon fantastisch genug, aber über die Transitstrecke? Wie viele Kilometer waren es bis nach Dorfmark?

»Einen Führerschein hat sie nicht, nehme ich an?«, fragte Sophie.

Gino verneinte mit Bestimmtheit. »Was sollte sie damit? Außerdem sind die Autos alle da. Die Pferde auch übrigens, falls das Ihre nächste Frage sein sollte. Im Sattel hat sie seit zehn Jahren nicht mehr gesessen. Das Tal haben wir abgesucht, und im Dorf selbst haben die alten Leute jeden Zentimeter auf den Kopf gestellt. Sie ist nicht hier.«

»Dann ...« Sophie schüttelte den Kopf. Irgendetwas passte nicht. Dorothea Helmke, die aus einem Impuls heraus ihren Mann erschlug – das war schon unfassbar genug. Eine Dorothea, die daraufhin aus Hohenholz flüchtete, war auf eine nicht zu beschreibende Weise noch unglaublicher. Noch falscher.

Dorothea Helmke *war* Hohenholz.

Doch wieder war es dasselbe: Welchen Sinn machte es, sich den Kopf zu zerbrechen, warum sie das Dorf verlassen hatte, wenn sie sich nicht einmal erklären konnten, wie sie das angestellt haben sollte – freiwillig oder gezwungen?

»Können Sie sich vorstellen ...« Sophie mochte es kaum aussprechen. »Können Sie sich vorstellen, dass ihr irgendjemand geholfen hat?«

Gino antwortete nicht. Er sah starr geradeaus.

Dann begriff Sophie, worauf sein Blick gerichtet war.

Kommissar Schneyder stand mit hinter dem Rücken verschränkten Händen im Türrahmen und betrachtete die beiden aufmerksam.

»Die Untersuchungen der Spurensicherung sind noch nicht abgeschlossen«, erklärte der Kommissar. »Das Einzige, was sich bisher mit Sicherheit sagen lässt, ist, dass wir im Blut des Opfers Fußabdrücke gefunden haben. Damenschuhe. Das rechte Bein wurde nachgezogen. – Dorothea Helmke.«

Er schwieg einen Moment, dann richteten sich seine Augen auf Sophie. »Allerdings haben wir noch weitere Abdrücke gefunden. Abdrücke, die nach unserer Auffassung zu Ihnen gehören.« Der Blick wanderte weiter zu Gino. »Und zu Ihnen.«

Sophie starrte den Ermittler an. Schneyder hatte eine ganz andere Miene aufgesetzt als am Vormittag. Eine Miene, die sie ebenfalls kannte:

Beweisen können wir noch nichts. Aber möglicherweise tun Sie uns ja den Gefallen und reiten sich ganz von allein rein.

Sie hatte ein- oder zweimal Gelegenheit gehabt, solche Situationen zu beobachten.

Schuldig oder unschuldig: Der schlimmste Fehler, den man in einem solchen Moment begehen konnte, war, überhaupt etwas zu sagen.

Trotzdem war sie unfähig, den Mund zu halten.

»Sie wollen andeuten, dass wir …«

»Dorothea Helmkes Abdrücke sind die ältesten. Sie führen in den Flur und raus auf den Hof. Danach folgen Ihre …« Wieder ein Blick zu Gino. »… und Ihre.«

Musterte er Dorotheas Enkel noch eine Spur misstrauischer als die junge Frau?

Sophie musste zugeben, dass Gino auf jeder Verdächtigenliste ganz weit oben gestanden hätte, so wie er an diesem Abend aussah: in zerrissener, verdreckter Kleidung, nachdem er auf der Suche nach seiner Großmutter in sonst was für Winkel gekrochen war und nach zwei Nächten fast ohne Schlaf.

»Wenn Ihre Kollegen sich im gesamten Haus umgesehen haben, dürften sie meine Fußabdrücke nicht allein in der Küche gefunden haben, sondern überall«, sagte Gino vollkommen ruhig. »Weil ich nämlich in sämtlichen Räumen nach meiner Großmutter gesucht habe, bevor ich Ihre Dienststelle alarmiert habe.«

Schneyder musterte ihn noch einmal von oben bis unten, nickte dann knapp. »Richtig.«

Ohne ein weiteres Wort drehte er sich um und verließ den Raum.

Gino sah ihm nach. Sein Mundwinkel zuckte.

»Finden Sie das etwa lustig?«, zischte Sophie. »Der Mann behandelt Sie wie einen …«

Gino hob knapp die Hand.

»Lassen Sie uns rausgehen«, sagte er leise.

Sophie sog tief den Atem ein, als sie zum ersten Mal an diesem Tag ins Freie trat.

Sie bereute es auf der Stelle.

Der Gestank des Feuers, das in der vergangenen Nacht die Hälfte des Gutshofs in Schutt und Asche gelegt hatte, schien noch immer in dicken, klebrigen Brocken in der Luft zu hängen.

Sie schüttelte sich. Wie hatte sie ein solches Ereignis innerhalb von vierundzwanzig Stunden dermaßen an den Rand ihres Bewusstseins drängen können?

Indem etwas noch Entsetzlicheres geschehen war, das die Erinnerung überlagert hatte.

Gino blieb auf der obersten Treppenstufe stehen. Sein Blick folgte dem Kommissar, der in diesem Moment in der erleuchteten Tenne verschwand.

»Wir müssen Rike abholen«, murmelte er. »Ich verstehe selbst nicht, warum, aber aus irgendeinem Grund kommt sie gut mit Edeltraut zurecht. Doch sie soll auf keinen Fall über Nacht …«

»Ich hätte mich gern um sie gekümmert«, unterbrach ihn Sophie. »Das habe ich Ihnen heute Morgen schon gesagt.«

Er schüttelte den Kopf. »Je weniger sie von dem mitbekommt, was hier geschieht, desto besser.« Er stieß den Atem aus. »Ich sollte sie wegbringen, fort aus Hohenholz.«

Das war mit Sicherheit ein guter Gedanke, doch irgendwie hatte er den letzten Satz mit einer seltsamen Betonung gesprochen. Sophie glaubte zu verstehen.

Gerade unter diesen Umständen wollte er die Kleine bei sich haben. Und Gino selbst würde Hohenholz auf keinen Fall verlassen, solange vollkommen unklar war, was mit Dorothea geschehen war.

Er ging auf ihre unausgesprochene Frage nicht ein. »Sie wollten wissen, warum ich ruhig geblieben bin, als Schneyder mich verdächtigt hat?«, erkundigte er sich.

Sophie legte die Stirn in Falten. »Ja?«

Er hob die Schultern, stieg jetzt langsam die Stufen hinab. »Ich kann mir nicht vorstellen, dass die Spurensicherung tatsächlich das gesamte Haus untersucht hat«, erklärte er. »Sie waren doch die ganze Zeit da. Haben Sie davon etwas mitbekommen?«

Sophie schüttelte den Kopf. »Nein«, gab sie zu. »Schneyders Männer waren im Flur und in der Küche. Danach gab es eine Art Besprechung, und gleich im Anschluss sind sie gefahren. Mit Wilhelm. Wenn sie sich den Rest des Hauses nicht schon vorher vorgenommen haben …«

»Das haben sie nicht.«

»Aber Schneyder hat gesagt: ›Richtig‹, als Sie ihm erzählt haben, dass sie Ihre Abdrücke in sämtlichen Räumen hätten finden müssen.«

Gino nickte, schlug den Weg um das Haus herum ein, aber nicht auf die verkohlten Trümmer zu, sondern in Richtung auf die nächtlichen Bäume des Gutsparks, das ansteigende Gelände, das sich wie ein Keil zwischen die Höfe des Dorfes drängte.

»Schneyder hat das nur aus einem einzigen Grund gesagt«, murmelte er. »Weil er mir deutlich machen wollte, dass er mich für verdächtig hält. Er hat versucht, mich aus der Reserve zu locken.«

Sophie nickte mit zusammengebissenen Zähnen.

Und anders als bei ihr selbst, die bei der ersten Andeutung nach dem Köder geschnappt hatte, war ihm das bei Gino nicht gelungen.

»Sie hören sich an, als ob Sie auf so etwas gefasst waren«, sagte sie. »Kennen Sie diesen Schneyder?«

Gino schüttelte den Kopf. »Überlegen Sie einmal. Der Hof, das Gestüt: Auf die eine oder andere Weise gehört das gesamte Dorf den Helmkes. Und nun ist Wilhelm tot, Dorothea verschwunden, möglicherweise – so muss Schneyder vermuten – ebenfalls nicht mehr am Leben. Wer hat den größten Nutzen davon? Würden Sie nicht auch so denken, wenn Sie Schneyder wären?«

Der Kiesweg verzweigte sich. Gino schien genau zu wissen, wohin er wollte. Eine Abkürzung vielleicht, zu Edeltrauts Hof.

Doch es war kein Licht zu sehen auf der anderen Seite. Nur Dunkelheit.

Irgendwo hier habe ich es zum ersten Mal gespürt, dachte Sophie. Die Augen zwischen den Bäumen. Die Augen in der Dunkelheit.

Sie biss sich auf die Lippen.

Ginos Gestalt war kaum mehr als ein Schatten.

Dunkel. Sein Gesicht nicht mehr zu erkennen. Ein Gesicht, das eigentlich nicht nach Hohenholz passte, überhaupt in die gesamte Region nicht. Und doch war Gino ein Teil von Hohenholz, wie es sonst nur Dorothea war.

Gewesen war?

»Sie ist nicht tot.«

Sophie zuckte zusammen, starrte den Schatten an.

»Es ist nicht schwer zu erraten, was Ihnen im Kopf herumgehen muss«, sagte er leise. Er war stehen geblieben, und Sophie stellte fest, dass sie eine kleine Lichtung erreicht hatten, halbwegs den Hang hinauf, die das nächtliche Tal überblickte. Ein paar Schritte entfernt glaubte sie einen verlassenen Pavillon zu erkennen. »Ständig haben wir das Gefühl, sie müsste uns jeden Moment entgegenstolpern.« Er holte Luft. »Doch das wird sie nicht. Von hier aus führt dieser Weg hinauf zur Grenze. Er hat nie zu ihren Spazierstrecken gehört, aber wir sind ihn natürlich trotzdem abgeritten. Nein, sie ist nicht hier. Und doch fühlt es sich so an. – Weil sie noch am Leben ist, Sophie. Ich würde es wissen, wenn sie tot wäre. Und Sie ganz genauso, glaube ich.«

Sophie holte Luft. »Gestern Abend, als sie auf dem Sofa lag«, sagte sie leise. »Dorothea meinte, ich solle mich beruhigen. Sie läge nicht im Sterben. Ich solle ihr einfach glauben, dass sie es wüsste, wenn es so wäre.«

Sie hörte das Schmunzeln aus seiner Stimme. »Sehen Sie? Manche Dinge weiß man eben.«

Die selbstverständlichste Sache der Welt.

Und das Beängstigendste war, dass er recht hatte.

Dorothea war nicht tot.

Sophie spürte es, wusste es. So wenig eins zum anderen zu passen schien, seitdem sie auf den blutigen Körper Wilhelm Helmkes gestoßen war. Sosehr sich die Welt von Hohenholz, die sich seit Jahrzehnten nicht verändert hatte, aufzulösen schien, in ein strudelndes Chaos hinein: Dorothea war am Leben. Es war ein tiefes, inneres Wissen.

Ganz genau so soll es sein.

Sie wurde einfach nicht klug aus diesem Mann.

Er hatte sich verändert nach Wilhelms Tod. Von dem rohen Ei unter seiner harten Schale aus Gummistiefeln und ausgeblichenen Flanellhemden war nichts mehr zu spüren.

Wilhelm war tot, Dorothea verschwunden, und auf Gino selbst hatte Kommissar Schneyder einen Blick geworfen, bei dem Sophie auf der Stelle die Visitenkarte ihres Anwalts gezückt hätte, wenn er ihr gegolten hätte.

Doch Gino blieb ruhig wie ein tibetanischer Mönch.

Genauso wie er auch auf dem Waldpfad ruhig geblieben war, als Sophie sich an die Zügel der Stute geklammert, jeden Augenblick damit gerechnet hatte, unter den Hufen des Tieres den Tod zu finden.

Ein sonderbarer Mann.

Und es war seltsam: Wieder waren sie mitten im Wald, allein, in einer vollständig menschenleeren Gegend.

Doch Sophie spürte keine Angst.

Im Gegenteil.

Sie warf dem Schatten einen Blick zu, versuchte ein vorsichtiges Lächeln.

Und in einem verirrten Streifen Mondlicht hatte sie zum ersten Mal das Gefühl, dass er es ganz offen erwiderte.

Sophie schloss die Augen, fühlte sich zum ersten Mal seit dem schrecklichen Morgen dieses Tages vollständig … geborgen?

Ein altes Wort. Ein kitschiges Wort.

Aber kitschig nur an einem Ort, an den es nicht passte.

Zu Hohenholz und zu diesem Moment passte es.

Sophie registrierte die neue Richtung, die ihre Gedanken zu nehmen begannen.

Doch sie war sich nicht sicher, ob sie schon bereit war, sich darauf einzulassen.

Gino schwieg.

Sophie war dermaßen in ihren Grübeleien versunken, dass sie sekundenlang nichts davon bemerkte.

Doch jetzt, als ihre Augen sich mehr und mehr an die Dunkelheit gewöhnten, die keine vollständige Dunkelheit war im Mondlicht unter den Bäumen:

Seine Haltung hatte sich verändert. Sein Körper wirkte angespannt, die Züge reglos.

»Gino?«, fragte sie leise, verfiel automatisch in den Flüsterton.

Er schwieg. Dann, plötzlich: »Fast genau geradeaus! Sie sehen die Bäume am Dorfplatz? Ein Stückchen weiter links!«

»Was?« Sophie kniff die Lider zusammen.

Hohenholz breitete sich unter ihnen aus: eine angedeutete Hufeisenform, die sich um das erhöhte Gelände mit dem Park schmiegte, den Gutshof an einem Ende, den Beginn des Fahrwegs, der zur Grenze und nach Dorfmark führte, am anderen.

Dahinter, langsam ansteigend, die nachtgrauen Heide- und Weideflächen und schemenhaft erkennbar die Hügellinie mit den Schatten des Waldsaums.

Doch ein Stück näher …

Sophies Herz machte einen Sprung.

»Ein Licht«, flüsterte sie. »Ziemlich weit oben am Hang.«

Gino nickte knapp. »Schauen Sie ganz genau hin!«, murmelte er. »Es bewegt sich.«

»Denken Sie, das sind Schneyders Männer?« Sophies Stimme war kaum mehr als ein Hauch. »Dass er sie noch mal losgeschickt hat?«

Ein Kopfschütteln. »Wir haben bei Tageslicht das gesamte Gebiet abgesucht. Was würde es bringen, jetzt bei Dunkelheit noch mal loszuziehen?«

»Aber wenn sie …« Eine Gänsehaut breitete sich auf Sophies Armen aus, beinahe unerträglich. »Wenn Dorothea die Grenze nun doch passiert hat?«, wisperte sie. »Wenn sie jetzt zurückkommt?«

»Ich habe Ihnen doch erzählt, dass sie die Grenze niemals überschreitet!«, zischte er. »In fünfzehn Jahren nicht!«

Ein Gefühl erwachte in Sophie. Ungeduld, vielleicht sogar etwas mehr: ein Anflug von Wut. Was stellte das Leben mit einem Menschen an, der fünfzehn Jahre in Hohenholz zugebracht hatte – selbst wenn er das Dorf hin und wieder verließ wie Gino? Verlor man vollständig die Fähigkeit, sich vorzustellen, dass Dinge sich ganz einfach ändern konnten?

»In den letzten Tagen sind eine ganze Menge Dinge geschehen, die in fünfzehn Jahren nicht passiert sind!«, zischte sie zurück. »Und Dorothea war daran nicht unbeteiligt, so oder so! Dorothea …«

Dieser winzige Leuchtpunkt: Schon war er wieder verschwunden, tauchte aber im nächsten Moment wieder auf. Er bewegte sich, doch er schien keiner klaren Richtung zu folgen. Nach links, nach rechts, dann ein Stück den Hang hinab, wieder zurück …

Das Licht machte eine rasche Bewegung – und im nächsten Moment war es verschwunden.

Sie starrten in die Dunkelheit.

Nichts.

Es tauchte nicht wieder auf.

»Das war irgendwo am Hohen Stein«, knurrte Gino zwischen zusammengebissenen Zähnen. »Kommen Sie mit!«

»Leise!«, wisperte er. »Treten Sie genau an dieselben Stellen wie ich!«

Sophies Herz schlug bis zum Hals.

Von der Lichtung mit dem verlassenen Pavillon hatte Gino einen Pfad eingeschlagen, den Sophie im Leben nicht als Pfad erkannt hätte. Auch bei Tageslicht nicht.

Eine tief in den Hang eingeschnittene Senke, die steil zurück ins Dorf führte.

Wie in ihren Träumen?

Nein, etwas war anders. Die Bäume. Sie befanden sich nach wie vor im Gutspark mit seinen Laubbäumen. Mit sehr viel Fantasie ließ sich noch immer erkennen, dass es sich um künstliche Anpflanzungen handelte, nicht um die Wildnis aus Fichten und Kiefern weiter draußen.

Nein, wenn diese Träume tatsächlich einen realen Ort bezeichneten, musste er sich weiter draußen befinden, weit oberhalb des Dorfes. An der Grenze.

Gino blieb plötzlich stehen. Sophie konnte so schnell nicht bremsen, stieß unsanft gegen seine Schulter.

Er kommentierte das Manöver mit keiner Silbe, schien zu lauschen.

Im selben Moment hörte Sophie es ebenfalls. Ein Geräusch, das anders war als die Laute der Nacht zwischen den Bäumen, das unterdrückte Rascheln der Tiere, die Rufe der Nachtvögel.

»Was ist das?«, hauchte sie.

Er nickte nach rechts, auf den dunklen Umriss eines Gebäudes.

»Gustav Behrens«, murmelte er. »Im Haus darf er nicht rauchen. Er sitzt auf der Veranda.«

Von einer Veranda war nichts zu erkennen, doch Sophie konnte jetzt einzelne getragene Klänge unterscheiden. Behrens. Der Alte mit dem silberweißen Haar und der schlecht sitzenden Zahnprothese. Der Alte mit der Gitarre.

Die Musik klang vollkommen anders als zwei Tage zuvor.

»Er denkt an Wilhelm«, flüsterte sie, und mit einem Mal fühlte ihre Kehle sich an wie zugeschnürt.

Den ganzen Tag haben wir nur Gedanken für Dorothea. Doch es ist Wilhelm, der nicht mehr am Leben ist.

Ganz gleich, ob sie es war, die ihn getötet hat. Und warum sie es getan hat – wenn sie es denn gewesen sein sollte.

Wilhelm ist tot, und dort sitzt ein alter Mann in der Dunkelheit mit seiner Pfeife und seiner Gitarre. Ein Mann, der ihn sein ganzes Leben lang gekannt hat: sechzig, siebzig Jahre lang. Ein Freund, nein, mehr als ein Freund. Diese Menschen sind wie eine einzige große Familie.

Werde ich mir jemals vorstellen können, wie das für Behrens sein muss? Für die anderen Alten. Für Schlüter? Für alle Menschen in Hohenholz? Sie schüttelte sich.

Gino nickte nach rechts. »Herrmann Warneckes Hof«, sagte er leise. »Das Wohnzimmer geht zur Straße raus. Den Zugang zum Stall hat man von dort aus nicht im Auge.«

»Zum Stall?«

Die älteste Regel des Reitsports:

Wenn du abgeworfen wirst, steig wieder auf!

Es war nicht so, dass Gino ihr die Wahl gelassen hätte.

Als sie begriffen hatte, was er plante, war es schon zu spät gewesen.

Natürlich: Der Pferdestall des Gutshauses war niedergebrannt. Die Helmkes hatten ihre Tiere zunächst einmal bei Dr. Warnecke untergestellt.

Wenn Gino und Sophie den Dorfarzt nicht ins Vertrauen ziehen wollten, blieb ihnen nichts anderes übrig, als die eigenen Pferde zu stehlen wie Diebe in der Nacht.

Und sie konnten von Glück sagen, dass die Tiere bereit gewesen waren, sich auf das Abenteuer einzulassen, und keinen verräterischen Laut von sich gegeben hatten.

Vielleicht war es auch einfach Ginos Gegenwart gewesen, sein besonderes Geschick im Umgang mit den Tieren.

Er war ein Schatten, mehr denn je, zehn, fünfzehn Meter vor Sophie, im Sattel seines Wallachs. Immer wieder war er gezwungen, das Tier zu zügeln, damit sie ihm auf der langsameren Stute folgen konnte.

Auf Sophies Lippen lag der Atem der Nacht über Hohenholz.

Sie ritten langsamer als anderthalb Tage zuvor, doch noch immer zügig. Ein unregelmäßiger Umriss, winzig und noch ein weites Stück entfernt, konnte der Hohe Stein oberhalb der Quelle sein.

Der Leuchtpunkt war nicht wieder aufgetaucht.

Wie lange konnte er überhaupt zu sehen gewesen sein? Einige Minuten, maximal.

Was hatte das Licht zu bedeuten? War das tatsächlich Dorothea gewesen, mit einer Taschenlampe?

Hatte sie am Stein nach etwas gesucht? Was hätte das sein sollen?

Ein Zeichen, dachte Sophie. Hat sie uns ein Zeichen geben wollen?

Und wenn es nicht Dorothea gewesen war?

Die Hufe der Pferde auf dem festen Boden oberhalb der Bachniederung. Es hatte nicht gefroren heute Nacht; trotzdem kam Sophie das Geräusch fürchterlich laut vor.

Immer wieder sah sie sich über die Schulter um, blickte zurück zum Dorf. Doch in Hohenholz wirkte alles ruhig, die Umrisse der Gebäude am tiefsten Punkt der Senke von einzelnen Lichtern undeutlich erhellt. Lichter, die sich eng aneinanderdrängten, sich zu fürchten schienen vor der Dunkelheit der Nacht, die sie auf allen Seiten umgab.

Ein halbes Dutzend Reiter auf schwarzen Pferden könnte hinter uns her sein, dachte Sophie. Und wir würden nichts davon mitkriegen.

Oder sie sind uns längst voraus, warten auf uns.

Um zu Ende zu bringen, was ihnen gestern nicht gelungen ist.

Sie ritten schweigend. Angespannt musterte Gino die gras- und heidebewachsenen nächtlichen Hänge, in denen das Gelände zur Grenze hin anstieg. Sophie spürte es eher, als dass sie es sah.

Der Bach war kaum noch zu erkennen, zeigte sich nur noch als ein Band etwas höherer Stauden am Grund der Senke. Ab und zu ein Aufblitzen: eine Reflexion von Mondlicht auf dem im Gras verborgenen Rinnsal.

Vor ihnen der bizarre Schatten des Hohen Steins.

Gino zügelte den Wallach, wartete, bis Sophie ihn erreicht hatte.

Er legte einen Finger auf die Lippen, glitt aus dem Sattel, half ihr beim Absteigen.

Sekundenlang umfassten seine Hände ihre Taille.

Seltsam unpassend, doch unvermittelt spürte Sophie ein Kribbeln: dort, wo seine Finger sie berührt hatten, aber auch tiefer.

Ein Mann. Eine Frau.

In der Nacht.

Er trat einen Schritt von ihr zurück, und einen Moment lang fing sich das Mondlicht in seinen Augen.

Diesen Augen, die er mit seiner Großmutter, seiner Tochter teilte, und die doch so vollständig anders waren in diesem Gesicht, das, nein, nicht eigentlich finster war.

Geheimnisvoll.

Das war das Wort.

Und in diesem winzigen Moment, als das verirrte Licht seine Augen erfasste, verstärkte sich das Kribbeln.

Er drehte sich um, ging mit vorsichtigen Schritten auf den Schatten aus uraltem Granit zu, bückte sich, strich mit den Fingern über das Gras.

»Haben Sie eine Taschenlampe dabei?«, flüsterte Sophie.

Er nickte knapp. »Habe ich. Aber wenn wir Dorothea vom Dorf aus sehen konnten, dann können sie uns auch sehen, wenn wir Licht machen.«

Sie. Die Beobachter.

Aber warum war er sich plötzlich sicher, dass es mehrere sein mussten?

Sophie biss sich auf die Lippen. Natürlich: Die Augen hatten sie aus dem Wald beobachtet, keine zweihundert Schritte vom Hohen Stein entfernt. Und fast gleichzeitig war Sophies Quartier unten im Dorf in Flammen aufgegangen.

Ein plötzliches Frösteln überkam sie.

Dorothea war fort. Und niemand konnte sich erklären, wie sie das bewerkstelligt hatte, bevor die Suchaktion begann.

Können Sie sich vorstellen, dass ihr irgendjemand geholfen hat?

Sophies eigene Worte!

War es denkbar, dass Dorothea aus irgendeinem Grund, den Sophie noch nicht kannte, mit ihnen gemeinsame Sache machte?

Wer sollten »sie« sein?

Die Briten.

Doch welchen Sinn ergab das? Major Richardson hatte sich von Anfang an freundlich und korrekt verhalten, schon im Zug, als er noch nicht einmal gewusst hatte, wer Sophie war. Später, bei dem Begrüßungsabend, ganz genauso. Nicht die Spur eines Hinweises, dass sich irgendwo in dieser Richtung ein Geheimnis verbarg.

Aber selbst Warnecke …

Warnecke.

Sophie sog die Luft ein.

Warnecke.

Sie musste an die Begrüßungsfeier denken. Sie hatte an der Tür gestanden, und plötzlich war der Dorfarzt in ihrem Rücken aufgetaucht: *Wilhelms Selbstgebrautes ist gut – aber es drückt auf die Blase.*

Hatte er wirklich nur einen halben Liter Bier wegbringen müssen, oder hatte er bei dieser Gelegenheit rasch noch ganz etwas anderes erledigt? Einen blutroten Schriftzug an der Wand der Remise angebracht?

HAU AB!

Für den Abend des Feuers war er so verdächtig wie jeder andere. Und ihm war Sophie an der Brandstelle in die Arme gelaufen.

Aber wie passte sein Verhalten von heute Mittag dazu? Seine Andeutungen, seine Fragen, seine Weigerung, eine Vermutung zu äußern, was für ein Geheimnis aus Dorotheas Vergangenheit zu Wilhelms Tod geführt haben konnte?

Er hatte *ihre* Vermutung hören wollen.

Er hatte hören wollen, wie viel sie wusste.

Gino bekam von ihren Grübeleien nichts mit. Er war in die Hocke gegangen. Seine Finger strichen über den Boden.

»Das Gras ist niedergedrückt«, stellte er nachdenklich

fest. »Genau hier muss es gewesen sein. Doch wir können nicht wissen, wer es war.«

»Warnecke«, flüsterte Sophie.

Blitzartig war er auf den Beinen.

»Was?«

Sophie zuckte zurück.

»Er …« Sie biss sich auf die Lippen. »Dr. Warnecke war heute Mittag bei mir im Herrenhaus. Wir haben über Dorothea gesprochen. Er wusste, dass ich … dass wir an ihrer Lebensgeschichte arbeiten. Das ganze Dorf wüsste das.«

Ginos Augen waren schmale Schlitze, doch er sagte kein Wort.

»Er hat mir recht gegeben«, murmelte Sophie. »Es gibt keinen Beweis dafür, dass Dorothea die Täterin ist. Doch so oder so liegt es nahe, dass der Grund in ihrer Vergangenheit zu suchen ist. Der Grund dafür, dass mich jemand aus Hohenholz vertreiben wollte. Der Grund für Wilhelms Tod. Ich hatte das Gefühl, dass er sich selbst schon seine Gedanken gemacht hatte, doch darüber wollte er nicht sprechen. Er wollte wissen, was Dorothea mir erzählt hat. Ob mir selbst irgendetwas …«

»Warnecke sollte sich aus Dingen heraushalten, die ihn nichts angehen«, presste Gino hervor.

Sophie starrte ihn an. Für eine Sekunde hatte sie wieder Angst vor ihm.

Dieser Blick. Dieses dunkle Gesicht. Etwas, das verborgen war in der Tiefe, das mühsam und mit aller Macht unter Kontrolle gehalten werden musste.

Eine Wut. Eine unglaubliche, dunkle Wut, die ihr Angst machte, selbst wenn sie fühlte, dass sie nicht ihr galt.

Zumindest nicht in diesem Augenblick.

Aber im selben Moment spürte Sophie, wie sich in ihrem Innern ein Schalter umlegte.

»Das gilt dann vermutlich auch für mich?«, fragte sie. »Mich geht es ja offenbar am wenigsten an, was hier vorgeht. Ich mache mir ja nicht den Hauch einer Vorstellung, wie Sie neulich so schön sagten.«

Eine Wolke war vor den Mond gezogen und verbarg seinen Blick vor ihr. Vielleicht hätte sie dafür noch dankbar sein sollen.

Er rührte sich nicht. Kein Nicken, kein Kopfschütteln.

Schließlich entspannte sich seine Gestalt, als er sich mit den Fingern durch die Haare strich.

»Wir sind zusammen hier«, murmelte er, »oder?«

Sophie öffnete den Mund.

Gino hatte unbestreitbar recht.

Herrmann Warnecke hatte sein gesamtes Leben in Hohenholz verbracht. Er war ein enger Freund der Helmkes gewesen. Und doch hatten Gino und sie sich wie Diebe in den Stall geschlichen, um die Pferde zu holen.

Ihr vertraute er. Und sei es nur, weil ihm nichts anderes übrig blieb.

Weil die Dinge einfach so geschehen sind, dachte sie. Ohne dass wir eine Wahl hatten.

Ich begreife es nicht. Und er begreift es genauso wenig.

Mir macht es Angst. Doch wie muss es sich für ihn anfühlen?

Sie wollte etwas sagen, doch in diesem Moment wandte er sich ab, ging wieder in die Hocke und begann von Neuem mit den Fingern durch die Halme zu streichen.

Sophie beobachtete ihn, wie er sich Meter um Meter voranbewegte, in einem weiten Bogen auf die Quelle, die Senke unterhalb des Steins zu.

Doch im Stillen schüttelte sie den Kopf.

Sie hatten den Lichtpunkt im Blick gehabt, gesehen, wie er scheinbar unschlüssig hin und her gehuscht war. Wohin sonst sollte die Fährte führen als hin und her und immer wieder zurück? Wie wollte Gino wissen, ob er ihr auch nur in der richtigen Richtung folgte?

Sophie entfernte sich einige Schritte, näherte sich langsam dem mächtigen Umriss des Hohen Steins, legte zögernd die Hand auf die raue Oberfläche.

Uralt. Sie spürte es deutlich. Dieser Stein fühlte sich anders an als ein x-beliebiger Felsen. Lebendig? Nein, das war das falsche Wort, und doch war es etwas Besonderes. Eine … ja, eine Verbindung.

Er ist ein Fremder hier, dachte Sophie. Genau wie ich.

Gletschermassen haben ihn vor sich hergeschoben, jahrtausendelang. Er hatte nie eine Wahl, nie eine Chance, seinen Weg zu bestimmen.

Und doch ist er am Ende hierhergekommen, und nun gehört er hierher. Nach Hohenholz.

Ganz genau so soll es sein.

Sophie kniff die Augen zusammen.

Der Rand des Waldes war eine Mauer aus Schwärze, im unbestimmten Licht des Mondes nicht anders als in der Nachmittagssonne.

Einzelne stecknadelkopfgroße Sterne waren zu sehen, doch immer wieder zogen Wolken über den Himmel. Die Nacht war heute nicht vollständig klar, wie sie es am Abend von Sophies Ankunft gewesen war.

Dennoch konnte sie nach einigen Sekunden deutlich die Linie erkennen, an der die Dunkelheit des Waldes aus dem helleren, offenen Gelände aufstieg, glaubte sogar die Stelle ausmachen zu können, an der der schmale Pfad, dem sie am Vortag gefolgt waren, tiefer zwischen die Bäume führte.

»Dort ist etwas«, flüsterte sie, löste ihre Hand von der Oberfläche des Steins.

Augen.

Augen zwischen den Bäumen.

Manche Dinge weiß man eben.

Es war kein beruhigender Gedanke in diesem Moment. Nein, ganz und gar nicht.

Eine Gänsehaut stellte sich auf Sophies Armen auf.

Das ist nicht Dorothea!

»Gino!« Ihre Stimme kam kaum bei ihr selbst an.

Wie hypnotisiert machte sie zwei Schritte vorwärts.

Sie würde nicht so wahnsinnig sein, sich tatsächlich dem Waldsaum zu nähern. Der Hohe Stein befand sich noch immer direkt in ihrem Rücken.

Doch sie musste einfach wissen …

Ein ohrenbetäubender Knall.

Im selben Moment spürte sie einen Luftzug an ihrer linken Wange, in der gleichen Sekunde ein splitterndes Geräusch. Nah, ganz nah!

»Sophie!«

Gino, hinter ihr. Unsichtbar.

»Was …«

»Runter!«

Sie sah den Schatten nur aus dem Augenwinkel.

Im selben Augenblick hatte er sie erreicht, riss sie mit sich.

Hart schlug sie auf den Boden, konnte nicht atmen. Ein schwerer Körper auf ihr.

Gino.

Ein neuer Knall.

Das Geräusch hallte in ihren Ohren wider.

»Am Waldrand!«, keuchte sie. Endlich wieder Luft.

»Zurück!«

Sie wurde in die Höhe gerissen.

Seine Hände, die an ihr zerrten. Kein Kribbeln diesmal, keine Spur davon.

Hart wurde sie gegen den Stein gestoßen, weiter, um den Felsen herum.

»Was …«

»Still!«

Er presste ihr nicht die Hand auf den Mund, doch sie spürte, dass er nicht weit davon entfernt war.

Gino hielt sie fest. Sie spürte die Spannung in seinem Körper, seine Bereitschaft zum Kampf. Ja, er war bereit, sie mit Zähnen und Klauen zu verteidigen.

Der andere hat eine Waffe!

Sophie hatte den Luftzug gespürt! Die Kugel hatte sie nur um Millimeter verfehlt!

Ein Wiehern.

Gino drückte sie zu Boden. Das Mondlicht fing sein Profil ein, kaum zu unterscheiden von der Granitformation, die ihnen Deckung gab. Seine Lippen bewegten sich, doch kein Wort war zu hören.

Betet er?

Sophie hielt den Atem an.

Hufschläge in der Nacht, ganz deutlich. Hufschläge, die sich entfernten.

Keiner von ihnen regte sich.

Wir können nicht wissen, ob es nur dieser eine gewesen ist.

Sie verharrten schweigend, minutenlang. Sophie spürte den rasenden Schlag ihres Herzens, spürte die Wärme von Ginos Körper.

So viel wärmer. So viel wärmer als ich.

Millimeter! Das Bild in ihrem Kopf: Wie winzig klein war ein Millimeter! Wenn sie in diesem Moment noch einen einzigen Schritt gemacht hätte, nein, nicht mal einen Schritt: eine Bewegung, so winzig, dass man sie nicht einmal hätte wahrnehmen können.

Der Luftzug. An ihrer Wange.

Er hat auf meinen Kopf gezielt.

Eine Erinnerung: ihre Reportage in Afghanistan. Die Gespräche mit Generaloberst Merthes, der ihr erklärt hatte, wie gefährlich die Heckenschützen der Aufständischen wirklich waren: Sie zielen nicht auf den Körper. Sie haben moderne Waffen mit elektronischer Zielerfassung. Sie zielen auf die Köpfe.

Sie wollen töten.

Ihr Körper zuckte. Im nächsten Moment begannen ihre Zähne unkontrolliert aufeinanderzuschlagen.

»Sophie!«

»Es t-t-t-tut mir leid …«

»Er ist weg.« Ginos Berührung veränderte sich. »Ganz ruhig.«

Er klang nicht ruhig. Eher hilflos.

Wenn es gefährlich wird, kann ihm nichts etwas anhaben.

Doch wenn die Gefahr vorbei ist, weiß er nicht, was er tun soll.

Aber dieser Gedanke war ganz weit hinten in ihrem Kopf.

»Bitte«, flüsterte er. »Ganz ruhig. Es … Mein Gott!«

Mit einer raschen Bewegung zog er seine Jacke aus,

den Bundeswehrparka, der sie schon einmal gewärmt hatte.

»Sie sind ja eiskalt, Sie …«

»B-bitte.« Sie bekam das Zähneklappern nicht unter Kontrolle. »Bitte h-halt mich einfach nur fest, ja? Bitte, es …«

Die Jacke um ihre Schultern, sein Körper, so nah. Wärme.

Millimeter.

Es waren keine Millimeter zwischen ihnen.

Weicher Flanellstoff – und Haut.

Seine Arme, die sie nach einer langen Weile in den Sattel des Wallachs hoben, dann er selbst, seine Brust, sein Körper an ihrem Rücken. Die Stute folgte zuverlässig, vom Gewicht der Reiterin befreit wie eineinhalb Tage zuvor.

Sie spürte die Anspannung, mit der seine Augen das Gelände absuchten.

Es waren Kilometer zurück zum Gutshof. Tausend Gelegenheiten für einen Hinterhalt.

Doch sie spürte auch seinen Atem auf ihrem Nacken, und so erschöpft, so verängstigt sie war, und so wenig bei sich …

Wir begreifen nicht. Keiner von uns.

Doch müssen wir immer alles begreifen?

Unter anderen Umständen, dachte sie, und diese Nacht dürfte ewig dauern.

Sie hatten die Hälfte der Distanz zum Dorf hinter sich gebracht, als Gino den Wallach zügelte.

Sophie blickte auf.

Ein Lichtkegel löste sich aus der Ansammlung von Schatten und einzelnen Lichtern, die Hohenholz war.

»Schneyders Männer«, murmelte Gino. »Sie haben die Schüsse gehört. Aber sie sind auf der falschen Seite des Bachs. Dort werden sie nicht weit kommen.«

Er trieb die beiden Tiere an. Hundert Meter vor ihnen erhob sich ein Gebüsch. Sie erreichten die Deckung gerade rechtzeitig. Sekunden später passierte sie das Fahrzeug der niedersächsischen Polizei, einen Steinwurf entfernt, aber auf der anderen Seite des sumpfigen Bächleins.

»Alles in Ordnung?«, fragte Gino leise.

Er war so nahe, dass die Wärme seiner Atemzüge über ihre Wange strich.

Sophie nickte. Sie war sich nicht sicher, was für einen Klang ihre Stimme haben würde, wenn sie jetzt sprach.

Sie warteten zwei Minuten. Wortlos in ihrem Versteck.

Ein Mann. Eine Frau. In der Nacht.

Ein Geheimversteck. Plötzlich war eine Bemerkung wieder da, die Dorothea gemacht hatte. Gestern Vormittag, bevor das Chaos über Hohenholz hereingebrochen war. Die Remise: ein Geheimversteck. Für Liebespaare.

Doch die Remise gab es nicht mehr.

Als ob das, was dort so lange versteckt gewesen war, auf einen Schlag frei geworden wäre. Das uralte Geheimnis.

Sophie schüttelte sich.

Was geht mir da durch den Kopf?

»Sophie?«

»Alles in Ordnung«, flüsterte sie diesmal zurück.

Er nickte, deutete über die Schulter. »Wie erwartet«, murmelte er.

Sie drehte den Kopf, spähte zwischen den Zweigen hindurch, an denen sich die ersten Knospen zeigten. Die kleine Gruppe von Büschen wäre eine jämmerliche Deckung gewesen, wenn der Polizeiwagen sie unmittelbar angeleuchtet hätte.

Doch davon war das Fahrzeug weit entfernt.

Der Motor heulte protestierend auf, als der Fahrer sich bemühte, die Räder aus dem feuchten Untergrund zu lösen.

»Den kriegen sie so schnell nicht wieder frei«, brummte Gino zufrieden.

Ein leichter Druck seiner Schenkel, und der Wallach setzte sich in Bewegung.

In ihrem Rücken das Schlagen von Türen, als die Beamten ausstiegen.

Vom Waldrand waren die Schüsse gekommen. Die Polizisten würden versuchen, den Hohen Stein zu Fuß zu erreichen. Nein, auf das, was in Richtung Dorf geschah, würden sie nicht weiter achten.

Der wiegende Trab des Tieres. Ginos Körper war eng an Sophies Rücken, noch immer.

Eine Schläfrigkeit überkam sie, während die Anspannung weiter von ihr abfiel und die Lichter von Hohenholz langsam näher rückten: die hufeisenförmige Reihe der Höfe, in der Mitte die Gruppe der hohen Eichen am Dorfplatz und am Ende der mächtige, schweigende Umriss des Herrenhauses. Nur im untersten Stockwerk, hinter den Fenstern des Esszimmers brannte Licht.

Auf einen Schlag war Sophie hellwach.

»Gino!«

Er begriff sofort. »Das Licht war aus, als wir gegangen sind«, murmelte er. »Das vergisst man nicht, wenn man in diesem Haus aufgewachsen ist. Wilhelm war ein sparsamer Mensch.«

Gino gab dem Wallach ein Zeichen. Das Tier wurde

schneller, blieb aber im Trab. Die Hofanlage kam näher, der Umriss des Hauses wuchs vor ihnen auf, der wuchtige Kasten der Tenne.

Am Dammweg, der quer über die Bachniederung führte, half Gino Sophie aus dem Sattel. Langsam gingen sie auf das Hofgelände zu, die Tiere am Zügel.

Die Bewegung tat Sophie gut. Sie spürte, wie ihre Kraft zurückkehrte.

Vielleicht war es auch das Adrenalin, das ihr Körper von Neuem durch die Adern pumpte.

An der Hofeinfahrt blieb Gino stehen. Zu ihrer Rechten die erleuchtete Tenne. Sie wirkte verlassen. Quer über den Hof das Herrenhaus. Die Fenster des Esszimmers waren von hier nicht zu sehen.

»Sie bleiben hier!«, zischte Gino. »Wenn ich in fünf Minuten nicht wieder draußen bin, laufen Sie zu Edeltraut und schlagen Alarm. Sie wissen, welcher Hof …«

Sie starrte ihn an. »Nein.«

»Der zweite auf der linken Seite hinter dem …«

»Nein«, sagte sie nachdrücklicher. »Für wen halten Sie mich? Ich komme mit!«

»Wir haben keine Ahnung, wer da drin rumschleicht!«, knurrte er.

»Wir haben genauso wenig Ahnung, wer hier draußen rumschleicht«, sagte sie und staunte über ihre eigene Ruhe. »Und Sie haben noch viel weniger Ahnung, wo ich schon rumgeschlichen bin!«

Plötzlich war ihre Ungeduld wieder da. Sie wollte ihm jetzt nicht von Masar-e Sharif erzählen, von Merthes und den Heckenschützen, das war nicht angemessen.

Aber er sollte sie nicht behandeln wie ein kleines Mädchen. Sie war eine erwachsene Frau, und sosehr sie das

Gefühl der Nähe, der Geborgenheit in seinen Armen auch genossen hatte: Er sollte das einsehen, wenn das mit ihnen beiden …

Wenn *was* mit ihnen?

Jetzt war sie tatsächlich wütend. Auf die ungeklärte Situation. Auf sich selbst.

Am allermeisten auf sich selbst.

Wortlos ging sie auf das Haus zu, hielt sich dabei im Schatten. Ihm blieb gar nichts anderes übrig, als ihr mit einem unterdrückten Gebrummel zu folgen.

Am Fuß der Treppe holte er sie ein, schob sich vorsichtig, aber nachdrücklich an ihr vorbei. Sein Blick war deutlich: Sie bleiben hinter mir!

Jene Sorte Helmke-Blick, gegen die es keinen Widerspruch gab.

Die Außentür war geschlossen, öffnete sich aber lautlos, als Gino die schwere Klinke drückte.

Sophie ging direkt hinter ihm.

Der Flur war menschenleer. Die Tür zur Küche stand offen, der große, gekachelte Raum schien ebenfalls verlassen. Aus dem Esszimmer fiel ein schmaler Lichtkegel.

Ein Déjà-vu. Mit einem Mal war die Gänsehaut zurück.

Doch der Platz auf der Küchenbank war leer, die Markierungen auf der Tischplatte nur schemenhaft erkennbar.

Ein Geräusch.

Ein lang gezogener, röchelnder Laut.

Sophie erstarrte.

Das Geräusch wiederholte sich.

Schon war Gino am Türspalt, spähte hindurch, Sophie im nächsten Moment an seiner Seite.

Cousine Edeltrauts sehnige Gestalt hing in einem der Lehnstühle, den sie sich ans Sofa gezogen hatte. Ihr Kopf war in den Nacken gesunken, ihr Mund stand weit offen. Unübersehbar – und unüberhörbar – im Reich der Träume.

Die kleine Rike lag in ihrem Wally-das-Werschweinchen-Schlafanzug auf dem Sofa, tief in die Decken gekuschelt.

»Wie friedlich sie aussieht«, flüsterte Sophie, als Gino die Tür des Kinderzimmers leise schloss.

Die Kleine war kaum richtig aufgewacht, als ihr Vater sie mitsamt den Decken in die Wohnung im Obergeschoss getragen hatte.

Gino nickte stumm, wies mit einer Handbewegung auf den Durchgang in ein winziges Wohnzimmer.

Winzig – aber gemütlich. Ein Sofa, ein einzelner Sessel, beide mit hellem Stoff bezogen. Ein hohes Regal mit mehr Büchern, als Sophie erwartet hätte, auf einem Sideboard ein kleiner Flachbildfernseher. Die Wände waren in diesem ganz bestimmten dunklen Terrakottaton gestrichen, der Gino vermutlich an das Land erinnerte, in dem er die erste Hälfte seines Lebens verbracht hatte.

Sophie hatte schon schlimmere Junggesellenwohnungen gesehen.

Auf sein Nicken hin ließ sie sich auf dem Sofa nieder.

Er verschwand kurz, war eine Minute später mit einer Flasche Rotwein und zwei großen Gläsern wieder da.

Sophie biss sich auf die Lippen. »Edeltraut?«, fragte sie vorsichtig.

Dorotheas ältliche Cousine hatte sich in ihrem Schnarchen nicht stören lassen, als die beiden jungen Leute die kleine Rike aus dem Esszimmer bugsiert hatten.

»Oh.« Gino betrachtete das Flaschenetikett. »Ich glaube, sie schläft zu Hause oft vor dem Fernseher ein. Wenn wir sie wecken würden, würde sie höchstens …«

Sophie nickte, doch der lockere Kommentar, der ihr in den Kopf kam, wollte nicht über ihre Lippen: Wenn sie die alte Dame weckten, würde sie sich auf den Rückweg zu ihrem Hof machen wollen. Und das konnte tatsächlich gefährlich werden.

In der vergangenen Nacht war in Hohenholz ein Mensch getötet worden.

Und um wenige Millimeter wäre vor einer Stunde ein zweiter Mensch gestorben.

Sophie schlang die Arme um ihren Oberkörper.

Betreten dreinschauend stellte Gino Flasche und Gläser auf den niedrigen Tisch. »Bitte, ich …« Er schüttelte sich, sah über die Schulter. »Wenn Sie lieber einen Tee … Ich habe …«

»Gino.«

Er verstummte auf der Stelle.

Sophie holte Luft. »Gino, wovor haben Sie nur solche Angst?«, fragte sie. »Warum haben Sie jedes Mal Angst – und, vor allem, warum in dem Moment, in dem man keine Angst mehr haben muss?«

Er starrte sie an.

»Ich werde nicht in Tränen ausbrechen«, sagte sie. »Oder wieder anfangen, mit den Zähnen zu klappern. Und wenn ich das doch tue, ist das in Ordnung. – Es ist nicht Ihre Schuld. Sie haben dann nichts falsch gemacht.«

Er rührte sich nicht.

Jetzt wäre er am liebsten irgendwo anders, dachte Sophie. Er würde alles dafür geben, in diesem Moment irgendwo anders zu sein. Beim Holzhacken vielleicht. Mitten im Dreck und Ruß bei den Löscharbeiten oder im Unterhemd im Hagelschauer, aber nicht in dieser Situation.

»In Hohenholz geschehen Dinge, die wir nicht begreifen«, sagte sie. »Schlimme Dinge. Dinge, die wir nicht verhindern können. – Und vorhin am Stein haben Sie etwas Schlimmes verhindert. Sie haben mir das Leben gerettet. Aber völlig davon abgesehen: Sie können sich nicht Ihr Leben lang an allem und jedem die Schuld geben.«

»Sie sich auch nicht.«

Sophies Mund klappte zu.

Gino fixierte einen unsichtbaren Fleck auf dem Holzfußboden, schien dann plötzlich wieder die Flasche zu entdecken, die Gläser, wurde voll davon in Anspruch genommen, ein Dekantiergefäß aus dem Schrank zu holen und den Wein umzufüllen.

Sophie beobachtete ihn. Reglos.

Treffer.

Ins Schwarze getroffen? Nein. Nicht vollständig.

Es hatte damit begonnen, dass sie in Hohenholz aufgetaucht war. Das würde er ihr nicht ausreden können.

Aber er redete ja gar nicht.

Wortlos schob er eines der Gläser auf ihre Tischseite, ließ sich im Sessel nieder.

»Wilhelm wäre noch am Leben, wenn ich nicht nach Hohenholz gekommen wäre«, sagte Sophie.

Warum hörte sie sich an, als ob sie sich verteidigen wollte?

»Woher wollen Sie das wissen?« Über die blutrote Flüssigkeit in dem offenen Glaszylinder hinweg sah er sie an. »Dorothea ist alt. Sie ist krank. Warnecke hat mir heute Morgen erst erzählt, dass sie neulich schon einen Anfall hatte. Sie weiß, dass sie nicht mehr viel Zeit hat. – Und Menschen, die nicht mehr viel Zeit haben, denken an früher. Denken über ihr Leben nach. Wenn Sie nicht gekommen wären, hätte sie vielleicht mit jemand anders gesprochen. Oder einfach alles aufgeschrieben. Alles, was passiert ist, hätte ganz genauso passieren können – auch ohne Sie.«

Sophie biss die Zähne zusammen.

Es hätte passieren können.

Das war zu wenig.

Wie wollten sie wissen, was hätte geschehen können, solange sie nicht wussten, was denn nun geschehen war?

»Wir haben uns getäuscht«, murmelte Sophie. »Das Licht oben am Stein. Das war nicht Dorothea. Es war einer von ihnen – wer immer sie sind. Er hat uns dorthin gelockt.«

Gino antwortete nicht. Vorsichtig hob er das Dekantiergefäß, führte es unter die Nase, nickte, bevor er zunächst Sophie, dann sich selbst zwei Finger hoch einschenkte.

»Er hat auf mich geschossen«, sagte sie leise. »Aber dann ist er weggeritten. Und das verstehe ich nicht. Er wusste, wo wir sind. Wenn es ihm darum geht, dass ich aus Hohenholz verschwinde, warum tötet er dann Wilhelm, während er mich …« Sie schüttelte den Kopf. »Das ergibt doch keinen Sinn!«

Gino griff nach seinem Glas. Sophie tat automatisch dasselbe. Sie deuteten einen Gruß an, führten die Gläser an die Lippen.

Dunkel. Erdig. Eine beinahe bittere Note.

Ein Wein, der zu ihm passte.

»Nein«, murmelte Gino. »Das ergibt keinen Sinn, wenn Sie davon ausgehen, dass es einer von ihnen war, der das Lichtzeichen gegeben hat.«

Fragend sah sie ihn an.

Er griff in die Tasche seines ausgewaschenen Flanellhemds, zog etwas hervor, legte es auf den Tisch.

Sophie setzte ihr Weinglas ab, so ruckartig, dass Tropfen der roten Flüssigkeit aufspritzten.

Ein Oktavheft.

Sophies Hand fuhr an ihre leichte Jacke, die sie anbehalten hatte, während Ginos Parka jetzt neben der Wohnungstür hing.

Eine Ausbuchtung in Brusthöhe: Das Heft mit ihren Aufzeichnungen war an Ort und Stelle, ganz wie sie es Dorothea versprochen hatte.

»Aber was …«

»Es lag unmittelbar an der Quelle«, sagte Gino. »Ungefähr zwei Sekunden vor dem ersten Schuss habe ich es entdeckt.«

»Dann …« Sophies Finger zitterten, als sie die Hand nach dem neuen Heft ausstreckte. »Dann war es doch Dorothea«, flüsterte sie. »Aber warum hätte Dorothea auf uns schießen sollen?«

Warum hätte sie Wilhelm den Schädel einschlagen sollen?

Sophie schüttelte sich.

»Nein«, murmelte sie.

Die Oberfläche des Heftumschlags war rau unter ihren Fingern. Papier mit hohem Holzanteil, wie es vermutlich seit Jahrzehnten nicht mehr produziert wurde.

Dorothea hatte eine ganze Schublade voll davon.

»Nein«, wisperte Sophie. »Wenn es ihr darum gegangen wäre, uns in die Falle zu locken, hätte sie sich das Heft sparen können. Während wir suchten, hätte sie alle Zeit der Welt gehabt.«

»Wir waren nicht die Einzigen, die das Lichtsignal gesehen haben«, sagte Gino. »Nur das ergibt einen Sinn. Einer von ihnen hat dieselben Schlüsse gezogen wie wir und ist hoch zum Stein geritten.« Sein Adamsapfel bewegte sich. »Ob er Dorothea dort gefunden hat, ob sie gewartet hat, wissen wir nicht.«

»Nein«, stimmte Sophie zu. »Wahrscheinlich nicht. Wenn sie gewartet hätte, hätte sie das Heft nicht dortlassen müssen. Sie war schon wieder weg, als er ankam. Doch dann hat er uns gesehen. Und geschossen. Aber nur ein einziges Mal.«

»Ein Warnschuss?«

»Wenn das ein Warnschuss war, hat er verdammt gut gezielt.« Sophie schüttelte den Kopf. »Oder schlecht, wenn er mich fast erwischt hätte. Er muss es sich anders überlegt haben. Er … er will mich nicht tot sehen. Anders als Wilhelm.«

Ein Kloß in ihrem Hals.

Das war die eine Erklärungsmöglichkeit.

Die andere war logischer, und spätestens in diesem Moment war jeder vernünftige Zweifel beseitigt, dass sie auch der Wahrheit näher kam:

Ihr Verfolger hatte mit Wilhelms Tod nichts zu tun.

Wilhelm Helmke war von der Hand seiner Ehefrau gestorben.

Warum?

Sophies Finger waren eiskalt, als sie das Heftchen in die Hand nahm.

Es musste mehr als eine Stunde im feuchten Gras gelegen haben. Die Seiten klebten zusammen, waren gewellt und aufgequollen von Schmutz und Nässe und ließen sich nur widerspenstig öffnen.

Sophie blätterte auf.

Die erste Seite war leer.

Die zweite genauso.

»Was …«

Ganz hinten.

Leer.

Die beiden jungen Leute sahen sich an.

Und begriffen immer weniger.

Die Höfe steh'n in schmucken Reihen,
im Morgengrün der Frühlingsflur.
Das lachend' Aug' vermeint sie seien
gereiht gleich schimmernd' Perlenschnur.

(Dorothea Helmke, Dörfliches Dasein)

Sophie fuhr in die Höhe.

Ihr Herz raste zum Zerspringen.

Ich habe geträumt. Wieder geträumt.

Doch diesmal …

Da war nichts. Keine Erinnerung.

Sie tastete nach dem Nachtlicht, ließ es dann bleiben. Eine graue Morgendämmerung drang bereits durch die Fenstervorhänge, fiel auf das Oktavheft mit den verklebten Seiten auf ihrem Nachttisch. Den leeren Seiten.

Sophie war allein.

Dasselbe Zimmer wie in der Nacht zuvor: Ginos Schlafzimmer, wo am Vorabend die kleine Rike mit unter ihre Decke geschlüpft war. Heute schlief das Mädchen im Kinderzimmer.

Gino selbst hatte angekündigt, auf dem Sofa zu übernachten. Zu diesem Zeitpunkt war Sophie bereits zu müde gewesen und zu erschöpft, um sich gegen das Arrangement zu wehren.

Die Nachwirkungen des nächtlichen Ritts, der Gefahr.

Oder schlicht das erste Glas Wein seit der Verleihung des Medienpreises und ihrer Einlieferung ins Krankenhaus.

Zwei Wochen zuvor. In einem anderen Leben.

Während Sophie übergangslos eingeschlafen war, war Gino noch einmal verschwunden: die Pferde. Wenn sie heute Morgen nicht wieder bei Warnecke im Stall standen, hätten sie sich den Quasi-Einbruch sparen können.

Sophie ließ die Füße aus dem Bett gleiten, warf einen missmutigen Blick auf das lumpenähnliche Bündel ihrer Kleider.

Ganz gleich, wer aus welchem Grund nicht aus Hohenholz wegwollte: Sie würde das Dorf heute verlassen. Und sei es nur bis nach Dorfmark, um frische Unterwäsche zu kaufen. Ein, zwei Jeans und Pullover, und die Labels sollten ihr egal sein.

»Und eine Winterjacke«, murmelte sie, als sie ans Fenster trat, um zu prüfen, ob es gegen Morgen gefroren hatte. »Eine richtige Winterjacke.«

Sie schob den Vorhang ein Stück beiseite und erstarrte.

Kommissar Schneyder kam soeben im Stechschritt aus der Tenne und hielt auf die Treppe des Herrenhauses zu, an seiner Seite ein uniformierter Kollege.

Irgendetwas sagte ihr, dass das nichts Gutes bedeuten konnte.

Sophie hielt die Hände vor den Mund gepresst.

Das Foto war von der Zimmertür aus aufgenommen worden und fing den gesamten Raum ein: ein gemütliches, altmodisches Wohnzimmer mit etwas dunkleren Möbeln und deutlich höheren Wänden, als das heute üblich war.

Dr. Warneckes Wohnzimmer.

Von Warnecke selbst war nicht viel zu sehen: der Hinterkopf, ein Teil der linken Schulter und der linke Arm, der aus dem Lesesessel zu Boden baumelte.

Leblos.

Sophie war sich nicht sicher, warum Schneyder und sein Begleiter ihr das Foto gezeigt hatten.

Doch sie war froh, dass es aus dieser Perspektive aufgenommen war.

Der Schnitt ist in einer einzigen Bewegung quer über den Hals geführt worden. Schneyder hatte sich angehört wie ein Nachrichtensprecher, der die Lottozahlen bekannt gab. *Nach Einschätzung unserer Mediziner dürfte es sich um ein Jagd- oder Schlachtmesser gehandelt haben. Die Tatwaffe haben wir bisher nicht gefunden.*

Nicht die Tatwaffe.

Aber einen Verdächtigen.

Gino war nie dazu gekommen, sein Nachtlager auf dem Sofa einzunehmen.

Schneyders geschäftsmäßiger Bericht war voller »nach Angaben des Tatverdächtigen«. Was genau geschehen sein musste, konnte Sophie sich nur selbst zusammenreimen:

Gino hatte den Wallach und die Stute in den Stall auf dem Hof des Arztes zurückgebracht, als ihm aufgefallen war, dass die Hintertür von Warneckes Haus offen stand. Nach allem, was in dieser Nacht geschehen war, hatte er nachsehen müssen, ob alles in Ordnung war. Sophie selbst hätte nicht anders gehandelt.

Es war nicht alles in Ordnung gewesen.

Herrmann Warnecke war tot.

Gino hatte, nach seinen Angaben, nichts angerührt

und war ins Freie gestürmt, den Polizeibeamten, die soeben zu Fuß von ihrem bis an die Achsen im Morast versunkenen Fahrzeug zurückkehrten, direkt in die Arme.

In diesem Moment befand er sich »auf einer unserer Dienststellen« und wurde vernommen.

Das Wort Untersuchungshaft nahm Schneyder nicht in den Mund. Der Kommissar war ein korrekter Beamter, viel zu korrekt, um richterlichen Entscheidungen vorzugreifen.

Sollten sie sich seiner Ansicht nach auch noch so selbstverständlich ergeben.

Sophie ließ die Hände sinken.

Der Wachzustand, dachte sie, ist der wahre Albtraum.

»Frau von Wiedenthal?«

Sie blickte auf. Schneyder hielt einen Kugelschreiber in der Hand.

»Ich muss Sie fragen, ob Sie mit dem Toten verwandt oder …«

»Nein. – Auch mit Ihrem Tatverdächtigen nicht. Mit seinen Großeltern nicht und auch mit ihm selbst nicht.«

Der Kommissar verzog unfreundlich das Gesicht, kritzelte etwas auf sein Formblatt.

»Nachdem Wilhelm Helmke tot und Dorothea Helmke verschwunden ist, darf ich wohl davon ausgehen, dass Sie nunmehr Gino Helmkes Gast sind?«

Sophie nickte stumm.

Schneyder schwieg einen Moment, machte eine Eintragung, hielt den Kopf dabei gesenkt.

Offenbar gab er sich alle Mühe, das schüttere Haar über die beginnende Glatze zu frisieren. Doch Mühe war noch kein Garant für Erfolg.

»Sie haben heute Nacht hier oben geschlafen?«

Die Frage kam plötzlich.

»Ja?«

Schneyders Finger strichen über das Blatt. Erst jetzt sah er auf, musterte Sophie aufmerksam.

»Ein weitläufiges Haus«, bemerkte er. »Wie man damals gebaut hat: für eine große Familie, mit eigenen Räumen für das Personal. Ich behaupte, mehrere Zimmer mit Schlafgelegenheiten gesehen zu haben, als wir das Gebäude gestern in Augenschein genommen haben.«

Sophie starrte ihn an. »In diesem Haus ist gestern ein Mensch ermordet worden«, presste sie hervor. »Was glauben Sie, was wir da tun? Hier oben ist es am sichersten, und ...«

»Edeltraut ...« Er sah auf eins seiner Schriftstücke. »... Schöppes. Dorothea Helmkes Cousine und damit eine Art Tante von Gino Helmke. – Frau Schöppes befand sich doch ebenfalls hier im Haus?« Vieldeutig hob er eine Augenbraue. »Gino Helmkes Tante haben Sie nicht eingeladen, mit Ihnen hier oben in der sicheren Wohnung zu nächtigen?«

Edeltraut. Die kleine Rike war jetzt wieder bei ihrer Lehrerin, und das tat Sophie beinahe mehr weh als alles andere: dass sie schon wieder gezwungen gewesen war, das Mädchen abzuschieben.

Doch bei diesem Gespräch, in dem Schneyder den Vater der Kleinen ganz offen als Tatverdächtigen präsentierte, hatte Sophie sie auf keinen Fall dabeihaben wollen.

Nicht wenn ich gleich über den Tisch springe, dachte sie, und Schneyder mit bloßen Händen erwürge.

»Ich glaube nicht, dass ich dieses Gespräch ohne meinen Anwalt fortsetzen möchte«, sagte sie mit zuckersüßer Stimme.

Die Schrift an der Remise.

Das Feuer.

Wilhelm Helmke.

Die Schüsse am Stein.

Herrmann Warnecke.

Ein und derselbe Täter?

Sophie saß am Esstisch vor der großen Panoramascheibe und starrte auf ihre Notizen.

Gino besaß für keinen der beiden Morde ein Alibi und war beide Male in unmittelbarer Nähe gewesen. Den zweiten Toten hatte er selbst gefunden.

Eine dritte Person – Dorothea – wurde vermisst.

Dass sie noch am Leben war, darauf deutete einzig und allein ein kleines, schmutzverklebtes Oktavheft hin, von dem Sophie den Beamten nichts erzählt hatte.

Ein Oktavheft, das Gino aus seiner Hemdtasche gezaubert hatte wie ein Varietékünstler sein Kaninchen aus dem Zylinder.

Ein Oktavheft wie zig andere auch, die Dorothea in ihrer Schublade verwahrt hatte und die für Gino jederzeit mühelos zu erreichen waren.

Aber er kann nicht geschossen haben!

Beim einzigen Zwischenfall, bei dem es keinen Toten gegeben hatte, war Gino unverdächtig.

Sophies Kopf sank zwischen die Schultern.

Will ich die Wahrheit nur nicht sehen?

Sie musste an Ginos Blick denken, die bodenlose dunkle Wut, als sie ihm davon berichtet hatte, wie Warnecke das Gespräch mit ihr gesucht und sich – vielleicht – bemüht hatte, sie auszuhorchen.

Warnecke sollte sich aus Dingen heraushalten, die ihn nichts angehen.

Doch das hatte er nicht getan.

Hatte er deshalb sterben müssen?

»Aber wofür?«, flüsterte Sophie. »Was sind das für Dinge, für die in Hohenholz Menschen sterben? – Dorothea …«

Beide Oktavhefte lagen neben ihrem Notizblock.

Eines von ihnen war mit Stichpunkten und halben Sätzen über die ersten Jahre von Dorotheas Leben gefüllt – und vielen, vielen Fragezeichen gegen Ende der Einträge.

Das andere war leer.

Sophie griff nach dem verklebten Heftchen, das – nach Ginos Angaben – an der Quelle gelegen hatte.

Sie hatte sich noch nicht die Mühe gemacht, sämtliche Blätter einzeln voneinander zu lösen. Es war auch so klar …

Sophie stutzte.

Etwas sah zwischen den Seiten hervor. Nicht ganz am Ende, aber doch in der hinteren Hälfte, wo sie die einzelnen Seiten noch nicht voneinander getrennt hatte. Vorsichtig fuhr sie mit den Fingern unter das Papier.

Ein unangenehmes Gefühl, als die brüchige Oberfläche riss, doch im nächsten Moment:

Ein bedruckter Zettel, mehrfach gefaltet. Sehr viel dünneres, sehr viel jüngeres Papier.

»Ein Beipackzettel«, flüsterte Sophie.

Der Beipackzettel eines Medikaments. Sophies Augen fielen auf den unaussprechlichen Namen.

»Das Nitrospray!«

Ihr Herz machte einen Sprung.

Gino hatte nicht gelogen! Dieser Zettel war der Beweis! Dorothea hatte ihn zwischen die Seiten geschoben, um jeden Zweifel auszuschließen, dass sie es gewesen war, die das Heft an der Quelle zurückgelassen hatte.

Dass sie am Leben war.

Das hätte sie einfacher haben können.

Der Gedanke kam im selben Moment.

Dorothea hätte einfach nur Sophies Namen auf den Umschlag zu schreiben brauchen. Ein bloßes Lebenszeichen.

Doch so …

Das Heft war eine Botschaft. Es konnte nicht anders sein.

Sophie starrte auf ihren Fund.

Ein leeres Heft, das demjenigen, in dem Sophie Dorotheas Berichte aufgezeichnet hatte, zum Verwechseln ähnlich sah.

Und die Dosierungsanleitung für das Nitrospray, das Dorothea in ihrem …

Sophie keuchte auf.

Ein markerschütterndes Quietschen, als sie ihren Stuhl ruckartig zurückschob.

Hastig stürmte sie in die Küche, riss den Schrank über der Spüle auf.

Hatte Schneyders Spurensicherungsteam ihn geöffnet? Sophie konnte sich nicht erinnern. Sie hatten den Kaffeefilter eingepackt, jeden Quadratzentimeter des Bodens, der Türen, des Tisches untersucht. Aber den Schrank? Nein.

Das Alltagsgeschirr, graues Steingut.

In der vordersten Reihe die Tasse, in der Dorothea das Spray versteckt hatte. Sie war leer. Sophie hatte mit eigenen Augen beobachtet, wie Dorothea nach ihrem Anfall das Fläschchen in ihrer Kittelschürze verstaut hatte.

Sophie begann das Geschirr auszuräumen. Tassen –

genug für das gesamte Dorf. Eine Suppenterrine, mehrere Saucieren. Tiefe Teller, darunter standen die flachen.

Sie stellte sich auf Zehenspitzen.

Ganz hinten in der Ecke des Geschirrfachs schien das Holz beschädigt zu sein. Als wenn sich ein Teil der mattbraunen, im Laufe der Jahre nachgedunkelten Oberfläche abzulösen begann.

Sophie streckte die Finger aus, griff zu.

Kein Holz.

Papier. Vergilbtes Papier. Sie zog es ins Freie.

Eine Zahl, mit Bleistift geschrieben und kaum zu erkennen: 1948.

Sophie legte die Stirn in Falten, drehte den Zettel um.

Ein Foto.

Sie sog die Luft ein.

Der Vorplatz des Herrenhauses war menschenleer.

Doch Sophie spürte die Augen, als sie ins Freie trat.

Augen, die sich diesmal nicht zwischen den Bäumen verbargen. Das ansteigende Gelände des Gutsparks war im Licht des grauen Vormittags recht gut einsehbar. Der schmale Weg, der hinauf zum Pavillon führte, wand sich zwischen den Stämmen der Bäume hindurch steil bergan.

Nein, die Augen verbargen sich an anderer Stelle, und Sophie wusste sehr genau, wem sie gehörten.

Doch sie warf keinen Blick in Richtung auf Schneyders Hauptquartier in der Tenne, sondern hielt die Nase stur geradeaus, auf die Hofeinfahrt und die Dorfstraße zu.

Niemand hielt sie auf.

Mit welcher Begründung auch?

Schneyder hatte sie gebeten, ihn zu unterrichten, wenn sie vorhätte, Hohenholz zu verlassen. Sophie war ausreichend mit polizeilichen Sprachregelungen vertraut, um zu wissen, dass diese Bitte in Wahrheit ein Befehl war.

Sie hatte nicht vor, ihm zuwiderzuhandeln.

Sie trat hinaus auf die Dorfstraße.

Auch hier: keine Menschenseele.

Die einzelnen Höfe lagen ein Stück vom Fahrweg abgesetzt. Kleine Vorgärten mit Sträuchern und Bäumen.

Sophie kannte sich nicht besonders gut aus mit dem Gartenbau, und wenn Büsche und Bäume praktisch noch keine Blätter trugen, machte es das nicht einfacher – doch sie war sich absolut sicher, dass es sich um Obstbäume und Beerensträucher handelte. In diesem Dorf gab es nichts, das einfach nur schön aussehen sollte, sondern alles hatte seinen Sinn. Kein Quadratzentimeter wurde verschenkt. Die Menschen hatten jahrhundertelang von der Ernte ihrer Hofstellen leben müssen. Ob das heute noch so war, spielte keine Rolle. Solche Dinge änderten sich nicht so schnell in Hohenholz.

Die Menschen.

Ein unfreundlicher Wind pfiff das Tal des kleinen Bächleins herab. Sophie versteckte die Hände in den Taschen ihrer viel zu dünnen Jacke.

Niemand ließ sich auf der Straße blicken.

Irgendwo, einige Höfe entfernt, bellte ein Hund. Ein Geräusch, das ihr die Stille erst wirklich bewusst machte.

Doch auch hier spürte sie Augen, als sie sich nach links in Richtung Dorfplatz wandte.

Sie blickte weiter stur geradeaus, stellte fest, dass sie schneller ging, als sie wollte.

Reiß dich zusammen!

Sie konnte nicht. Sie hatte Mühe, nicht unvermittelt loszustolpern, loszurennen, als wäre der Leibhaftige hinter ihr her – oder kehrtzumachen, sich wieder im Herrenhaus zu verstecken.

Du bist hier nicht willkommen. Warst es niemals.

Sie beobachten jeden deiner Schritte.

Ein leichtes Aufatmen, als sich der Weg zum Dorfplatz hin öffnete.

Die Eichen rund um die Rasenfläche waren noch vollständig kahl. Der Haufen aufgetürmter Findlinge im Zentrum des Platzes war nicht zu übersehen.

Sophie blickte unwillkürlich über die Schulter, bevor sie das Gras betrat und auf das Monument zuging.

Eine Platte aus dunklem Metall war an der Steinpyramide befestigt:

Unseren toten Helden – in verschnörkelter Schrift. Darunter die Jahreszahlen: 1914–1918, 1939–1945. Die beiden Weltkriege.

Denkmäler wie dieses musste es in nahezu jedem Ort in Deutschland, ja, quasi in ganz Europa geben.

Doch hier war noch eine weitere Zahl angebracht:

1998.

Das Jahr des großen Waldbrands. Das Jahr, in dem Ginos Eltern und seine Schwester gestorben waren.

Unwillkürlich legte sich Sophies Hand auf die Innentasche ihrer Jacke, in der sie neben den beiden Oktavheften jetzt auch das Foto aus Dorotheas Küchenschrank verwahrte. Das Foto mit der Jahreszahl 1948.

Genau fünfzig Jahre später hatten Gino und Marietta die Grenze überschritten und das verheerende Feuer ausgelöst. Ein Zufall?

Ja, dachte sie. Zumindest das ist ein Zufall.

Allerdings auch nur das.

Ein Schauder überlief sie.

Sie war sich nicht sicher, warum sie an dieser Stelle Zwischenstation gemacht hatte. Womit hatte sie gerechnet? Worauf hatte sie gehofft?

Namen?

Unseren toten Helden.

Zumindest die Menschen, die ihr Leben gelassen hatten, um das Dorf und seine Bewohner vor den Flammen zu retten, waren auch in ihren Augen Helden.

Sophie fragte sich, ob die Formulierung auf dem Stein auch die Opfer unter den britischen Soldaten einschloss.

Sie würde es herausfinden.

Vier oder fünf Höfe begrenzten den Platz an den unterschiedlichen Seiten. Es ließ sich nicht mit Sicherheit sagen, welche der reet- und schindelgedeckten Gebäude zu ein und demselben Hofgrundstück gehörten.

Kurz vor der Stelle, an dem sich die Straße zum Dorfplatz hin verbreiterte, war eine Hofeinfahrt durch ein grell gestreiftes Plastikband verschlossen.

Warneckes Hof.

Direkt nebenan ein noch älteres Gebäude: Der Hof von Gustav Behrens mit seiner Pfeife und seiner Gitarre. Bei Tageslicht sah Sophie auch die Terrasse, auf der er am Vorabend gesessen haben musste, versunken in seine Gedanken und die Klänge des Instruments, die er Wilhelm Helmke in die Dunkelheit über Hohenholz nachgesandt hatte.

Sophie kniff die Augen zusammen. War da für eine Sekunde eine Bewegung gewesen, hinter den Fenstern? Nein, sie konnte sich täuschen. Das Haus war zu weit entfernt.

Es macht keinen Unterschied. Sie sehen dich alle mit denselben Augen.

Du gehörst nicht hierher, und du kannst nur noch eins für diese Menschen tun.

Der Grund, aus dem du tatsächlich hierhergekommen bist: die Wahrheit herauszufinden.

Sie drehte der Findlingspyramide den Rücken zu, ging über die Rasenfläche zurück zum Fahrweg – ortsauswärts diesmal.

Der zweite Hof auf der linken Seite hinter dem …

An dieser Stelle hatte sie Gino unterbrochen.

Sie konnte nur hoffen, dass er vorgehabt hatte, »hinter dem Dorfplatz« zu sagen. Türschilder gab es mit Sicherheit nicht in Hohenholz.

Im schlimmsten Fall würde sie an die falsche Tür klopfen.

Umbringen werden sie dich schon nicht, dachte sie.

Doch die Gänsehaut, die sich auf ihren Unterarmen einstellte, bewies ihr, dass sich irgendetwas in ihrem Innern da nicht vollständig sicher war.

Die Haustür knarrte wie ein schlecht geölter Sargdeckel.

Das blasse Gesicht, das hinter dem Türspalt zum Vorschein kam, hatte mehr von einer Spitzmaus an sich als je zuvor.

Cousine Edeltraut streckte für zwei Sekunden den Kopf ins Freie. Hektisch huschten ihre Augen hin und her.

Die Straße war menschenleer, noch immer.

Doch Sophie zweifelte nicht daran, dass die Hälfte des Dorfes beobachtet hatte, auf welchem Hof sie verschwunden war.

Und dass es die andere Hälfte innerhalb von zehn Minuten ebenfalls wissen würde.

Auf eine Weise tat Dorotheas Cousine ihr leid. Sie hatte es sich nicht ausgesucht, in diese Geschichte hineingezogen zu werden.

»Kommen Sie rein«, murmelte die alte Dame. »Es ist so furchtbar. So furchtbar. – Frederike fragt andauernd nach Ihnen.«

Selbst die Stimme, dachte Sophie, passte zu einer Maus. Welch ein Unterschied zu Dorotheas wohlklingendem Alt.

Edeltraut ließ Sophie ins Haus schlüpfen und schloss die Tür – eine Spur zu hastig, als dass die jüngere Frau hätte glauben können, dass das gewohnheitsmäßig so geschah. Im nächsten Moment verschwand die Dorflehrerin bereits in einem dunklen Flur, in dem es nach Mottenkugeln und altem Papier roch. Sophie erahnte gefährlich wacklige Stapel zerlesener Bücher, deckenhoch.

»So furchtbar …«

»Edeltraut.«

Die alte Frau zuckte zusammen, als wäre auf sie geschossen worden.

»Ja?« Nur ein Hauchen.

»Edeltraut …« Sophie fuhr sich über die Lippen. »Könnten wir einen Moment allein sprechen, bevor wir zu Rike gehen?«

»Ja?« Wieder klang das Wort wie eine Frage, doch im selben Moment öffnete die alte Frau eine Tür auf der Linken, die Sophie in der Finsternis überhaupt nicht bemerkt hatte.

»Bitte.« Eine auffordernde Geste, aber auf seltsame Weise unangenehm berührt.

Sie legt keinen Wert auf ein Gespräch unter vier Augen, dachte Sophie. Wer konnte ihr das übel nehmen? Dieselben Augen, die jeden von Sophies Schritten misstrauisch beobachteten, würden sich ebenso auf jeden Menschen richten, mit dem sie in Kontakt trat.

»Danke«, murmelte sie.

Ein winziges Zimmerchen, das beinahe vollständig von einem Schaukelstuhl, einem Lesetisch und einem viel zu wuchtigen Sofa eingenommen wurde. Auf seine ganz eigene Weise wirkte es nicht einmal ungemütlich.

Verschroben, dachte Sophie. Wie die Bewohnerin.

»Es ist so furchtbar«, flüsterte Edeltraut. »Bitte entschuldigen Sie, wenn ich …« Eine hilflose Geste.

»Kein Problem.« Sophie versuchte ein Lächeln. »Ich bin Ihnen unglaublich dankbar, dass Sie sich um Rike kümmern.«

Das Gesicht der alten Frau hellte sich auf der Stelle auf. »Frederike ist eine Freude. Sie ist jetzt in der zweiten Klasse, und ich bin fest entschlossen, mich mit ihr schon diesen Sommer an die Subtraktion zu wagen!«

Sophie kommentierte dies mit einem anerkennenden Nicken, von dem sie glaubte, dass es von ihr erwartet wurde.

»Edeltraut …« Sie griff in ihre Jackentasche. »Ich möchte Sie bitten, sich da mal etwas anzusehen.«

War die Anspannung aus ihrer Stimme herauszuhören? Ihre Finger waren kalt, als sie Edeltraut die vergilbte Fotografie reichte.

»Was …« Die Dorflehrerin tastete über ihre Bluse – ein Textil in wildem Paisley-Muster – und fand eine Nickelbrille, die an einer Silberkette um ihren Hals hing.

Ihre Stirn zog sich zusammen, als sie das Foto betrachtete.

Dieselbe Reaktion wie bei mir, dachte Sophie. Sie hatte das Gesicht der alten Dame im Blick. Das Foto hatte sie sich fast eine Stunde lang immer wieder angesehen, bevor sie den Entschluss gefasst hatte, das Herrenhaus zu verlassen und denjenigen Menschen zu fragen, von dem sie sich nach Warneckes Tod noch am ehesten eine Antwort erwartete.

Die Aufnahme zeigte eine Gruppe von mehr als einem Dutzend Männern. Winzige Gestalten mit winzigen Gesichtern in Schwarz-Weiß, die Oberfläche des Fotos ausgeblichen, mitgenommen vom Zahn der Zeit.

Und doch: Sophie war sich beinahe sicher, aber sie wollte es aus Edeltrauts Mund hören.

»Kennen Sie diese Männer?«, fragte Sophie, verbesserte sich dann: »Kannten Sie sie?«

Edeltraut blickte auf. »Das sind britische Uniformen«, murmelte sie. »Wo haben Sie das her?«

Sophie unterdrückte ein zufriedenes Nicken. Nein, sie hatte sich nicht getäuscht.

Die britischen Uniformen waren das Einzige, das auch sie selbst erkannt hatte.

Doch es musste einen Grund dafür geben, dass Dorothea dieses Bild versteckt hatte. Und eindeutig hatte sie dieses Versteck nur einem Menschen verraten wollen: ihr, Sophie von Wiedenthal. Nur Sophie hatte gewusst, wo Dorothea ihr Nitrospray verborgen hatte. Nur Sophie hatte die Botschaft entziffern können, die aus dem leeren Oktavheft sprach:

Sie wollen meine Geschichte hören? Hier geht sie weiter.

»Wir haben uns viele Aufnahmen angesehen in den letzten Tagen …«, begann sie.

Doch im selben Moment sah sie, dass sich Edeltrauts Blick veränderte.

»Nein.« Rasch wurde die Aufnahme zurückgegeben. »Tut mir leid.«

Sophie kniff die Augen zusammen. »Sie sind doch hier aufgewachsen ...«, versuchte sie einen neuen Anlauf.

»Tut mir leid.« Edeltraut schüttelte entschieden den Kopf. »Nach mehr als sechzig Jahren ... Es waren so viele Soldaten im Laufe der Zeit, und wir haben niemals engen Kontakt mit ihnen gehabt. Ich wüsste beim besten Willen nicht, warum Dorothea ein solches Foto hätte aufheben sollen.«

»Tante Edi?«

Eine helle Kinderstimme, gedämpft durch die geschlossene Tür.

Sophie sah, dass die alte Frau aufatmete.

»Frederike ruft nach uns«, erklärte Cousine Edeltraut und nahm die Nickelbrille von der spitzen Mäusenase.

»Sophie!« Das Mädchen jauchzte begeistert auf, winkte Sophie an ihren niedrigen Schultisch.

Es gab drei solcher Tische in dem Zimmer, das auf Edeltrauts Garten hinausging, dazu an der Wand eine gewaltige Schiefertafel.

Ein Schulzimmer im Miniaturformat, mit einer Einrichtung, die sich seit einem halben Jahrhundert nicht wesentlich verändert haben konnte.

»Hier!« Rike hielt einen Zeichenblock in die Höhe, DIN-A4-Format.

Strichmännchen. Die Kleine hatte Filzstifte in unterschiedlichen Farben eingesetzt, aber ansonsten waren die Figuren identisch: Kopf, Körper, zwei Beine, zwei Arme inklusive Händen mit jeweils ... Sophie kniff die Lider zusammen.

Mit jeweils drei Fingern.

»Das ist Papa!«, verkündete das Mädchen.

Sophie nickte. Passenderweise hatte die Kleine eine schlammbraune Farbe gewählt.

»Und hier bin ich …« Eine kleinere Gestalt, feuerrot. »Und da bist du.« Ein dezenter Fliederton, mit dem Sophie zur Not leben konnte.

»Eine Familie«, murmelte Rike versonnen.

Ein unterdrücktes Keuchen.

»Frederike!«

Sophie drehte sich um.

Cousine Edeltraut stand in der Zimmertür. Sie war tatsächlich blass geworden.

»Bitte entschuldigen Sie!«, murmelte die Dorfschullehrerin. »Frederike, wir haben uns doch gerade letzte Woche darüber unterhalten, was eine Familie ist. Nicht irgendein Mann und irgendeine Frau und ein Kind dazu, sondern ein Mann und eine Frau, die sich lieb haben, und die zusammen …«

Trotzig reckte die Kleine das Kinn in die Höhe. »Aber Uroma Dorothea und Uropa Wilhelm waren auch eine Familie!«

»Das …« Die alte Frau wechselte einen hektischen Blick mit Sophie. »Das ist …«

»Familien können ganz unterschiedlich aussehen.« Sophie ging neben dem Kind in die Hocke. »Zu manchen Familien gehört man tatsächlich, weil man in diese Familie geboren wird, aber es gibt auch viele, viele andere Möglichkeiten. Das Wichtigste ist aber, dass man sich lieb hat, da hat deine Tante Edi vollkommen recht. Dass man zusammengehört und füreinander da ist.«

»Hmmm.« Ein nachdenklicher Blick auf die Zeichnung. »Du hast mich doch lieb, oder? – Ich hab dich jedenfalls lieb.« Eine rasche Kopfdrehung zu Edeltraut. »Dich auch, Tante Edi.« Leiser. »Aber anders. – Hast du denn meinen Papa lieb, Sophie?«

Sophie öffnete den Mund.

Was sollte sie sagen? Ich könnt's mir schon vorstellen. – Aber auf jeden Fall *anders?*

»Wir alle haben deinen Papa lieb«, griff Edeltraut ein. Doch Sophie sah, dass sie sich im nächsten Moment auf die Zunge biss.

Der Vater des kleinen Mädchens saß jetzt irgendwo auf einer Polizeidienststelle in Dorfmark oder sonst wo.

Wenn sich herausstellen sollte, dass er für den Tod von zwei Menschen in Hohenholz verantwortlich war, die mit Sicherheit auch alle lieb gehabt hatten, konnte das möglicherweise plötzlich ganz anders aussehen.

Sophie biss die Zähne zusammen.

Sie konnte kein vernünftiges Argument anführen, das Gino entlastet hätte.

Nichts anderes als ihr Gefühl.

Ihr Gefühl, dass sie die Einzige war, die Gino helfen konnte.

Eine Familie, dachte sie. Eine Familie, die füreinander einsteht.

»Edeltraut?«, fragte sie. »Dürfte ich wohl einmal Ihr Telefon benutzen?«

Sophie hatte drei Telefonate zu führen.

Sie entschloss sich, das schwerste dieser Gespräche nicht aufzuschieben.

Ihre Kehle war wie zugeschnürt, als sie ihr Notizbuch

aus der Tasche nestelte und Tillys Festnetznummer eintippte – die einzige Nummer, die sie von ihr besaß.

Mehr als zwanzigmal ließ sie es in der Wohnung am Rande der Kölner Altstadt klingeln, während sie sich fragte, ob sie überhaupt fähig sein würde, einen Ton hervorzubringen.

Als die Beamten nach Wilhelms Tod das Herrenhaus durchsucht hatten, hatte sie mit halbem Ohr mitbekommen, dass Schneyder versucht hatte, den engsten Verwandten der Helmkes zu erreichen. Ob er am Ende Erfolg gehabt hatte, konnte sie nicht mit Sicherheit sagen.

Doch sie machte sich Vorwürfe, weil sie so wenig an Tilly gedacht hatte. An Tilly, die gestern ihren Vater verloren hatte, und deren Mutter …

Der Anrufton verwandelte sich in ein Besetztzeichen.

Tilly war nicht ans Telefon gegangen.

Sophie ließ den Hörer sinken.

Sie kämpfte gegen die Erleichterung, die sie automatisch überkam. Aber vergeblich. – Ein Grund mehr, sich zu schämen.

Sie schloss für einen Moment die Augen, bevor sie die Nummer der Auskunft wählte, um sich mit der Kommandantur der britischen Streitkräfte verbinden zu lassen.

Schneyder konnte sie immer noch unterrichten, nachdem sie in Erfahrung gebracht hatte, ob Major Richardson Zeit für sie hatte.

Ein Vorhang, der beiseitegleitet,
aus Stamm an Stamm, aus Blatt an Blatt.
Ein Blick, der sich in Blindheit weitet
ins Meer, das keine Ufer hat.

(Dorothea Helmke, Des Weges Weisung)

Sand stob auf, als sich der Jeep der britischen Streitkräfte in Bewegung setzte.

Das Militärfahrzeug hatte unmittelbar vor Edeltrauts Gartenpforte gehalten, womit es ihm nun doch gelungen war, einige der Dorfbewohner ins Freie zu locken.

Ein greises Ehepaar von der gegenüberliegenden Straßenseite hatte sich bis an den Zaun gewagt, und zwei Höfe weiter kauerte zwischen den Beerensträuchern eine der beiden ältlichen Jungfern, die auf der Willkommensfeier für Sophie kichernd Blicke in Richtung Gino geworfen hatten.

Weiter dorfeinwärts glaubte Sophie im Rückspiegel Gustav Behrens auszumachen, gestützt auf die Schulter eines jüngeren Mannes, sein Sohn vermutlich.

Doch da war sie sich schon nicht mehr sicher. Der Fahrweg versank in einer Wolke aus Straßenstaub.

An sich ganz passend, dachte sie. Bei all dem Staub, den ich aufgewirbelt habe, seitdem ich hier bin.

Wie hatte Edeltraut gesagt: Es waren so viele Soldaten im Laufe der Zeit, und wir haben niemals engen Kontakt mit ihnen gehabt.

Sophie konnte verstehen, dass den Dorfbewohnern schwindlig wurde bei der Geschwindigkeit, in der sich die Dinge in den letzten Tagen änderten.

Doch sie mussten sich ändern. Sophie spürte, dass es keine andere Chance gab. Wenn sie Gino retten wollte und damit das, was Hohenholz ausmachte, gab es keinen anderen Weg. Veränderung.

Sie warf einen Blick zum Fahrersitz.

Sie war nicht einmal überrascht gewesen, als sie festgestellt hatte, dass Richardson persönlich am Steuer saß.

Der Major erwiderte ihren Blick, verzog den Mund zu einem kurzen Grinsen, bevor er das Tempo noch einmal anzog, als sie die kopfsteingepflasterte Straße erreichten, die aus dem Dorf hinausführte.

Sie kriegen bestimmt nicht viele Frauen zu sehen, wenn sie hier stationiert sind, dachte Sophie.

Doch danach konnte sie Richardson schlecht fragen. Bei dem Geholper auf dem unebenen Pflaster war Konversation ohnehin nicht möglich.

Genauso wenig, wie sie in Wilhelms Landrover möglich gewesen war, kam ihr in den Sinn, während sie im Rückspiegel beobachtete, wie die Häuser von Hohenholz kleiner und kleiner wurden.

Das plötzliche schmerzende Gefühl in ihrem Bauch überraschte sie.

Es ist noch kein Abschied, dachte sie. Diesmal noch nicht.

Aber bald.

Der Jeep folgte der Serpentinenstrecke den Hang hinauf. Heideflächen zu beiden Seiten, grau, Monate vor der Blüte.

Minuten später schloss sich der schwarze Wald auf beiden Seiten um das Fahrzeug.

Ein angerostetes weißes Metallschild huschte vorbei: Militärisches Sperrgebiet / Transit nach Dorfmark für Befugte frei.

Die Grenze.

Ob sie auf diese Weise auch mitten in der Wildnis gekennzeichnet war, abseits der Straße? Sophie zweifelte daran.

Nach wenigen Kilometern verließ Richardson die Transitstrecke und bog nach links. Ein warnender Hinweis verkündete, dass die Durchfahrt ausschließlich dem Militärverkehr gestattet war.

Wieder kamen Sophies Erinnerungen an die Reportage in Afghanistan zurück. Sie wusste, wie sie sich zwischen Soldaten zu bewegen hatte. Davor hatte sie keine Angst.

Angst hatte sie lediglich vor dem, was sie an ihrem Ziel möglicherweise feststellen würde.

Mehrfach wechselte Richardson die Fahrtrichtung, schien sich an einem Dickicht von Wegweisern mit kryptischen Abkürzungen zu orientieren, die an jeder Abzweigung aus dem Boden wuchsen.

Die Fahrwege waren ungepflastert, breit ausgewalzt von den schweren Kettengliedern militärischer Fahrzeuge. Der Wald zu beiden Seiten sah wilder aus als der bewirtschaftete Forst am Rande von Hohenholz. Urtümlicher.

Würde es so viel anders aussehen, wenn wir nicht da

wären?, dachte Sophie. Wenn es uns, die Menschen nicht gäbe? Wenn in diesem Moment ein Tyrannosaurus Rex die Fahrbahn gekreuzt hätte – sie wäre nicht übermäßig erstaunt gewesen.

Der Anblick, der sich ihnen bot, als der Wald unvermittelt zurückwich, war womöglich die größere Überraschung:

Eine lang gestreckte Wasserfläche, glatt wie ein Spiegel, und auf der anderen Seite zwischen uralten, ehrwürdigen Bäumen ein Märchenschloss.

Der Major bog auf eine asphaltierte Zufahrt ein. Eine weitläufige Parkanlage, dann, zu Füßen der fantastischen Architektur ein gepflegter Parkplatz.

»Unsere Kommandantur«, sagte Richardson und zog den Schlüssel ab. »Schloss Bredebeck.«

Wieder diese Andeutung eines Grinsens, ein mutwilliges Funkeln in seinen Augen.

Der Ansatz zu einem Flirt, oder einfach Besitzerstolz.

Er stieg aus, kam um den Wagen herum und hielt Sophie die Tür auf. Staunend kletterte sie ins Freie.

Die mehrflügelige Anlage eines Barockschlösschens, umgeben von einer Gartenanlage mit dem gepflegtesten englischen Rasen, den sie jemals außerhalb der britischen Inseln zu Gesicht bekommen hatte – mitten in einem urwaldhaften Sperrgelände am Rande der Lüneburger Heide.

»Haben Sie das angelegt?«, fragte sie. »Ich meine: die Briten?«

Richardson schüttelte den Kopf. »Den Park, ja, in dieser Form.« Er nickte über die Schulter. »Den Tenniscourt. – Aber das Schloss war schon da, als die Nazis den Übungsplatz eingerichtet haben. Das Einzige, was damals nicht abgerissen wurde.«

Das Einzige, dachte Sophie. Mit Ausnahme von Hohenholz.

»Und heute?«, fragte sie.

»Unsere Kommandantur«, erklärte Richardson, während sie langsam auf das Eingangsportal zugingen. »Wir nutzen sie natürlich vor allem zu zeremoniellen Anlässen; das Alltagsgeschäft findet woanders statt. Außerdem ist das Schloss unser Gästehaus – wir hatten schon mehrfach königlichen Besuch.«

Sophie nickte stumm.

Die Queen mit ihren Corgies hätte fantastisch in dieses Bild gepasst.

»Für viele von uns ist das Schloss vor allem eine Stätte der Erinnerung«, murmelte der Major.

Eine feine Gänsehaut richtete sich auf Sophies Handrücken auf.

Erinnerungen.

Deswegen war sie gekommen.

Ein uniformierter Soldat nahm Haltung an, als sie sich dem Eingang näherten. Richardson erwiderte automatisch seinen Gruß, ließ Sophie den Vortritt in eine weitläufige Halle.

»Wir haben heute noch etwa fünfzehntausend britische Soldaten hier, die den Platz regelmäßig nutzen.« Mit einer Handbewegung wies er in die Halle, auf unterschiedliche militärische Feldzeichen und Symbole, die zu einzelnen Abteilungen der britischen Armee gehören mussten. »Aber natürlich bekommen wir häufig Besuch von Veteranen, deren Dienstzeit schon Jahre oder Jahrzehnte zurückliegt. Hier hüten wir ihre – unsere – Traditionen. Jede dieser Einheiten ist eine Gemeinschaft über die Generationen hinweg. Sie wissen vielleicht, dass man uns Briten da einen gewissen Spleen nachsagt.«

Sophie erwiderte sein Lächeln, doch in Wahrheit nahm sie die Staffage, halb Museum, halb Verwaltungsgebäude, nur mit halbem Auge wahr.

Wenn sie die Männer von Dorotheas Foto irgendwo finden würde, Auskünfte über ihren Dienst, ihr Leben, ihre Identität, dann im Innern dieses Gebäudes.

Der Major wies nach links, hielt Sophie eine Glastür auf, die in einen repräsentativen Vorraum führte, blieb dann nach wenigen Schritten vor einer schlichteren, weiß lackierten Tür stehen, klopfte und öffnete auf ein gedämpftes Murmeln von der anderen Seite.

Der Raum war größer, als Sophie erwartet hatte. Er besaß zumindest die Ausmaße einer Gemeindebücherei und war auch ganz ähnlich eingerichtet: ein wuchtiger Katalogschrank, Regalreihen voller Buchrücken, vor allem aber Aktenordner an Aktenordner. Das Gedächtnis der britischen Streitkräfte in Deutschland, das mehr als sechzig Jahre zurückreichte.

Hinter einem Tresen sah eine Frau in Sophies Alter ihnen interessiert entgegen. Sophie las das Namensschild: Mrs. Sabine McArthur.

Außerhalb von Hohenholz hatte die einheimische Bevölkerung offenbar weniger Probleme mit engem Kontakt zum britischen Militär, sowohl beruflich als auch privat.

Richardson wechselte auf Englisch einige Worte mit der jungen Frau, sprach aber so schnell, dass Sophie, die so rasch nicht umschalten konnte, kaum etwas mitbekam.

Sabine McArthur nickte verstehend, wies auf eine Reihe von Lesetischen vor den Fenstern, bevor sie zwischen den Regalreihen verschwand.

»Ich habe sie gebeten, uns eine Aufstellung sämtlicher Einheiten herauszusuchen, die 1948 auf dem Platz vertreten waren«, sagte der Major in einem gedämpften Tonfall, wie man ihn in einer Bibliothek automatisch anschlug, ganz gleich, ob irgendjemand anwesend war, den man hätte stören können. Was hier nicht der Fall war.

»Heute haben wir vor allem noch die Royal Scots Dragoon Guards hier«, erklärte er. »Ein Teil war bis vor Kurzem in Afghanistan eingesetzt. Außerdem Teile der First und der Seventh Armoured Brigade. Insgesamt also sehr übersichtlich. Kurz nach dem Krieg war das wesentlich verzwickter, und natürlich war auch die Gesamtzahl der Soldaten sehr viel höher. Außerdem wurden sie weit häufiger verlegt, und ich kann Ihnen bei aller Sorgfalt nicht versprechen, dass unsere Aufzeichnungen tatsächlich vollständig sind. Machen Sie sich da bitte nicht zu große Hoffnungen.«

»Wo sonst?«, murmelte Sophie. Sie zögerte. Richardson verhielt sich weit kooperativer, als sie zu hoffen gewagt hatte, und ihr war klar, dass sie sein Entgegenkommen mit einem falschen Wort zerstören konnte.

Doch sie musste einfach fragen.

»Bei Ihrer Suchaktion vielleicht?«, tippte sie vorsichtig an.

Der Gesichtsausdruck des Briten verschloss sich auf der Stelle.

Stumm sah er sie an.

»Entschuldigung«, murmelte Sophie. »Ich weiß, dass Sie nicht …«

»Sie sind eine Freundin von Gino.« Die Worte waren eine Feststellung.

Sophies Herz überschlug sich. Sie nickte angespannt.

»Einer der wenigen guten Leute, die sie haben im Dorf. Wenn sie nur auf ihn hören würden. I'll eat my hat, if he's done this bullshit.«

Sophie biss sich auf die Lippen. Seine Wut war nicht zu übersehen. Das erste Mal, dass er ins Englische verfiel, während er mit ihr sprach. Es konnte eine Chance sein.

»Das kann ich auch nicht glauben«, sagte sie leise. »Dass Gino seinen Großvater getötet haben soll und Dr. Warnecke dazu. Und genauso wenig glauben wir, dass Dorothea tot ist. Haben Ihre Männer denn gar nichts …«

»Was glauben Sie denn, was meine Leute sind?«, brummte Richardson. »Pfadfinder? Ich habe eine Abteilung zur Suche abgestellt, doch in der Gegend sind wir doch selbst kaum präsent. Wir halten so nahe an Hohenholz keine Manöver ab. Das ist Niemandsland, für die Dorfleute wie für uns, noch nicht mal vernünftig kartografiert, und seit dem Feuer damals …«

Sophie hing an seinen Lippen, doch in diesem Moment tauchte Sabine McArthur zwischen den Regalen auf, einen Wäschekorb voller Aktenordner auf dem Arm.

»Nichts gefunden«, murmelte Richardson. »Keine Menschenseele. Bisher zumindest. Doch wenn es einen Ort gibt, wo sich jemand verstecken kann, dann in diesem Gelände, wo noch Minen im Boden liegen seit was weiß ich wann.« Er schüttelte den Kopf. »Dann zeigen Sie mir mal Ihr Foto.«

»Wenn es nur eine Farbaufnahme wäre.« Angestrengt spähte Richardson durch eine beleuchtete Tischlupe, die er über das Foto gestülpt hatte.

Das Archiv war offenbar auf solche Fälle vorbereitet. Sabine McArthur schien an ihrem Vorgehen nichts Ungewöhnliches zu finden.

»Davon würden die einzelnen Gestalten auch nicht größer«, murmelte Sophie. »Oder wären deutlicher zu erkennen.«

Der Major schüttelte den Kopf, setzte sich auf. Er verzog das Gesicht, als er seine Nackenmuskeln zu massieren begann.

»Das vielleicht nicht«, sagte er. »Aber es gibt bestimmte Details der Tarnanzüge, mit denen ich sie genauer zuordnen könnte – wenn ich nur die Farben hätte. Im Moment kann ich Ihnen nicht einmal mit Sicherheit sagen, ob sie alle zur selben Abteilung gehörten. Ich hätte auf eine schottische Einheit getippt, aber Sie sehen ja selbst. – Hier.« Er wies auf eine der winzigen Gestalten. »Und hier. Diese Männer stammen eindeutig aus den damaligen Kolonien, und das wäre ungewöhnlich für ein Regiment aus dem Norden. Und da sie ja offenbar gerade Pause machen: Woher wollen wir wissen, ob sie überhaupt zusammengehören?«

»Und wenn wir die Einheit nicht kennen, wissen wir nicht, wo wir anfangen sollen zu suchen«, sagte Sophie leise. »Und das im Hintergrund?«

Sie nickte zu dem Foto.

Gut gelaunt lehnten die Männer an einer hüfthohen Mauer. Die meisten von ihnen blickten direkt in die Kamera.

Sie wussten, dass sie fotografiert wurden, dachte

Sophie. Aber wer hat die Aufnahme geschossen? Dorothea?

Warum hätte sie das tun sollen, wenn die Menschen von Hohenholz doch angeblich gar keinen Kontakt zu den Besatzungssoldaten hatten?

Ihr Blick wurde von einem Schatten im Hintergrund des Bildes angezogen. Es hätte ein mächtiger, gerade gewachsener Baum sein können, doch der Winkel stimmte nicht: Schräg nach oben wuchs er hinter den Soldaten auf und verschwand auf der rechten Seite aus dem Bereich der Aufnahme.

»Was ist das?«, fragte sie. »Ein Geschützrohr? Wenn diese Männer zu einer Artillerieeinheit …«

»Das ist kein Panzer«, unterbrach sie der Major. »Und auch keines unserer Geschütze. Die Deutschen hatten natürlich überall ihre Flakstellungen. Jeder Quadratkilometer sollte bis zum Äußersten verteidigt werden. Fast überall hat man diese Stellungen nach Ende des Krieges zerstört und abgetragen. Schließlich waren wir noch keine Verbündeten in den ersten Jahren. Alles, was man militärisch hätte einsetzen können, musste ausgeliefert oder dem Erdboden gleichgemacht werden. – Aber hier auf dem Übungsplatz? Das Gelände befand sich in unserer Hand. Diese Vorrichtungen wären uns zugutegekommen im Fall der Fälle. Einige von ihnen existieren bis heute.«

Sophie nickte. Doch im nächsten Moment kam ihr ein Gedanke.

»Könnte es sich um die …« Sie versuchte sich an Dorotheas Worte zu erinnern. »Ganz in der Nähe der Grenze zu Hohenholz muss es so eine Anlage gegeben haben«, sagte sie. »Beim Hohen Stein. Oberhalb der Quelle. Dort, wo damals der Brand ausgebrochen ist.«

Richardson legte die Stirn in Falten, beugte sich noch einmal über die Lupe.

Angespannt beobachtete Sophie, wie er die Aufnahme hin und her schob.

Doch schließlich schüttelte er den Kopf. »Möglich«, sagte er. »Ich habe das Ganze erst zu sehen bekommen, als alles schon vorbei war. – Das war mein erstes Jahr in Deutschland, und der Brand war einer meiner ersten richtigen Einsätze. Aber diese Mauer …« Mit der Spitze eines Kugelschreibers wies er auf einen Abschnitt, der neben den Beinen eines der dunkelhäutigen Soldaten hervorsah. »Wenn Sie genau hinsehen, können Sie erkennen, dass das Betonfundament mit Findlingen verstärkt wurde. Solche Konstruktionen finden sich nur bei den allerältesten Anlagen. Ich kenne nur ein oder zwei davon, bei denen das noch der Fall ist, und dort sieht die Umgebung anders aus.« Zögernd nickte er. »Doch. Nageln Sie mich nicht darauf fest, aber Sie könnten recht haben. Die Flakstellung, die beim Brand zerstört wurde.«

»Seltsam«, murmelte Sophie.

Fragend sah der Major sie an.

Sophie fuhr sich mit der Zunge über die Lippen. »Sagten Sie nicht, so nahe an Hohenholz würden keine Manöver abgehalten? War das damals anders?«

Richardson hob die Augenbrauen, beugte sich ruckartig wieder über die Lupe.

Sehr viel länger diesmal, sehr viel gründlicher.

Sein Gesichtsausdruck hatte sich verändert, als er sich von dem Foto löste.

»Ich bin mir jetzt sicher, dass es sich um die Anlage am Hohen Stein handelt«, erklärte er. »Und umso weniger kann ich mir erklären, was diese Männer dort zu suchen hatten.«

»Hätten sie denn in ihrer Freizeit ins Dorf ...«

Richardson stieß ein Geräusch aus, das sich nur mit sehr viel Fantasie als Lachen deuten ließ.

»Wenn sich die Leute von Hohenholz in den letzten sechzig Jahren nicht vollständig verändert haben, wäre dieses Dorf wohl so ziemlich der letzte Ort gewesen, den britische Soldaten in ihrer Freizeit aufgesucht hätten.«

Sophie biss sich auf die Lippen.

Die Leute von Hohenholz hatten sich schon in der einen Woche, in der sie dort war, vollständig verändert.

Sie brachten sich gegenseitig um.

Taten sie das tatsächlich?

»Und selbst wenn sie einen Ausflug nach Hohenholz gemacht hätten«, murmelte der Major. »Sie hätten sich an die Transitstraßen halten müssen wie jeder andere auch. Und die Vorschriften waren bedeutend strenger als heute.«

Sophie bekam Richardsons Worte nur noch mit halbem Ohr mit.

Britische Soldaten an einer Geschützstellung, einen Steinwurf von der Grenze zu Hohenholz entfernt.

Markierungen an den Bäumen, Zeichen in blutroter Farbe.

Gebellte Befehle in einer fremden Sprache, grobe Hände auf ihrem Körper und Lachen, raues Lachen ...

Die Gesichter auf dem Foto sahen freundlich aus, soweit sie zu erkennen waren. Soldatengesichter, gewiss, aber sie schienen eher zu großen Jungen zu gehören.

Doch wenn das – diese Aufnahme – vorher gewesen war?

Die Augen der Männer, die ihr aus der Aufnahme entgegenblickten: Hatten sie sich verändert?

Augen – zwischen den Bäumen?

Ein Frösteln überkam Sophie und wollte nicht wieder weichen.

Richardson war ein Schatz.

Mit Sicherheit hatte er bemerkt, wie still Sophie geworden war, tief in ihre Gedanken versunken. Er musste es einfach bemerkt haben.

Doch er stellte keine Fragen.

Beinahe zwei Stunden lang hatten sie Aktenordner durchwühlt, Fotos untersucht, Vergleiche angestellt. Durchaus möglich, dass zwei oder drei ihrer Kandidaten mit Männern auf Dorotheas Aufnahme identisch waren. Allesamt waren sie im Jahre 1948 auf dem Übungsplatz stationiert gewesen. Doch es gab keinen Hinweis, dass sie irgendetwas miteinander zu tun gehabt hatten, geschweige denn mit Hohenholz.

Ein Fehlschlag.

Richardson sagte es nicht laut, doch das Gesicht, das er machte, als sie den letzten der Ordner, die zum Jahrgang 1948 gehörten, schloss, sprach Bände.

»Natürlich ist nur ein Bruchteil der damaligen Soldaten auf Fotos dokumentiert«, bemerkte er beinahe entschuldigend. »Zumindest hier bei uns. Wenn wir uns wenigstens bei einem der Männer wirklich sicher wären, könnte ich Kontakt mit London aufnehmen …« Er zögerte. »Aber auch das würde dauern.«

Sophie schüttelte den Kopf.

Diese Zeit haben wir nicht.

Sie stutzte. Woher kam dieser Gedanke?

Sie versuchte ihm nachzuspüren, aber: nichts.

Wir haben keine Zeit dafür.

Mit einem Mal war sie sich vollständig sicher: Die Zeit lief ab.

Aber das war Unsinn, ganz und gar unlogisch.

Die Polizei hatte Gino in Gewahrsam genommen, und Sophie hatte keinen Zweifel, dass Schneyder alles daransetzen würde, ausreichend Indizien zusammenzutragen, um ihn in Untersuchungshaft nehmen zu lassen.

Aber damit würde die eigentliche Ermittlung erst beginnen. Und in Deutschland wurde kein Mensch wegen Mordes verurteilt, nur weil er sich zweimal zur falschen Zeit am falschen Ort aufgehalten hatte. Noch dazu aus nachvollziehbaren Gründen.

Außerdem hatte Sophie längst beschlossen, für ihn einen Kontakt zu ihrem Anwalt herzustellen, der sie schon gegen Kontrahenten vom Schlage Hegemanns vor Gericht vertreten hatte. Zumindest das konnte sie für ihn tun.

Am Ende musste einfach ein Freispruch herauskommen. Alles andere war undenkbar.

Gino war unschuldig. Sie wusste und sie spürte es.

Aber warum dann dieser Gedanke?

Wir haben keine Zeit dafür.

»Nein«, murmelte sie. »Wie es aussieht, haben wir wohl einfach Pech gehabt. – Ich kann Ihnen gar nicht genug danken, dass Sie sich die Zeit …«

Richardson winkte ab. »Der Kontakt zur Presse gehört zu meinen Aufgaben.« Er grinste. »Und natürlich weiß ich, wer Sie sind, und kenne Ihre Reportagen. Glauben Sie mir: Ich hatte schon bedeutend unangenehmere Pressegespräche.«

Wieder dieses fast beiläufige Augenzwinkern.

Sophie schenkte ihm ein freundliches Lächeln. Keine Ermutigung, und doch: Wenn es Gino nicht gäbe ...?

Aber sie konnte sich noch immer nicht sicher sein, ob es Gino tatsächlich gab – für sie.

Dieser Gedanke durfte im Moment allerdings keine Rolle spielen.

Sie musste zurück nach Hohenholz, sich endlich um Rike kümmern. Und irgendjemanden finden, der mit ihr zum Einkaufen fuhr.

Dorotheas Botschaft hatte sich als Sackgasse erwiesen.

Oder habe ich die Botschaft nur nicht richtig gelesen?

In stiller Verzweiflung schüttelte sie den Kopf, musste sich zwingen, nicht die Nase zu verziehen, als sie ihrer Achselhöhle zu nahe kam.

Auch eine Viertelstunde unter der Dusche half nicht viel, wenn man anschließend wieder in die gleichen stinkigen Klamotten steigen musste.

»Wenn Sie mögen, können wir auf dem Rückweg die Strecke über unser Lager nehmen«, bemerkte der Major im Plauderton. »Bestimmt interessant für Sie: eine Welt im Kleinen, mit Kindergarten, Schule, Krankenhaus, Einkaufsmöglichkeiten ...«

Sophie hob die Augenbrauen. »Textilien?«

Richardson winkte ab. »Kleinigkeit.«

Aufatmend verließ Sophie das Roundhouse, die Einkaufspassage auf dem britischen Stützpunkt, unter dem Arm eine Plastiktüte mit zwei neuen Jeans, mehreren T-Shirts und Pullovern und einem halben Dutzend Garnituren Unterwäsche. Einen Moment lang hatte sie tatsächlich mit dem Gedanken gespielt, auch noch einen Rock zu kaufen, doch es war nur gut, wenn den Menschen von

Hohenholz wirklich klar wurde, dass sich die Zeiten geändert hatten.

Das Paket mit ihrer Winterjacke trug Richardson, der schon wieder den Jeep ansteuerte.

Sophie warf einen letzten Blick in die Runde. Der Major hatte nicht zu viel versprochen. Das angebliche Lager war tatsächlich eine Welt für sich: ein kleines britisches Städtchen mitten in Deutschland mit einem schneeweißen Kirchlein, gepflegten Gehsteigen und sogar den obligatorischen feuerwehrroten Telefonzellen.

Direkt gegenüber ein original britischer Supermarkt und ein Stück entfernt sogar ein eigenes Seniorenheim für in die Jahre gekommene Veteranen.

Sophie erstarrte.

In den Akten des Traditionsarchivs war nur eine kleine Auswahl der damals stationierten Soldaten auf Fotos dokumentiert. Einen der Männer von Dorotheas Foto unter ihnen zu finden war wie die Suche nach der berühmten Nadel im Heuhaufen gewesen.

Doch es musste Menschen geben, die diese Männer gekannt hatten.

Schließlich war auch Dorothea noch am Leben, und Wilhelm war bis gestern noch am Leben gewesen. Gustav Behrens, Schlüter und die anderen waren noch am Leben. Edeltraut.

Dort würde Sophie keine Antwort bekommen – aber hier?

Richardson hatte bemerkt, dass sie stehen geblieben war. Fragend sah er sie an.

Dann folgte er ihrem Blick.

Und begriff sofort.

Nach wenigen Minuten wurde Sophie klar, was das Old Citizens' Home von einer gewöhnlichen Seniorenwohnanlage unterschied.

Sie hatte ihre Großmutter regelmäßig in der Einrichtung am Rande von Rodenkirchen besucht und war sich sicher, dass das Bild überall recht ähnlich aussah: Die Oma durfte den Opa – in der Regel einige Jahre älter als sie – bis an sein seliges Ende zu Hause pflegen. Anschließend, wenn sie dann selbst nicht mehr konnte, blieb häufig nur der Weg ins Heim, wenn nicht die Familie einsprang.

Sie glaubte sich an ein Verhältnis von vielleicht drei zu eins zu erinnern: drei alte Damen, ein alter Herr – der Hahn im Korb.

Das war in der britischen Einrichtung deutlich anders.

Ob alle diese alten Herren Singles gewesen waren? Vermutlich viele von ihnen.

Das Pflegeheim verfügte über einen abgeschlossenen Gartenbereich mit einem Ententeich in der Mitte. Kiesgestreute Wege führten zu schattigen Sitzbänken unter einzelnen Baumgruppen. Der Nachmittag war angenehm warm für die Jahreszeit. Mehr als zwei Dutzend Senioren hatten sich auf den Bänken verteilt, die meisten von ihnen in warme Decken eingepackt.

Ein friedliches Bild.

Richardson hatte bereits mit der Heimleitung gesprochen und ihr Anliegen erklärt. Jetzt trat er an Sophies Seite auf die Terrasse.

»Alles in Ordnung«, sagte er leise. »Aber man hat mir eingeschärft, vorsichtig zu sein. Vergessen Sie nicht, dass diese Männer im Krieg waren, und mit Sicherheit haben sie viele dunkle Erinnerungen an diese Zeit.«

»Und im Alter kommen diese Erinnerungen zurück«, sagte Sophie nachdenklich.

Der Major nickte. »Und sind womöglich gegenwärtiger als je zuvor.« Er kaute auf der Unterlippe und sah für einen Moment aus wie ein Lausbub, der etwas ausgefressen hatte und sich nicht sicher war, ob er die Wahrheit beichten sollte. Ein großer Junge – wie die Soldaten auf dem verblichenen Foto. »Wir müssen daran denken, dass sie damals Feinde waren«, sagte er schließlich. »Ihre und meine Leute. Vielleicht ist es besser, wenn hauptsächlich ich rede.«

Sophie zögerte, nickte dann widerstrebend.

Sie hatte aus der ganzen Welt berichtet, und ihr Englisch war fließend – aber sicherlich nicht dermaßen akzentfrei, dass einem achtzig- oder neunzigjährigen britischen Veteranen nicht nach ein paar Sätzen klar geworden wäre, dass sie zum Feind gehörte.

Sie griff in die Tasche ihres frisch gekauften Blousons, zog das Foto hervor.

»Good luck«, murmelte sie.

»Oh, kommen Sie bloß mit! Ich wüsste nicht, was alte Herren besser zum Reden bringen könnte als eine hübsche junge Frau, die ihnen zuhört.«

Sophie war sich nicht sicher, ob das nicht ein neuer Flirtversuch war. Vermutlich war es schlicht die Wahrheit.

Sie stiegen die breiten Stufen in den Garten hinab. An der Seite gab es eine Rampe für Rollstühle.

Zwei Senioren, die sich in ihren Stühlen bis dicht an den Teich bewegt hatten, mussten diesen Weg genommen haben. Eine Pflegerin, die sich gerade um eine andere Gruppe alter Leute kümmerte, warf hin und wieder einen Blick in diese Richtung.

»Lovely day today, isn't it?« Wie zufällig gesellte sich der Major zu den beiden Alten am Teich.

Einer der beiden rührte sich nicht, doch der andere drehte energisch den Kopf in seine Richtung, kniff die Augen zusammen – und salutierte.

»Second Lieutenant Richard Entwistle, Sir!«

Die Stimme überschlug sich, sodass die Enten schnatternd das Weite suchten.

Der Major hatte sich unter Kontrolle, beantwortete den Gruß militärisch knapp, aber freundlich. Sophie beobachtete, wie er Entwistle das Foto reichte, etwas von einer wichtigen militärischen Angelegenheit erzählte, aufgrund derer er die Identität der Männer auf der Aufnahme herausfinden müsse.

Sie biss die Zähne zusammen. Das war gelogen, doch es war unübersehbar, dass Entwistle sich zumindest in diesem Moment nicht in der Gegenwart befand, sondern irgendwann … Im Dienst auf jeden Fall.

Der alte Mann starrte auf das Bild.

Sophie sah ihn im Halbprofil, glaubte zu spüren, wie er sich zu erinnern versuchte.

Schließlich ein kaum erkennbares Kopfschütteln.

Eine der Enten kam zögernd zurück, und im selben Moment kam Bewegung in Entwistles Nebenmann. Zitternd streckte er die Hand aus, wies auf den Vogel, begann in einem hohen Ton zu kichern.

Nach zwei Sekunden stimmte Entwistle ein.

Mit einem gemurmelten Dank nahm Richardson ihm die Aufnahme aus der Hand.

»Nächster Versuch«, sagte er leise zu Sophie.

Sie begannen sich reihum vorzuarbeiten, gegen den Uhrzeigersinn, einmal um den Ententeich.

Mit den alten Herrschaften ins Gespräch zu kommen erwies sich als überraschend einfach. Sophie hatte nicht den Eindruck, als ob sie besonders viel Besuch bekamen. Und in einem hatte Richardson jedenfalls recht gehabt: Sophies Anwesenheit trug mit Sicherheit dazu bei, dass sich die Zungen der alten Herren lösten.

Erst bei der dritten Seniorengruppe war eine alte Dame mit von der Partie, doch auch hier war es dasselbe wie überall: Weder sie noch die beiden männlichen Veteranen wussten Hinweise zu den Männern auf dem Foto zu geben.

Als Richardson die Parkbank ansteuerte, an der die Pflegerin gerade Medikamente austeilte, schüttelte die junge Frau schon im Vorfeld den Kopf. Sophie verstand: Drei alte Männer, die starr geradeaus schauten. Ein Vierter wiegte sich in seinem Rollstuhl vor und zurück, schien unentwegt vor sich hin zu murmeln. Welche Erinnerungen auch immer sich in diesen Köpfen befinden mochten – sie waren nicht länger abrufbar.

Der große Unterschied zwischen einem Menschen und einem Computer, dachte Sophie.

Als ihr Redaktions-PC einmal ohne Vorwarnung das Zeitliche gesegnet hatte, hatten die Techniker des Medienhauses die Festplatte einfach an einen anderen Rechner angeschlossen und die wichtigsten Daten retten können.

Mit dem menschlichen Bewusstsein war das nicht möglich. Selbst wenn die Erinnerungen vielleicht noch da waren – sie gehörten diesen alten Menschen allein. Ihr letzter und einziger Besitz, der allmählich verblasste.

Oder vielleicht konnte man es auch anders sehen. Die Gestalt, die sich im Rollstuhl hin und her wiegte, sah nicht ruhig aus, ruhend in den Bildern der Vergangenheit. Nein, ganz im Gegenteil.

Unser Kopf ist ein Gefängnis, dachte Sophie. Eine Einzelzelle, in der wir allein sind mit unseren Erinnerungen und Albträumen.

Erst jetzt begann sie allmählich zu begreifen, welche Kraft es Dorothea gekostet haben musste, sich in die dunkelsten Winkel dieses Gefängnisses vorzuwagen und diese Träume aufzustören. Sie ans Licht zu zerren, bevor die Nacht kam.

Sophie vergrub ihre Hände in den Taschen des Blousons.

Sie hatten die Runde um den Teich nahezu beendet. Als sie hinaus auf die Terrasse getreten waren, hatte die kleine Wasserfläche im Zentrum des Rasens im hellen Licht der Nachmittagssonne gelegen. Inzwischen aber bewegte sich die Sonne dem Horizont entgegen. Über das Wasser hinweg streckten die winterkahlen Bäume ihre Schattenfinger aus.

Eine letzte Sitzgruppe noch. Zwei Männer, zwei Frauen diesmal. Sophie konnte dem Major am Hinterkopf ansehen, dass er nicht mehr an einen Erfolg glaubte, als er sein Sprüchlein aufsagte und das Foto durch die Reihen gab.

Kopfschütteln. Einer nach dem anderen. Einer der alten Herren hob die Stimme, als er von Richardson wissen wollte, ob er seine Tante Peg gesehen habe.

Der Major verneinte bedauernd.

»Es ist einfach ein unglaubliches Pech«, murmelte er zu Sophie, als sie sich von der Gruppe entfernten. »Vierzehn Soldaten auf unserem Foto. Die Hälfte der Leute, die wir gerade befragt haben, muss jenseits der achtzig sein.

Schon rein statistisch müsste irgendeiner von ihnen einen dieser Männer kennen. – Aber nichts. Keine Erinnerung.«

»Einen Moment lang dachte ich, bei der alten Dame auf der vorletzten Bank würde sich was rühren«, sagte Sophie leise.

Richardson schnaubte. »Sie hat behauptet, der Mann ganz links sei ihr Enkel, der sie nie besuchen kommt.« Er schüttelte den Kopf. »Nein«, brummte er. »Nichts.«

Er gab Sophie das Foto zurück, sah dann zum Gebäude des Old Citizens' Home. »Natürlich wird es noch einige Bewohner geben, die ihre Zimmer nicht mehr verlassen können.«

Sophie biss die Zähne aufeinander. Er brauchte es nicht auszusprechen: Wie wahrscheinlich war es, dass ausgerechnet einer dieser körperlich hinfälligen Menschen geistig noch dermaßen bei sich war, dass er ihnen den entscheidenden Hinweis würde liefern können?

Nein, dachte sie. Das hier war unsere letzte Chance, und wir haben nichts daraus machen können.

Eine Gänsehaut.

Durchdringend, von ganz tief innen.

Sie sah, wie Richardson die Stirn in Falten legte. »Frau von Wiedenthal?«

»Es …«, begann sie, brach ab.

Da ist etwas.

Wir haben etwas übersehen.

Augen.

Augen zwischen den Bäumen.

Ganz langsam drehte sie sich um.

Der Kiesweg führte einmal rund um den Teich. Ab und zu zweigten Wege ab, zu den Sitzgruppen. Sie hatten jede von ihnen besucht, und während ihrer Runde hatten sich zwar zwei der alten Herren ins Gebäude zurückgezogen, doch umgekehrt war niemand neu dazugekommen.

Wege.

Auf der gegenüberliegenden Seite, im hintersten Winkel des Gartengeländes, führte ein Trampelpfad, kaum mehr als niedergedrücktes Gras, tiefer zwischen die Bäume.

In die Schatten.

Es war dasselbe Gefühl wie an Sophies erstem Abend in Hohenholz, im nächtlichen Park des Herrenhauses.

Augen zwischen den Bäumen.

Wie eine Schlafwandlerin setzte sie sich in Bewegung, kehrte auf den Kiesweg zurück, umrundete den Teich.

Sie spürte Richardson hinter sich, drehte sich kurz zu ihm um.

Sie wechselten einen Blick.

Sophie wusste nicht, wie sie es in Worte fassen sollte, doch auch so schien er zu begreifen.

Sie musste allein gehen.

Ein Schatten zwischen den Schatten der Bäume. Sie sah ihn erst, als sie den Trampelpfad fast erreicht hatte, und selbst jetzt sah sie noch nicht ihn, sondern einzig und allein die Augen.

Im selben Moment wusste sie, dass sie jedem ihrer Schritte gefolgt waren, seitdem sie die Terrasse betreten hatte.

Sie hatte sie gespürt, wie eine fahle, knochige Hand auf ihrer Schulter, doch sie hatte das Gefühl beiseitegewischt, hatte nicht wahrhaben wollen, wie die Nacht, die spinnengliedrig näher kroch, sich über das kleine britische Städtchen und das Übungsgelände senkte. Über Hohenholz, das Herz dieser Wildnis.

Keine neue Sitzgruppe.

Ein umgestürzter Betonklotz. Vielleicht der Überrest

einer Bunkeranlage oder einer Geschützstellung wie jener oberhalb des Hohen Steins.

Der Mann war uralt. Sophie wusste auf der Stelle, dass es sich um den ältesten Bewohner des Old Citizens' Home handeln musste.

Doch er hielt sich gerade, im Sitzen, den Oberkörper hoch aufgerichtet, die Hände nebeneinander auf einen Gehstock gelegt wie auf den Griff einer altertümlichen Waffe.

Ein schneeweißer Haarkranz um einen verschrumpelten Schädel, in dem tatsächlich nichts mehr lebendig schien als die Augen.

»Zu mir kommen Sie als Letztes.«

Die Stimme war leise und rau, mit hörbarem Akzent, aber klar verständlich. Der Satz war eine Feststellung.

»Ich ...« Sie biss sich auf die Lippen. »Ich hoffe, dass es noch nicht zu spät ist.«

Er ging nicht darauf ein, sondern streckte ihr stumm die Hand entgegen.

Mit pochendem Herzen reichte Sophie ihm die Aufnahme.

Er betrachtete das Foto. Oder war es Sophie, die er ansah? Lösten sich die Augen von ihr? Sie blieb stehen, wie gefesselt, ohne sich zu rühren.

»Ich habe sie gesehen«, sagte er.

Ein einziger kurzer Satz. Sophie hatte das Gefühl, dass er ihr die Beine unter dem Leib wegzog.

»Sie kennen sie?«, flüsterte sie. »Kannten sie?«

»Ich habe gesehen, wie sie davongelaufen ist.«

Sophie starrte ihn an. Sie. Aber nicht die Mehrzahl.

»Do...« Ihre Stimme versagte. »Dorothea?«

Das ist unmöglich!

Nein, dachte sie. Nichts ist unmöglich.

Es ist unlogisch. Es ist nicht zu begreifen. Doch das bedeutet nicht, dass es nicht sein kann.

»Sie ist den Weg entlanggelaufen.« Jetzt sah er ganz eindeutig Sophie an. »Er führt durch den Grund einer tiefen Senke. Nicht am Hohen Stein, sondern auf der entgegengesetzten Seite des Tals, näher am Dorf.«

»Der Gutspark«, flüsterte sie. »Der Weg, der vom Pavillon weiter hinaufführt.«

Er nickte, ohne ein Wort.

»Sie ist davongelaufen?«, fragte Sophie. Und dann: »Warum hat sie das getan?« Sie schüttelte den Kopf. »Warum hat sie es *damals* getan?«, fügte sie hinzu.

Aber das war Unsinn, überflüssig. Woher sollte dieser alte Mann von Wilhelms Tod wissen?

Woher sollte er überhaupt wissen, warum sie in Wahrheit gekommen war?

Eine Sekunde lang schien Ginos Gesicht vor ihre Augen zu treten: *Manche Dinge weiß man eben.*

»Ich habe sie gesehen«, murmelte der Alte. »Ich habe gesehen, was sie getan haben, aber ich war allein. Ich war feige und habe es nicht gewagt, mich zu zeigen. Ich habe gesehen, wie sie sich sammelten und wie die Jagd begann.«

Die Jagd.

Stimmen. Gebellte Befehle.

Hände auf ihrem Körper – und der Schmerz, das Zerreißen.

Dorothea!

Sophie hatte es geahnt, seit Tagen schon. Dorotheas Geheimnis. Ein Geheimnis, das sie sich niemals hatte eingestehen können. Damit sie weiterleben konnte.

Ein Trauma. Eine Zeitbombe.

Niemand konnte sagen, wann die volle Wirkung eintrat.

Aber warum habe *ich* diese Träume gehabt?

Warum musste Wilhelm sterben? Warum Warnecke?

»Ich begreife nicht«, flüsterte Sophie. »Warum haben sie das getan? Ich meine, ja, es war Krieg, und ich will nicht wissen, was im Krieg alles mit Frauen geschieht. Aber der Krieg war doch schon vorbei, drei Jahre schon, 1948! Warum gerade Dorothea? Warum diese Männer? Wer waren sie?«

Der Alte musterte sie, und dann, von einer Sekunde zur anderen, streckte er den Arm aus, reichte ihr die Aufnahme.

»Die anderen auf dem Foto sind tot.«

Sophie starrte ihn an.

»Aber ...«

Der Alte streckte ihr das Foto entgegen, hielt es nur an einem Zipfel fest, als könnte die Berührung der Aufnahme ihn in die Vergangenheit zurückkatapultieren, zu den Erinnerungen, mit denen er das Gefängnis seines Schädels teilte. Sein Daumen ...

Für eine halbe Sekunde fand ein schmaler Streifen der tief stehenden Sonne einen Weg zwischen die Bäume, legte sich auf das Foto.

Sophie sog die Luft ein.

Der Mann ganz rechts, auf den sein Daumen wies, direkt neben dem Dunkelhäutigen, an dessen Beinen ein Stück des Bruchsteinfundaments sichtbar war, anhand dessen Richardson die Geschützstellung am Hohen Stein identifiziert hatte – dieser Mann: Er saß kerzengerade, blickte direkt in die Kamera, die Hände auf den Lauf seiner Waffe gestützt.

»Das sind Sie! Sie waren einer von ihnen!«

Er rührte sich nicht. »Mehr kann ich nicht sagen, und mehr werden Sie nicht erfahren. Die anderen sind tot.«

Mit zitternden Fingern griff Sophie nach der Aufnahme.

Er war einer von ihnen gewesen.

Er hatte die Jagd beobachtet, aber er hatte nicht eingegriffen.

Feigheit. Das Schlimmste, was ein Soldat sich vorwerfen konnte.

Er hatte mit diesem Wissen leben müssen, mehr als sechzig Jahre lang. Hatte er jemals die Chance bekommen, es mit jemandem zu teilen? Nein, das hätte bedeutet, seine Freunde und Waffenkameraden zu verraten.

Er war gefangen gewesen mit der Erinnerung.

Und nun kam die Nacht.

»Danke«, flüsterte sie, holte Luft. Sie wusste, dass es sich lächerlich anhörte, doch sie musste es sagen. »Danke, dass Sie auf mich gewartet haben.«

Er antwortete nicht mehr.

Sophie zögerte noch einen Moment, dann drehte sie sich um, stolperte über den Trampelpfad zurück ins Freie.

Es kam ihr vor, als hätte sie die gesamte Zeit die Luft angehalten.

»Frau von Wiedenthal?« Richardson wartete am Kiesweg, sah ihr besorgt entgegen. »Sophie?«

Sie schüttelte den Kopf. »Alles in Ordnung. Er …«

Sie blickte sich über die Schulter um, doch zwischen den Bäumen waren nur noch Schatten zu erkennen.

»Alles in Ordnung«, erwiderte sie leise. »Ich glaube, wir können jetzt fahren.«

Der Major schaute von ihr zum Dickicht und wieder zurück.

Sophie öffnete den Mund, doch es gab nichts, was sie hätte sagen können.

Er sieht mich an wie eine Irre.

Die Rückfahrt verlief in Schweigen.

Jeder von ihnen hing seinen eigenen Gedanken nach.

Die Briten. Die Spur war immer deutlicher geworden, von Tag zu Tag, von Traum zu Traum.

Und nun hatte Sophie den Beweis.

Doch er ergab keinen Sinn! Warum hatte Wilhelm sterben müssen? Und Warnecke?

Ein eisiges Gefühl überkam Sophie.

Warnecke hatte etwas geahnt. Er hatte es mehr oder weniger offen ausgesprochen: ein Geheimnis in Dorotheas Vergangenheit. Deutlicher hatte er nicht werden wollen. Vielleicht hatte er niemanden verdächtigen wollen, ohne sich hundertprozentig sicher zu sein, doch viel wahrscheinlicher war, dass er es tatsächlich aus Sophies Mund hatte hören wollen.

Doch damals – gestern erst! – hatte sie sich selbst noch nicht sicher sein können. Zwar war eines schon deutlich gewesen: Dorotheas Erzählung hatte einen völlig anderen Ton bekommen, als sie am Ende des Krieges angelangt war, bei der Rückkehr der jungen Männer von der Front – und der Ankunft der Briten.

Aber die alte Frau hatte nicht zu Ende sprechen können. Wilhelm und Gino waren ins Zimmer gekommen, und sie hatte ihre Geschichte unterbrochen.

Und auch Warnecke hatte plötzlich geschwiegen: im selben Moment, in dem der britische Militärjeep auf den Gutshof gebogen war.

Warnecke hatte die Wahrheit geahnt.

Und hatte für diese Wahrheit sterben müssen.

Sophie sah starr geradeaus.

Sie hatten die Transitstraße erreicht. Aus der Dunkelheit kam ihnen ein Scheinwerferpaar entgegen, kurz dahinter ein zweites, dann weitere.

»Der Suchtrupp«, murmelte Richardson. »Sie haben nichts gefunden. Ich hätte Nachricht bekommen, wenn es anders wäre. – Aber wir geben nicht auf.« Ein kurzer Blick zu Sophie. Sie sah es aus dem Augenwinkel. »Morgen früh suchen wir weiter.«

Sie nickte stumm, musste an etwas denken, das der Major am Vormittag gesagt hatte: Die Briten waren eigen, was ihre Traditionen anging, ihr Pflichtbewusstsein.

Sie zweifelte nicht daran, dass die Suche weitergehen würde, bis zweifelsfrei geklärt war, was mit Dorothea geschehen war.

Doch Richardson hatte noch etwas anderes gesagt, über die Verbundenheit der Soldaten mit ihren jeweiligen Einheiten, über die Generationen hinweg.

Wie weit konnte diese Verbundenheit gehen?

Wenn der gute Name der Einheit, der Royal Scots Dragoon Guards oder der Seventh Armoured Brigade in Gefahr war, weil sich Angehörige dieser Abteilung nach Ende des Krieges ein Verbrechen hatten zuschulden kommen lassen: Wie würden die Männer reagieren, die heute in dieser Einheit dienten?

Würden sie das Schicksal seinen Lauf nehmen lassen?

Sophie hatte Soldaten im Einsatz erlebt. In Afghanistan, von wo die Dragoon Guards soeben zurückgekehrt waren. Über den speziellen Ehrenkodex des Militärs wurde nach außen nicht gesprochen.

Doch sie wusste, dass er existierte.

Aber woher hätten die Soldaten der Gegenwart wissen sollen, was vor mehr als sechzig Jahren geschehen war?

Der Veteran im Old Citizens' Home war noch am Leben. Er hatte mit Sicherheit nicht gesprochen.

Doch auch die anderen Männer auf dem Foto mussten noch viele Jahre gelebt haben. Sie konnten ihr Wissen weitergegeben haben, insgeheim, an eine verschworene Gemeinschaft innerhalb ihrer Einheit. Eine Gemeinschaft, die ein Auge darauf hatte, was in Hohenholz vorging, und Sorge tragen würde, dass nicht bekannt wurde, was nicht bekannt werden durfte.

Die Schrift an der Remise.

Das Feuer auf dem Gutshof.

Sophie hatte nicht reagiert. Sie war geblieben.

Wilhelm war gestorben, Warnecke ebenfalls.

Und ich bin immer noch hier.

Der Militärjeep löste sich aus der Umklammerung des schwarzen Waldes, und für eine Sekunde war es derselbe fast schockartige Anblick wie mehrere Nächte zuvor:

Das schweigende Tal von Hohenholz mit seinen schemenhaften Heide- und Weideflächen. Die Häuser mit ihren winzigen Lichtern, aneinandergedrängt gegen die Nacht auf allen Seiten.

Sie wissen, dass etwas dort draußen ist, dachte Sophie. Wie ein böser Geist: Augen zwischen den Bäumen. Dass sie ihm schutzlos ausgeliefert sind, wenn die Nacht kommt und er seine Maske fallen lässt.

Der Saum des schwarzen Waldes war Niemandsland, Richardson hatte es selbst bestätigt. Weder den Menschen von Hohenholz noch den britischen Soldaten war es erlaubt, ihn zu betreten.

Doch wer hätte verhindern sollen, dass das trotzdem geschah? Gestern Nacht und in der Nacht davor?

Sie hatten Hohenholz beobachtet, jahrzehntelang.

Sie wussten, dass es noch nicht vorbei war, solange Dorothea lebte und ihre Erinnerung zurückkehren konnte.

Und mussten sie nicht damit rechnen, dass andere Dorotheas Wissen teilten oder die Zusammenhänge vielleicht erkannt hatten: Wilhelm? Warnecke?

Plötzlich spürte Sophie einen Kloß im Hals.

Wer weiß mehr von der Wahrheit als ich?

Sie starrte auf die Ansammlung von Lichtpunkten, die Meter um Meter näher kam, als Richardson den Wagen über die kopfsteingepflasterte Serpentinenpiste lenkte.

War Hohenholz eine Zuflucht vor der Nacht – oder war es eine tödliche Falle?

Oder war sie jetzt, in diesem Moment, in größerer Gefahr als je zuvor?

In welcher Einheit hatten die Männer auf dem Foto gedient? Die Soldaten seien nicht vollständig fotografisch erfasst worden, behauptete Richardson.

Zu welcher Einheit gehörte Richardson?

»Sophie?«

Sie keuchte auf.

»Ist alles in …«

»Was haben Sie gesagt?« Ihr Puls pochte in den Schläfen.

Unsinn! Ihre letzten Gedanken waren Unsinn, und sie wusste es. Wenn dieser Mann ihr etwas hätte antun wollen, hätte er im Laufe des Tages mehrfach die Gelegenheit gehabt: irgendwo draußen in der Wildnis, ohne die

Gefahr, dass Menschen aus Hohenholz Zeugen geworden wären.

»Soll ich Sie dort wieder absetzen, wo ich Sie heute Vormittag abgeholt habe?«, fragte er.

Langsam und sorgfältig betont, dachte Sophie. Wie man mit Menschen spricht, die offensichtlich nicht ganz bei Verstand sind.

»Ja«, murmelte sie. Es gab einen Ruck, als das Kopfsteinpflaster endete und sich in die Sandpiste der Dorfstraße verwandelte. »Ich meine, nein. Edeltraut – Frau Schöppes – hat sich weiter um das Mädchen gekümmert, doch falls es zu lange dauern sollte, wollte sie mit der Kleinen rüber ins Herrenhaus. Da hat Rike ihr Spielzeug und …«

Richardson ging vom Gas, als sie sich der Hofanlage mit Edeltrauts Wohnhaus näherten.

»Sieht dunkel aus«, bemerkte er.

Sophie nickte stumm.

Der Jeep nahm wieder Fahrt auf, langsamer jetzt, am Dorfplatz vorbei. Eine Ansammlung von Katzen schoss auseinander, als sich das Fahrzeug näherte.

Die Einfahrt zum Gutshof. Sophie atmete auf. Hinter den Küchenfenstern leuchtete gelbes Licht, genauso ein Stockwerk weiter oben, hinter den Fenstern des kleinen Türmchens, wo sich das Wohnzimmer der alten Helmkes befand.

Ich komme nach Hause. So wenig von diesem Zuhause auch noch übrig ist.

Vor dem Treppenaufgang brachte der Major den Wagen zum Stehen.

Mit einem Seitenblick hatte Sophie bereits festgestellt, dass in der Tenne kein Licht mehr brannte. Schneyder und seine Männer waren abgezogen. Schließlich waren sie überzeugt, ihren Täter in Gewahrsam zu haben.

Richardson stieg aus, öffnete Sophie die Beifahrertür.

»Danke«, murmelte sie, blieb einen Moment lang stehen.

Wie nach dem ersten Rendezvous, dachte sie. Doch sie konnte dem Major nicht in die Augen sehen. Ihr war inzwischen klar, dass ihre Verdächtigungen, soweit sie ihn persönlich betrafen, Unfug waren.

Trotzdem: Konnte sie sich hundertprozentig sicher sein, wie er reagieren würde, wenn sie ihm die Zusammenhänge erklärte? Der Presseoffizier der britischen Streitkräfte. Sollte Dorotheas Geschichte jemals ans Tageslicht kommen, wollte sie nicht in seiner Haut stecken.

Nein, dachte sie. Ich bin ganz allein.

»Ich wünschte, ich hätte Ihnen besser helfen können«, sagte er bedauernd.

»Ach was.« Sophie schüttelte den Kopf. »Sie haben mir sehr geholfen. Wirklich. Also ...« Sie gab ihm die Hand, drehte sich um und stieg die Treppe hoch.

Er wartete ab, bis sie die Tür erreicht hatte, bevor er einen militärischen Gruß andeutete, fast wie im Zug, bei ihrer ersten Begegnung, und in den Wagen stieg.

Sophie sah den Rücklichtern nach, bis sie auf der Dorfstraße verschwunden waren.

Dann holte sie Luft und öffnete die Tür.

Sie blieb stehen.

Etwas war anders.

Sophie legte die Stirn in Falten.

War es ein Gefühl? Oder ... ein Geruch?

Die Küchentür stand halb offen.

»Edeltraut?« Sophie räusperte sich, trat in die Küche – und erstarrte.

Ein Radio lief. Laut.

Eine Gestalt, die ihr den Rücken zudrehte.

»Dorothea!«

Im nächsten Moment wurde alles schwarz.

»Mein armes, armes Schätzelchen.« Mit einem Wattebausch tupfte Tante Tilly über die Stelle, an der Sophies Hinterkopf den Türrahmen gestreift hatte. »Und alles ist nur meine Schuld, vom Anfang bis zum bitteren Ende.«

Sie ließ den Wattebausch sinken, betrachtete kritisch ihr Werk.

»Wir können von Glück reden, dass meine liebe, alte Mutter das alles aufgehoben hat, all ihre Töpfchen und Tiegelchen. Diese Beinwellsalbe, ich sage dir: Ich kenne Reformhausunternehmer, die würden töten für so was.« Sie brach ab. »Hm, ungeschickte Formulierung.«

Sophie nutzte die Gelegenheit, als Tilman Helmke sich einen Moment von ihr löste, und setzte sich auf dem Sofa auf.

»Tilly, bitte.« Sie sah ihrer Freundin in die Augen, deren Farbe so ganz anders war als bei Dorothea und Gino. Oder bei der kleinen Rike, die oben in ihrem Bettchen schlief. Wobei die Ähnlichkeit ansonsten ganz erheblich war – wie sonst hätte Sophie die Gestalt in der Küche für Dorothea halten können, selbst nachdem sich Tilly ein Kopftuch und eine der Schürzen ihrer Mutter umgebunden hatte?

»Tilly, hör endlich auf, dich zu entschuldigen«, sagte Sophie nachdrücklich. »Dein Vater ist vorgestern Nacht gestorben, deine Mutter ist verschwunden, und ich war nicht mal in der Lage, dich auf der Stelle anzurufen.«

»Du hättest mich auch nicht schneller erreicht als dieser Kommissar.« Mit spitzen Fingern ließ die Maskenbildnerin den Wattebausch in den Mülleimer fallen. »Aber ich hätte mir gewünscht, ich hätte schneller hier sein können. Das muss schrecklich gewesen sein für dich, so mutterseelenallein.«

»Gino war ja hier«, entgegnete Sophie mit brüchiger Stimme. »Solange er hier war. Aber dein Vater ...«

»Ja, Wilhelm ...« Tilly holte tief Luft. »Es ist schrecklich, was passiert ist. Doch überleg einmal: Wir hatten uns ein halbes Leben lang nicht gesehen, und schon vorher hatten wir uns nicht viel zu sagen gehabt. Das waren einfach – verschiedene Welten. Doch so einen Tod hatte er nicht verdient.«

Sophie biss die Zähne zusammen. Sie wusste, dass Tilly trauerte, und dass sie sich vor allem Sorgen um Dorothea machte. Doch die schrille Person konnte es nicht zeigen, oder wollte es nicht.

Mir zuliebe, dachte Sophie. Aus Rücksicht auf mich.

»Nein«, sagte sie. »Das hatte er nicht verdient. Aber ich glaube ... Tilly, ich glaube, dass ich etwas herausgefunden habe. Ich muss dir etwas erzählen.«

Die Maskenbildnerin betrachtete sie skeptisch. »Wenn du glaubst, dass du dafür fit genug bist. Gut.« Ein Nicken. »Ich hole uns einen Schlehenlikör.«

Die beiden Oktavhefte lagen auf dem Esstisch. Daneben ein Stapel mit Sophies Notizen, in denen sie die einzelnen Vorfälle – die Schrift an der Remise, das Feuer, Wilhelms Tod, die Schüsse am Hohen Stein und Warneckes

Ermordung – aufgelistet hatte, dazu Anmerkungen, wer zu welchem Zeitpunkt ein Alibi hatte.

All die Gedanken, die sie tagelang allein hin und her gewälzt hatte, weder mit Gino noch mit Richardson vollständig hatte teilen können, geschweige denn mit Cousine Edeltraut oder Dr. Warnecke.

Vor allem aber lag jetzt das Foto aus dem Küchenschrank vor Tilly.

»Es war dieser Mann.« Sophie tippte auf die Gestalt ganz rechts auf dem Foto. »Der Mann, der unter den Bäumen auf mich gewartet hat. Ich bin mir hundertprozentig sicher. Auf dem Foto ist er ungefähr dreißig, heute muss er fast hundert sein. Er hat zu ihnen gehört, aber an der …« Sie schüttelte den Kopf. »An dem, was geschehen ist, war er nicht beteiligt. Er hat es gesehen. Er hat gesehen, was sie deiner Mutter angetan haben und wie sie …« Sie zögerte. »Da war er etwas durcheinander. Zuerst hat er gesagt, er hätte gesehen, was sie getan haben. Dann meinte er, er habe beobachtet, wie die Jagd begann. – Sie haben sie verfolgt. Der Weg durch den Gutspark, der oberhalb vom Pavillon hoch zur Grenze führt. Es gibt dort eine Senke, voll mit Nadelgestrüpp und Dornensträuchern und …« Sie holte Luft. »Ich habe davon geträumt.«

Ruckartig blickte Tilly auf. Sie war still geworden, als Sophie begonnen hatte, ihre Geschichte zu erzählen, die in Wahrheit Dorotheas Geschichte war, sie mit ihren Beweisstücken untermauert hatte. Seitdem das Foto auf dem Tisch lag, hatte Tilman Helmke die Augen nicht von der Aufnahme lösen können. Wie gebannt hatte er auf die Gestalten gestarrt. Vielleicht auf den Mann ganz rechts, den Alten aus dem Old Citizens' Home, vielleicht auf alle zusammen. Sophie hätte es nicht mit Sicherheit sagen können.

Erst jetzt sah ihre Freundin sie wieder an, und deren Blick zeigte – Bestürzung. Unglauben. Plötzliche Erkenntnis. Viele Gefühle in einem.

»Oh mein Gott.« Tillys Stimme war tonlos. »Oh mein Gott! – Die Träume.«

Sophie kniff die Augen zusammen. »Tilly?«

»Es sind Augen«, flüsterte die Maskenbildnerin. »Augen zwischen den Bäumen. Und Stimmen. Stimmen wie das Kläffen von Hunden. Gebellte Befehle. Und Hände, die …«

Sophie spürte, wie sie kreidebleich wurde. »Du hast sie auch?«

Tilly schüttelte den Kopf. »Ich hatte sie«, flüsterte sie. »Damals. Ich war mir nie sicher, woher sie kamen. Vielleicht war es einfach die Spannung, die in der Luft lag, als wir Kinder waren. Vielleicht hast auch du sie gespürt, unterbewusst, als du nach Hohenholz kamst, so wenig wie von dir übrig war. Ist das nicht genau die Art, wie du arbeitest, beim Abendblatt? Du *weißt* ganz einfach, wo sich eine Story versteckt – und andere können sie nicht sehen. – Oh, was habe ich mir nur dabei gedacht, dich ausgerechnet an diesen Ort zu schicken …«

Sophies Gedanken überschlugen sich. Sie wusste, dass sie im Augenblick nicht gegen Tillys Selbstvorwürfe ankam. Und hatte ihre Freundin nicht sogar recht?

»Es hat angefangen, als ich nach Hohenholz gekommen bin«, murmelte Sophie. »In der ersten Nacht in der Remise. – Was, wenn jeder sie hat? Jeder, der Dorothea nahesteht?«

»Nein«, flüsterte Tilly. Wieder hefteten sich ihre Augen auf das Foto. »Das allein kann es nicht sein. Es hat aufgehört, als ich fortgegangen bin. Es ist der Ort, der die Erinnerungen festhält, und Dorothea, die sie so lange verleugnet hat. Und wenn man empfänglich ist für diese Dinge …«

Mitten im Satz brach Tilly ab, blickte auf, und ihr Gesichtsausdruck war anders, alarmiert.

»Tilly?«

Die mächtige Panoramascheibe zerbarst mit einem ohrenbetäubenden Knall.

Nur das bleibt gleich, was stets sich wandelt,
was Stock wie Stein zu sein vermag.
Was harrt, selbst wenn es hetzt und handelt.
Was abends früh ist, in der Nacht der Tag.

(Dorothea Helmke, Dunkle Gedanken)

»Tilly!«

Reflexartig hatte sich Sophie auf den Boden geworfen. Sie sah nur den Tisch, die Wachstuchdecke, die halb heruntergerutscht war.

Kälte drang durch die zerplatzte Fensterscheibe – und Geräusche.

Stimmen. Weit entfernt.

»Tilly!«

»Sophie!« Ein Zischen, von der Küchentür.

Auf allen vieren kroch Sophie auf die Küche zu, keuchte unterdrückt auf, als sie sich auf eine Scherbe stützte, die nicht zu erkennen gewesen war.

»Tilly ...«

Resolut wurde sie gepackt, in den gekachelten Raum gezerrt.

»Tilly.«

Offenbar das einzige Wort, das sie im Augenblick hervorbringen konnte.

»Bist du verletzt?« Unter ihrem dezenten Tages-Make-up war die Maskenbildnerin blass wie ein Laken.

Doch Sophie sah auch die steile senkrechte Falte auf ihrer Stirn. Eine Mimik, die sie kannte: von Dorothea.

»Ich … ich glaube nicht«, flüsterte Sophie. »Tilly …« Einen Moment lang hatte sie das Gefühl, keine Luft zu bekommen.

Du darfst jetzt nicht ohnmächtig werden! Wir sind nicht in Köln im Medienhaus! Wenn du jetzt ohnmächtig wirst, wirst du nicht im Krankenhaus aufwachen, sondern du wirst überhaupt nicht wieder aufwachen!

»Tilly, wir müssen Rike holen! Wir müssen hier raus! Wir müssen …«

»Sophie? Tante Lilly?«

Tapsende Schritte auf der Treppe ins Obergeschoss. Rike!

Mit zwei Sätzen war Sophie an der Tür zum Flur, zog das kleine Mädchen an sich.

»Keine Angst«, flüsterte sie. »Es wird nichts passieren. Wir müssen einfach ganz schnell laufen und …« Gehetzt sah sie sich um. »Tilly, hast du ein Handy dabei? Du musst den Kommissar verständigen! Wir müssen ins Dorf, das ist unsere einzige Chance. Zu Edeltraut oder sonst wohin. Alle zusammen. Behrens, Schlüter, Warneckes Frau …« Sophie verschluckte sich. »Sie können uns nicht alle …«

Tilly stand mitten in der Küche.

Sie sagte kein Wort, betrachtete Sophie und das kleine Mädchen.

Und noch immer diese steile Falte auf ihrer Stirn.

Entschlossenheit, aber noch etwas anderes: Sie dachte nach. Sophie spürte es und hatte doch selbst keinen Gedanken dafür.

»Tilly, wir müssen hier raus! Sie kommen aus dem Wald und über die Wiesen. Wenn wir Glück haben, ist der Weg zum Dorf noch frei. Sie wollen keine Zeugen. Sie werden es nicht wagen …«

Die Maskenbildnerin sah sie an, schüttelte ganz langsam den Kopf.

»Bitte, Tilly! Du musst mitkommen! Wir haben keine Chance, wenn wir hierbleiben!«

Mit einem Mal überschlugen sich auch Sophies Gedanken.

Die Briten kamen aus dem Wald, von der Grenze. Die Grenze: Niemandsland. Der große Brand von 1998, bei dem die kleine Marietta und ihre Eltern gestorben waren. Ein Unglück? Oder was war es in Wahrheit gewesen? Die Familie war frisch aus Italien zurückgekehrt: Wenn Dorotheas nicht eingestandenes Erlebnis in diesem Dorf dermaßen in der Luft lag, dass man davon Albträume bekam: Was hätte sich dann alles herausfinden lassen, wenn man selbst zur Familie gehörte? Wenn Gino und das Mädchen die aufgegebene Geschützstellung nicht aus lauter Neugier aufgesucht hatten, sondern um Nachforschungen anzustellen? Weil sie das Foto gesehen hatten, das nun auf dem Esszimmerfußboden unter einem Hagel von Glasscherben begraben lag?

»Mein Gott«, flüsterte sie. »Tilly, begreifst du nicht? Genau dasselbe ist schon einmal passiert! Dein Bruder und seine Frau! Sie haben etwas geahnt, und sie sind gestorben, draußen, an der Grenze!«

»Schätzelchen …« Mit einem Mal war eine unglaubliche Zärtlichkeit in Tillys Stimme, die zu diesem Moment so überhaupt nicht zu passen schien. »Schätzelchen, du begreifst überhaupt nichts.«

Ein Ruck ging durch die schrille Person. »Wenn wir raus auf den Hof gehen, sind wir tot. – Kommt mit!«

»Wo willst du hin?«

Tilly schob sich an ihr vorbei in den Flur. Weit ausholende Schritte, die plötzlich viel eher zum Bauernsohn Tilman Helmke passten als zu einer Maskenbildnerin im Kölner Medienhaus.

Der Winkel unter der Treppe, eine unscheinbare Tür, die Sophie nie so richtig zur Kenntnis genommen hatte. Mit einem Ruck riss Tilly sie auf.

Muffiger Geruch schlug Sophie entgegen.

»Der Keller?« Sie starrte in die dunkle Tiefe. »Tilly, sie werden nach uns suchen! Das ist eine Sackgasse!«

Die Maskenbildnerin drehte sich zu ihr um.

»Hör mir jetzt ganz genau zu!« Ihre Stimme war leise. »Der Eiskeller wird seit Jahren nicht mehr benutzt, aber ich wette, dass der Weg noch offen ist. Ihr nehmt die erste Tür auf der rechten Seite, durchquert den großen Raum und steigt die Treppe auf der anderen Seite wieder hoch. Es ist eine ganze Ecke, aber ihr schafft es.« Sie bückte sich, drückte Sophie eine Taschenlampe in die Hand. »Am Pavillon kommt ihr wieder ins Freie. Ihr nehmt den Weg den Hang hinauf, am Grund der Senke entlang zur Grenze. Er führt immer weiter bis zu einem Posten …«

»Tilly, wir haben keine Ahnung, wer alles zu ihnen gehört!«

»Verflucht, hör mir zu!«

Sophie zuckte zurück, als hätte Tilman Helmke sie geschlagen. Tilly hatte noch nie in diesem Ton mit ihr gesprochen.

»Ich habe keine Zeit, dir alles zu erklären! – Willst du

leben? Willst du, dass dieses Mädchen lebt? – Dann kletter da runter!«

Der Blick.

Dorotheas Blick, Ginos Blick.

Rike hatte zu weinen begonnen. Sie war ein so tapferes kleines Mädchen, doch in dieser Situation und mit der sonderbaren neuen Tante, die auch noch anfing zu schreien …

Sophie legte einen Arm um die Kleine, flüsterte ein leises »Shhht!«

Die Taschenlampe flammte auf, erfasste die Treppe.

Erst im letzten Moment drehte sich Sophie noch einmal um.

»Und du?«

Tillys Augen wurden etwas schmaler. »Sie werden mir nichts tun.«

Nein, sie war sich nicht vollständig sicher. Aber wie kam sie überhaupt auf einen solchen Gedanken?

»Tilly, sie haben deinen eigenen Bruder …«

Ein tiefes Seufzen. »Wie wenig du begreifst, Sophie von Wiedenthal. Ich hatte niemals einen Bruder.«

Wumms! Die Tür fiel ins Schloss.

Gedämpft, durch zentimeterdickes Holz:

»Ich hatte eine Schwester.«

Schatten, die über die Wände jagten, Schritte voraus, sich für Sekunden in unmögliche Winkel verkrochen, um unvermittelt aus ihrer Deckung wieder hervorzuschießen, nach Sophie und dem kleinen Mädchen zu grapschen, erschienen mit Klauen aus Dunkelheit.

Es war ein Albtraum.

Die Finsternis war erdrückend, die Enge der betonverkleideten Röhre, die abwärtsführte, ewig abwärts. Keine Luft hier unten, kein Geräusch als der Hall ihrer eigenen Schritte.

Rike gab keinen Laut mehr von sich. Wie eine Aufziehpuppe setzte sie einen Fuß vor den anderen, schweigend. Sophie ließ sie vorangehen, leuchtete über ihren Kopf hinweg: in die Tiefe. In die Dunkelheit.

Ich hatte niemals einen Bruder.

Ich hatte eine Schwester.

Sophie zwang die Gedanken beiseite.

Sie durfte keine Gedanken haben, weil mit den Gedanken die Schatten Form annehmen, sich in Bilder verwandeln würden.

Wilhelms zertrümmerter Schädel, sein Körper in der frischen Lache seines Blutes auf dem Küchentisch.

Die klaffende Wunde in Warneckes Kehle, die Sophie auf dem Foto des Kommissars nicht hatte sehen können.

Verkohlte Körper an der Geschützstellung, oberhalb des Hohen Steins. Tillys Bruder und …

Ich hatte niemals einen Bruder.

Die Jagd. Die Stimmen. Die groben Hände, die nach ihr grapschten.

Sie waren hinter ihr.

Möglich, dass Tilman Helmke recht gehabt hatte und er selbst nicht in Gefahr war.

Doch er würde sie nicht daran hindern können, das Haus zu durchsuchen. Sie würden den Einstieg zum Keller finden und den einzigen Weg, der von dort aus weiterführte.

In die Dunkelheit.

Sophie wagte es nicht stehen zu bleiben, nicht für einen einzigen gequälten Atemzug.

Wenn sie stehen blieb und das undeutliche Echo anderer Schritte hörte, in ihrem Rücken.

Sie war sich nicht sicher, ob sie fähig sein würde, sich wieder aus ihrer Starre zu lösen.

Die Schatten vor ihr veränderten sich.

Sophie erlaubte sich ein winziges Aufatmen.

Ein mächtiger, gewölbter Raum: der Eiskeller.

Tilly hatte sich nicht getäuscht.

Auf der gegenüberliegenden Seite ein Abschnitt der Wand, an dem die Schatten tiefer waren, beinahe mehr zu sein schienen als die Abwesenheit von Licht: die Treppe. Der Weg an die Oberfläche.

»Komm, Rike!«, flüsterte Sophie zu dem kleinen Mädchen, das unwillkürlich stehen geblieben war. »Wir haben es fast geschafft.«

»Ich kann nicht mehr laufen.«

Sophie bückte sich. »Steig auf meinen Rücken! Halt dich an meinen Schultern fest, aber pass auf: Ich weiß nicht, wie hoch der Gang ist.«

Die Kleine gehorchte auf der Stelle.

Sophie umklammerte die Lampe. Die Treppe war schmal, in eine schräg aufwärtsführende Röhre aus Beton gezwängt. Alle fünfzehn oder zwanzig Stufen gab es einen breiteren Absatz, auf dem man für einen Moment zu Atem kommen konnte.

Sophie wagte es nicht.

Nicht auf dem ersten Absatz, auch auf dem zweiten nicht.

Der Lichtkegel, der von ihrer Hand ausging, wurde unruhiger, während ihre Kräfte nachließen.

Auf dem dritten Absatz nahm sie drei mühsame Atemzüge.

Und hörte …

Sie sind im Eiskeller! Sie sind dicht hinter uns!

»Lass mich runter!« Geflüsterte Worte an ihrem Ohr. »Ich kann wieder laufen.«

Sophie dachte nicht nach. Sie setzte das Mädchen ab.

Sie hasteten voran.

Die Schatten. Schmutziger Beton.

Wie lange mochte diese Treppe nicht benutzt worden sein? Sophie war mit Gino am Pavillon gewesen und hatte nichts gesehen, was nach einem Ausstieg ausgesehen hätte.

Was, wenn er verschlossen ist?

Keine Gedanken!

Ihre Schritte, dumpfer jetzt, kein Hall mehr. Risse durchzogen die Wände, an denen Sophie sich abstützte, sich die Finger blutig kratzte, und vor ihnen, über ihnen …

Kalte Luft auf ihrem Gesicht. Der Lichtkegel erfasste etwas, das anders war.

Ein Gitter!

Rike blieb stehen, wie gelähmt.

Sophie schob sich an ihr vorbei.

Metall, rau und verrostet.

Gepolter hinter ihnen.

Eine Sekunde lang war Sophie bewegungsunfähig, gefangen wie eine Ratte in der Gosse, wenn mit Macht der Regen kommt.

Dann warf sie sich mit der Schulter voran gegen das Gitter.

Es gab auf der Stelle nach. Schmerzhaft prallte Sophie auf die Seite.

»Los!«, wisperte sie. »Wir schaffen es, Rike!«

Dunkelheit, auf allen Seiten.

Doch hier war sie nicht vollkommen.

Betäubender Harzgeruch lag in der Luft.

Sophie hatte die Taschenlampe weggeworfen. Ihr Lichtschein hätte die Flüchtenden nur verraten.

Doch immer wieder fanden verirrte Strahlen des Mondlichts den Weg zwischen den dichten Wipfeln der Bäume hindurch bis an den Boden, wo der Pfad in Moos und Dornengestrüpp kaum zu erkennen war.

Längst trug Sophie das kleine Mädchen wieder auf dem Rücken.

Sie war weit hinaus über das Ende ihrer Kräfte, weit hinaus über den Punkt, an dem sie halb besinnungslos hätte zu Boden sinken können. Wenn sie nicht gewusst hätte, was das bedeuten würde.

Es geht nicht um mich allein.

Aber würden sie tatsächlich ein kleines Mädchen …

Sie hatten ein Mädchen getötet, vor fünfzehn Jahren.

Aber warum hatten sie Gino davonkommen lassen?

Keine Zeit, nein, keine Kraft für Gedanken.

Steil ragten die Hänge der Senke zu beiden Seiten auf. Der Boden bestand aus lockerem Sand, selbst hier auf dem Pfad, und machte jeden Schritt zur Qual. Immer wieder verhakten sich Sophies Beine im Dornengestrüpp, bissen tückische Zweige nach ihren Knöcheln.

Sie spürte die Schmerzen, sog die Luft durch die Zähne, ein ums andere Mal.

Sie versuchte den Schmerz nicht zur Kenntnis zu nehmen, doch sie wusste, dass er sie schwächte. Selbst der reine Wille, der ihr Kraft gab über den Punkt der vollständigen Erschöpfung hinaus, würde irgendwann nicht mehr ausreichen.

Bald. Sehr bald.

Und wenn ich krieche, auf allen vieren, wie ich schon einmal gekrochen bin. Nein, wie Dorothea gekrochen ist.

Sie werden dieses Kind nicht bekommen.

Ich werde kriechen.

Und das tat sie am Ende auch, klammerte sich an Baumwurzeln, um sich aufwärts-, vorwärtszuziehen, griff nur noch fester zu, wenn sich die Dornen in ihre Finger bohrten. Rike war ein halb lebloses Gewicht auf ihrem Rücken, doch Sophie spürte die hektischen Atemzüge an ihrem Ohr.

Die Augen.

Sie waren überall. Ganz nahe.

Die Stimmen.

Sie waren um sie herum. Unverständlich, fremd, aus einer anderen Welt.

Sie hatte kein Gefühl mehr dafür, wie lange sie gekrochen war. Hatte es überhaupt einmal etwas anderes gegeben als dieses Kriechen in der unvollkommenen Finsternis, die Schmerzen als einzigen, allgegenwärtigen Beweis, dass noch Leben in ihr war?

Dann veränderte sich etwas.

Ein schrilles Aufwiehern.

Ganz nahe.

Und in diesem Moment war Sophies Kraft am Ende.

Sie sackte flach auf den Boden.

Blinzelnd legte sie den Kopf in den Nacken, blickte nach oben.

Der Ausgang der Senke, ein Hochplateau, über das der Pfad sich davonschlängelte. Undeutlich glaubte sie Zeichen an den Bäumen zu erkennen, Markierungen, wie mit Blut geschrieben.

Die Grenze zum Niemandsland am Rande des Übungsplatzes.

Es waren mehrere Reiter.

Und Sophie kannte ihre Gesichter.

Das faltige Gesicht mit den schlohweißen Haaren, die nach sämtlichen Seiten abstanden.

Heute hatte er seine Gitarre nicht dabei für Klänge der Erinnerung, um sie Wilhelm Helmke nachzusenden in den Himmel über Hohenholz.

Stattdessen trug er ein Gewehr. Sie alle trugen Gewehre.

Gustav Behrens betrachtete sie wortlos, Lennart Schlüter, die anderen Gesichter der Altherrenrunde, und auch jüngere Gesichter waren dabei.

Gesichter aus Hohenholz.

Sophies Tod stand in ihren Augen.

»Da siehst du, wohin uns deine Rücksichtnahme geführt hat!«

Lennart Schlüter sprach, der Kahlschädel, dessen Augen so tief in den Höhlen lagen, als wäre kaum noch Leben in ihnen. Auch die Stimme war wie das heisere Zischen von Wind in totem Laub. Eine Stimme, die nur Worte des Todes kannte.

Er sprach zu Behrens.

Die beiden Greise waren von ihren Pferden gestiegen. Sie hatten dazu die Hilfe der jüngeren Männer gebraucht.

Sophie versuchte die Gesichter, die Gestalten zu zählen. Fünfzehn, zwanzig … das halbe Dorf war hier.

Und doch spürte sie einen Hauch von Trost, von Erleichterung.

Zumindest Edeltraut war nicht dabei.

Es waren überhaupt keine Frauen anwesend.

Nur sie selbst und das kleine Mädchen.

Sophie hatte sich auf die Knie aufgerichtet, Rikes Körper an sich gedrückt, der glühte wie im Fieber. Die Kleine rührte sich nicht. War sie ohnmächtig? Sophie hoffte es für sie.

»Du warst zu schwach!«, schnarrte Schlüter in Richtung Behrens. »Wilhelm war zu schwach! Wenn wir damals die Konsequenzen gezogen hätten, hätten wir niemals dieses Problem bekommen.« Er sah in die Runde, zu den jüngeren Männern. »Wer tut es? Oder muss ich es selbst tun?«

Niemand rührte sich.

»Ihr seid zu weich!«, knurrte Schlüter. »Es wird kein gutes Ende nehmen mit euch, aber das werde ich nicht mehr erleben.«

Er beugte sich zu einem der Jüngeren – Behrens' Sohn, wenn Sophie es richtig erkannte – und riss ihm das Gewehr aus der Hand.

Sie starrte dem Mann entgegen.

Niemand machte Anstalten, ihm Einhalt zu gebieten.

Er hat recht, ging es ihr durch den Kopf. Sie sind zu schwach. In jeder Beziehung.

Zu schwach, es selbst zu tun. Zu schwach, ihn aufzuhalten.

Er wird mich töten!

»Ich ...« Ihre Zunge wollte ihr nicht gehorchen. »Ich begreife nicht.«

»Das ist auch nicht Ihre Aufgabe.« Er entsicherte die Waffe. »Machen Sie die Augen zu!«

»Bitte ...« Das Blut rauschte in ihren Ohren. Wie auf der Gala, im Medienhaus, als das Pult auf sie zugerast war.

Ohnmächtig werden, nichts mehr mitbekommen.

Ich darf nicht ohnmächtig werden!

»Bitte«, flüsterte sie. »Machen Sie mit mir, was Sie wollen, aber lassen Sie wenigstens das Mädchen …«

»Machen Sie die Augen zu!«

Sophie konnte nicht. Ihr war klar, dass die Aufforderung eine Form von Gnade war, das Höchstmaß an Gnade, zu dem dieser schreckliche alte Mann in der Lage war.

Doch sie konnte nicht.

Sie starrte ihm entgegen, auf den gichtigen Zeigefinger um den Abzug der Jagdflinte, deren Lauf auf Sophies Stirn gerichtet war.

Taschenlampen erhellten die Szenerie. Einige von ihnen zitterten in den Händen der jüngeren Männer.

Schlüters Zeigefinger zuckte …

Ein ohrenbetäubender Knall.

Sophie starrte ihn an.

Schlüter stand aufrecht, unverändert, doch auf seiner Stirn: ein großer dunkler Punkt. Wie eine fette Spinne, die sich oberhalb der Augenbrauen niedergelassen hatte.

Sekundenlang geschah überhaupt nichts. Die Welt schien eingefroren in der Zeit.

Dann kippte Lennart Schlüter wie in Zeitlupe vornüber.

Im selben Moment brach auf der Lichtung am Rande des Niemandslandes das Chaos aus.

Lichtkegel, die hin und her huschten. Ein Halogenstrahler, der für einen Moment direkt in Sophies Augen stach und sie sekundenlang blind machte.

Neue Schüsse – aus unterschiedlichen Waffen. Die Männer von Hohenholz feuerten ins Dickicht, in die Dunkelheit.

Dazwischen das panische Wiehern der Pferde. Einige der Männer versuchten, die Tiere zu beruhigen.

Sophie … Panisch blinzelnd versuchte sie die grellen Nachbilder von ihren Augen zu vertreiben, presste Rike enger an sich.

Wir haben eine Chance! Wenn ich es jetzt schaffe, auf die Beine zu kommen.

Eine Hand packte ihren Unterarm. Wie ein Schraubstock.

»Kommt mit!«

Sophie keuchte auf.

Ihre Augen wollten ihr noch immer nicht gehorchen, doch sie kannte die Stimme, kannte selbst die Berührung der Finger um ihr Handgelenk, selbst wenn sie niemals *so* gewesen war.

Sophie gehorchte auf der Stelle, als Dorothea Helmke sie auf die Füße zog.

Es gab keine Frage, ob sie laufen konnte. Dorothea verlangte es von ihr, also würde sie laufen.

Das Dickicht, die Tannen. Sophie folgte der älteren Frau blind, hielt selbst das kleine Mädchen eng an sich gedrückt. Nein, Rike war nicht besinnungslos, sondern stolperte neben ihr her.

Die Männer, die Stimmen …

Sie müssen das mitkriegen! Sie müssen!

Dann begriff Sophie, was das Chaos in Wahrheit ausgelöst hatte.

Sie roch es, bevor sie es sah.

Rauch. Beißender Qualm.

Ein rötlicher Schimmer hinter den Bäumen, auf der anderen Seite der Senke.

»Das waren Sie!«, flüsterte Sophie. »Dorothea! Sie haben Feuer gelegt!«

Die alte Frau antwortete nicht. Sophie spürte ihre Anwesenheit, und die knochigen Finger machten noch immer Anstalten, ihr die Hand zu brechen, doch Dorothea war nur ein humpelnder Schatten zwischen anderen Schatten.

Nadelzweige peitschten Sophie schmerzhaft ins Gesicht. Ihre gequälte Lunge kämpfte um Luft, doch mit jedem Atemzug sog sie bitteren Qualm ein.

Unmöglich zu sagen, wie viel Zeit verging. Wurde der Gestank nach Feuer nach einer Weile schwächer? Mischte er sich mit dem betäubenden Geruch von frischem Harz?

Sophie war klar, dass sie nicht mehr vollständig bei Bewusstsein war. Ihr Körper setzte weiter einen Schritt vor den anderen, kämpfte um Halt zwischen Gestrüpp und abgestorbenem, feuchtem Holz. Dorothea hielt ihre Hand gepackt wie mit einer stählernen Klaue, und Sophie selbst umklammerte die fieberheiße Hand des kleinen Mädchens.

Und dann, irgendwann, war es vorbei.

Offenes Gelände.

Sophie blinzelte. Blinzelte mehrmals.

Doch das Bild blieb dasselbe.

Sie befanden sich an der Einmündung des Waldwegs oberhalb des Hohen Steins.

»Die Strecke ist nicht so weit, wie sie aussieht«, versuchte Dorothea sie zu beruhigen. Sie musste Sophies Gedanken gelesen haben.

Es gab nichts mehr, das sie an Dorothea hätte erstaunen können.

»Man muss die richtigen Wege kennen«, sagte die alte Frau mit leiser Stimme.

Mit einem Ächzen ließ sie sich auf einen moosüberwucherten Baumstamm sinken und blickte unverwandt geradeaus.

Es war ein Bild der Zerstörung.

Der rote Widerschein füllte den gesamten Horizont.

Davor ein Streifen schwarzen Waldes, doch er war nur noch schmal, schrumpfte in sich zusammen, während sie noch hinsahen.

Meter um Meter fraßen sich die Flammen auf die Häuser von Hohenholz zu.

Das Erschreckendste war möglicherweise die Lautlosigkeit, mit der das Werk der Vernichtung vor sich ging.

Das einzige Geräusch waren die Klänge der Feuerglocke, in panischer Frequenz, die der auffrischende Wind mit sich trug.

Sophie ließ sich neben Dorothea gleiten. Die kleine Rike zog sie mit sich, und wie ein Tierjunges barg das kleine Mädchen seinen glühend heißen Kopf in ihrem Schoß.

Sophie starrte auf das Inferno, und wie von selbst kamen die Worte auf ihre Lippen.

»Ganz genau so …«, flüsterte sie. »Ganz genau so soll es sein.«

Dorothea nickte. Vornübergebeugt saß sie da, die Augen auf die Szenerie gerichtet.

»Es ist ein Kreis«, murmelte sie. »Und hier schließt er sich. – Das hier war unser Platz.«

Ganz langsam drehte Sophie den Kopf in ihre Richtung.

»Ginos Großvater«, sagte sie. Und in dem Moment, in dem sie es sagte, klang es so selbstverständlich, dass sie beim besten Willen nicht begreifen konnte, warum sie die Puzzlestücke nicht längst hatte zusammensetzen können. »Wie hieß er?«

»Samuel.« Dorotheas Mund verzog sich zu einem ganz leichten Lächeln. Als wenn sie eine Köstlichkeit über die Lippen führte, die sie jahrzehntelang nicht gekostet hatte. »Officer cadet Samuel Dewey. Seine Familie stammte aus Ghana, damals eine britische Kolonie, die Goldküste. Der Nachbarstaat der Elfenbeinküste. Doch seine Haut war nicht wie Elfenbein«, flüsterte sie. »Seine Haut war schwarz.«

»Der Zweite von rechts«, sagte Sophie leise. »Auf Ihrem Foto.«

Dorothea nickte. »Das einzige Foto, das ich noch von ihm besaß. Mir …« Sie schüttelte den Kopf. »Als ich mich auf unsere Gespräche vorbereitet habe, ist es mir in die Hände gekommen. Und mit dem Foto …«

Die Erinnerung, dachte Sophie.

»Sie hatten das wirklich alles vergessen?«, fragte Sophie.

Die Formulierung kam ihr unerträglich plump vor, doch es gab keine andere Möglichkeit, die Frage zu stellen. Dorothea wollte reden. Jetzt durfte es keine Geheimnisse mehr geben. Sie waren unnötig geworden. Was immer sie hatten schützen sollen, wurde in diesen Minuten ein Raub der Flammen.

»Man kann alles vergessen, wenn man leben will, Sophie«, murmelte die alte Frau. »Bis man nicht mehr weiß, wer man einmal gewesen ist.« Sie holte Luft. Sophie spürte, wie sie sich konzentrierte.

Die Geschichte, dachte sie. Das Ende der Geschichte.

»Unsere Gegend war im April 1945 von den Briten besetzt worden«, begann Dorothea mit leiser Stimme. »In Hohenholz haben wir in der ersten Zeit gar nicht so viel davon mitbekommen. Ein- oder zweimal rollten die Panzer durch unser Dorf, doch es fiel kein einziger Schuss – die Männer waren ja an der Front. Und als sie dann zurückkamen, war im Grunde alles schon so, wie es bis zum Tag Ihrer Ankunft geblieben ist: Wir hier in unserem Tal – und um uns herum das britische Übungsgelände. Voneinander getrennt durch einen Streifen Niemandsland.«

»Die Männer aus dem Dorf waren mit Sicherheit nicht begeistert«, sagte Sophie. »Schließlich hatten sie gegen die Briten gekämpft.«

Dorothea schüttelte den Kopf. »Das gibt es nicht ansatzweise wieder. Die Menschen hier waren Fanatiker, Sophie, den Nazis bis zum Schluss ergeben. Überlegen Sie: Hohenholz war als einziges Dorf verschont worden, als der Übungsplatz angelegt wurde. – Unsere Männer wollten einfach nicht einsehen, dass der Krieg vorbei war. Über diese Dinge ist schon damals nicht viel geredet worden, aber gerade in den ersten Jahren gab es immer wieder Sabotage, Anschläge auf die Besatzungssoldaten, ja, auch Tote. Und zwar überall in Deutschland, nicht nur hier. Doch das meiste ist damals verschwiegen worden, um die Bevölkerung nicht zu beunruhigen. Oder diesen Leuten noch neuen Zulauf zu bescheren.«

»Das muss ...« Sophie suchte nach dem richtigen Wort. »Das muss hart gewesen sein für die britischen Soldaten. Sie hatten den Krieg gewonnen, und doch war noch nicht wirklich Frieden.«

»Vor allem waren sie sehr, sehr große Jungen.« Ein Lächeln trat auf Dorotheas Gesicht. Auf eine Weise war es ein gespenstischer Anblick, beleuchtet vom Widerschein der fernen Flammen, die sich durch den Gutspark fraßen, auf die Häuser des Dorfes zu. »Und schüchtern«, murmelte die alte Frau. »Natürlich durften sie ihren Platz eigentlich nicht verlassen, um zu uns zu kommen, und natürlich durfte im Dorf niemand erfahren, dass wir uns mit ihnen trafen. Aber Sie wissen, wie junge Mädchen sind, und Edeltraut …«

»Edeltraut?« Unwillkürlich hob Sophie die Stimme.

»Sie war fürchterlich verliebt in …« Dorothea biss sich auf die Lippen. »Ich fürchte, diesen Namen habe ich tatsächlich vergessen. Samuels bester Freund: der Mann ganz rechts auf der Aufnahme, der sich auf den Lauf seiner Waffe stützt.«

Sophie schluckte. »Ich glaube, den habe ich kennengelernt«, murmelte sie.

Dorothea schien die Worte nicht gehört zu haben.

»Viele unserer jungen Mädchen haben den fremden Soldaten damals schöne Augen gemacht«, sagte sie leise. »Doch bei keiner unserer Freundinnen wurde es so ernst wie bei Edeltraut und mir. Im Grunde ist es erstaunlich, wie lange es gut ging. Und vielleicht … vielleicht hätte alles ein ganz anderes Ende nehmen können, wenn wir nicht unvorsichtig geworden wären. Es war schwierig, sich ständig aus dem Dorf davonzustehlen, die gesamte Strecke bis hierher. Also haben wir überlegt, wo wir uns stattdessen treffen konnten mit Samuel und … dem anderen.«

»In der Remise«, murmelte Sophie.

Dorothea hob die Schultern. »Es war das Jahr 1948. Die Kutschen wurden nicht mehr eingesetzt. Das Gebäude stand praktisch leer. Und wir hatten Vorsorge getroffen. Wenn Edeltraut sich mit ihrem Freund traf, hielt Samuel Wache – und umgekehrt.«

Sophies Kehle war rau. Baustein für Baustein setzte sich die Geschichte zusammen.

Ich habe gesehen, was sie getan haben, aber ich war allein. Ich war feige und habe es nicht gewagt, mich zu zeigen.

»Wie ist es passiert?«, fragte sie leise.

Dorothea schloss die Augen. »Ich hatte festgestellt, dass ich schwanger war. Uns war klar, dass wir etwas tun mussten. Wir hatten zwar schon darüber gesprochen, dass ich mit ihm fortgehen wollte, aber er hatte mich immer gebeten, noch einige Monate zu warten, bis seine Dienstzeit zu Ende sein würde. Das war jetzt nicht mehr möglich. Wir mussten fort – jetzt. Aber dann, als der Tag kam und ich in der Remise auf ihn wartete …« Ein schwerer Atemzug. »Wilhelm«, sagte sie. »Mir war klar, dass er ein Auge auf mich geworfen hatte, doch vergessen Sie nicht: Er war einige Jahre jünger als ich. In diesem Jahr muss er fünfzehn gewesen sein. In meinen Augen ein kleiner Junge. Aber für ihn war es wohl …« Sie schüttelte den Kopf. »Er hat uns beobachtet. Ich weiß nicht, wie lange schon, bevor er zu Gustav und zu Lennart ging – zu Behrens und Schlüter. Sie haben sich alle zusammengetan, und als Samuel und ich das Gebäude verlassen wollten …«

Sie brach ab.

Sophie blickte auf die Flammen. Eine Feuerwand, die sich jetzt auf das Gelände der Höfe fraß. Sie konnte nicht erkennen, ob jemand versuchte, den Flammen Einhalt zu gebieten: Das Dorf war zu weit entfernt.

»Ich glaube, dass es Lennart Schlüter war, der ihn getötet hat.« Für einen Moment glomm ein Funke in den fast unnatürlich blauen Augen auf: grausame Genugtuung. »Wo sie ihn begraben haben, weiß ich nicht. Ich bin gelaufen. Den Weg zum Pavillon, und weiter. Ich wusste, dass sie mir nicht auf das Übungsgelände folgen würden. Und Edeltrauts Freund und die anderen: Ich wusste, dass sie mir helfen würden, wenn ich nur schnell genug war.« Ein tiefes Ausatmen. »Doch ich war nicht schnell genug.«

Sophie hatte Mühe, die Worte aus ihrer Kehle zu pressen: »Wussten sie, dass Sie schwanger waren? Wilhelm und Schlüter und …«

»Glauben Sie, das hätte irgendeinen Unterschied für sie gemacht? Ich hatte das Schlimmste getan, das eine deutsche Frau in deren Augen nur tun konnte. Ist Ihnen klar, wie solche Köpfe funktionieren? Womöglich waren sie noch davon überzeugt, mir etwas Gutes zu tun. Es war wie ein …«

»Ein Ritual«, flüsterte Sophie.

Dorothea nickte, schwieg für einen Moment. »Ich bin mir nicht sicher, ob Wilhelm freiwillig mitgemacht hat. – Er war ein guter Mann, all die Jahre. Ich weiß, es klingt seltsam, wenn ich das jetzt sage, und es kommt viel zu spät. Ich wünschte, ich könnte ungeschehen machen, was ich getan habe, aber dieser Moment, vor zwei Tagen, am Abend des Brandes, als die beiden in der Tür standen, Wilhelm und Gino … Wilhelm hat mich immer sehr an seinen Vater erinnert, der dafür gesorgt hat, dass die ganze Sache unter den Teppich gekehrt wurde, als alles vorbei war. Schließlich war er der Gutsherr gewesen. Er war ehrlich entsetzt über das, was geschehen war. Dass Wilhelm mich dann geheiratet hat, noch bevor Astrid geboren wurde, mein Augenschein, meine schöne, dunkle Tochter, hat er wahrscheinlich als eine Art Wiedergutmachung empfunden. Und Gino ... Ich war mitten in meiner Geschichte an diesem Abend. Ich war so weit fort, und in diesem Moment ...

Da standen sie vor mir, diese beiden Männer: Wilhelms Vater und ... Samuel.« Wieder dieses kostbare Wort, das sie auf der Zunge schmeckte wie eine lange vergessene Erinnerung.

»Deshalb hat Tilly von Anfang an so auf das Foto gestarrt«, murmelte Sophie. »Sie muss die Ähnlichkeit auf der Stelle erkannt haben.«

»Tilman?« Dorotheas Stimme war plötzlich schneidend. »Mein Sohn ist hier?«

Sie fuhr in die Höhe.

Und im selben Moment drang ein unterdrücktes Rumpeln über die Wiesen zu ihnen.

In einer Wolke aufstiebender Flammen sank das höchste der Gebäude von Hohenholz, der mächtige Bau des Herrenhauses, in sich zusammen.

Dorothea Helmke stand kerzengerade aufrecht, starrte auf das Bild.

»Er hatte stundenlang Zeit«, versuchte Sophie die alte Frau zu beruhigen. »Er ist längst in Sicherheit.«

»Ja«, flüsterte Dorothea. Schwer sackte sie wieder auf den Baumstamm zurück, doch etwas an ihr war verändert, ohne dass Sophie es genau hätte erfassen können. »Ja, er ist in Sicherheit. Ich weiß, dass es so ist.« Sie hob die Hand, legte sie auf Sophies Finger. »Ganz genau so soll es sein.«

Ihre Hand ...

Ihre Hand war kalt wie Eis.

»Dorothea?« Alarmiert fasste Sophie nach den Schultern der alten Frau.

Plötzlich spannte Dorothea sich an wie im Krampf. Ihre Hände ballten sich zu Fäusten.

»Dorothea!«

»Mir fehlt nichts.« Mühsam geflüstert. »Höchstens ein richtig guter Kaffee …« Der Körper entspannte sich. »… mit Eierschalen.«

Schweigen.

»Dorothea?«

Doch Dorothea Helmke antwortete nicht.

Sie würde nie wieder antworten.

Sophie saß auf dem Baumstamm.

Rike regte sich unruhig im Schlaf, Dorotheas leblose Gestalt war an Sophies Schulter gesunken.

Am tiefsten Punkt des Tals verschlangen die Flammen die Häuser und Höfe von Hohenholz.

Ein Licht, nein, zwei Lichter, die sich aus dem Rauch lösten, der die Senke mit dem Dorf mehr und mehr füllte. Ein Fahrzeug, das sich links vom Bachlauf und dem undeutlichen Umriss des Hohen Steins hielt, wo der Boden fest genug war, ein solches Gefährt zu tragen.

Sophie sah ihnen entgegen.

Ich sollte dieses kleine Mädchen nehmen und davonlaufen, wenigstens zwischen die ersten Bäume – oder weiter, ins Niemandsland, auf den Übungsplatz.

Vergessene Minen im Boden und uralte Sprengvorrichtungen konnten eine Gefahr darstellen.

Wenn sie dagegen Gustav Behrens und den anderen in die Hände fiel, würde ihr Tod unausweichlich sein.

Doch sie hatte keine Kraft mehr.

War alles, was sie für ihre eigene, zurückkehrende Kraft gehalten hatte, in Wahrheit Dorothea Helmkes Energie gewesen, die nun für alle Zeiten verloren war?

Nein, dachte Sophie. Sie hatte sich aufgerafft, sich mit dem Foto auf den Weg zu Edeltraut und in die britische Kommandantur gemacht.

Ich habe Kraft, wenn ich nur will. Kraft ohne Ende.

Doch gleichzeitig wusste sie, dass es sinnlos war, sich in einem Wald, den ihre Verfolger bereits ihr ganzes Leben lang kannten, vor ihnen zu verstecken.

Hier muss es enden, dachte sie.

Doch nicht ohne Gegenwehr.

Sophie stand auf, lehnte die tote alte Frau und das fiebernde kleine Mädchen sanft gegen den Baumstamm.

Die Lichter hatten die Granitformation an der Quelle passiert, hielten weiter auf Sophie, auf den Waldrand zu.

Sie erfassten die junge Frau.

Mit einem abrupten Bremsmanöver kam der Wagen zum Stehen.

»Sophie!«

Es war, als drohten ihr die Beine wegzuknicken.

»Gino«, flüsterte sie.

Das Schlagen der Autotüren. Undeutlich waren weitere Gestalten zu erkennen: Major Richardson und … Sophie musste zweimal hinsehen. Eine stämmige Gestalt mit Latzhose und Schiebermütze: Tilman Helmke.

Ungefähr so würde Kurt Sandow aussehen, fuhr es Sophie durch den Kopf, wenn er für eine Filmrolle einen Dorfbewohner darstellen sollte.

Aber das war ganz am Rande.

Plötzlich hatte sie definitiv keine Kraft mehr, und es waren nur noch Ginos Arme, die sie aufrecht hielten.

»Sophie!«, flüsterte er. Seine Hand strich über ihre Wange, besorgt, aber auch noch etwas anderes ... Ein Gefühl, das ein Prickeln durch ihren Körper sandte, selbst jetzt, in diesem Moment. »Sophie, bist du in Ordnung?«

»Ich ...«, flüsterte sie. »Ja. Rike auch, glaube ich, aber sie hat Fieber. Die Aufregung und die Anstrengung, aber ...« Sie holte Luft. »Dorothea ...«

Tilman Helmke hastete an ihnen vorbei, ging am Baumstamm in die Knie. Richardson hatte den Motor seines Militärjeeps abgestellt, doch die Standlichter reichten aus, um die Szenerie zu erhellen.

»Geh zu ihnen«, sagte Sophie leise, machte sich von Gino los.

Doch sie blieb an seiner Seite, als er mit steifen Schritten auf Dorotheas Körper zuging, auf Tilly, die vor dem Baumstamm kniete, den Kopf ihrer Mutter in ihre Arme bettete.

»Ich habe ihr noch erzählen können, dass du wieder hier bist«, sagte Sophie leise zu der knienden Gestalt. »Im ersten Moment hatte sie Angst um dich, wegen des Feuers, aber dann ...« Sie fuhr sich über die Lippen. »Sie hat gewusst, dass du in Sicherheit bist. Sie wusste es einfach.«

Tilly nickte stumm.

Sophie trat einen Schritt beiseite, beobachtete, wie sich auch Gino der alten Frau näherte, ihr sanft über die Haare strich, Abschied nahm.

Dann drehte er sich um, hob vorsichtig seine Tochter auf den Arm, legte die Hand auf ihre Stirn.

»Ein Fieberschub«, murmelte er. »Sie hat das schon ein paarmal gehabt. – Wenn sie Albträume hatte.«

Sophie biss die Zähne zusammen.

Albträume, dachte sie.

Erinnerungen an eine Nacht vor mehr als sechzig Jahren, die Dorothea von sich fortgeschoben und verleugnet hatte.

Ob auch Warnecke solche Träume gehabt hatte?

Wahrscheinlich war das gar nicht nötig gewesen. Wer Dorotheas Tochter gekannt hatte, dem musste es sehr viel leichter gefallen sein, eins und eins zusammenzuzählen.

Aber bis zum letzten Ende? Hatte Warnecke tatsächlich die volle Wahrheit geahnt?

Vielleicht war das am Ende gar nicht entscheidend gewesen. Sie hatten damit rechnen müssen, dass er die Wahrheit ahnte. Das hatte ausgereicht.

Das hatte sein Schicksal besiegelt.

Schlüter, dachte sie. Oder einer der anderen.

»Da siehst du, wohin uns deine Rücksichtnahme geführt hat«, sagte sie mit belegter Stimme.

»Schlüter«, erklärte sie auf Ginos fragenden Blick. »Wilhelm, Behrens und die anderen seien zu schwach gewesen, die vollen Konsequenzen zu ziehen, während er selbst …«

Starr sah Gino auf das brennende Dorf, und Sophie folgte seinem Blick.

Sie kniff die Augen zusammen.

Bunte, blinkende Lichtpunkte, die sich eilig von der Serpentinenstraße her näherten. Von ferne hörte Sophie jetzt auch die an- und abschwellenden Laute der Sirenen.

»Bill Richardson hatte schon damit gerechnet, dass Schneyder gezwungen sein würde, mich gehen zu lassen«, murmelte Gino. »Der Major hat vor dem Revier auf mich gewartet. Als wir dann von der Straße aus das Feuer sahen, habe ich im Namen von Hohenholz die britischen

Streitkräfte um Unterstützung gebeten. – Das erste Mal seit fünfzehn Jahren, dass das geschehen ist.«

Richardson stand einige Schritte entfernt und hatte einen Feldstecher an die Augen gesetzt. Sophie glaubte sich an die Baureihe zu erinnern – aus Afghanistan: ein Modell mit Restlichtverstärker.

»Ich sehe einige Gestalten, die unseren Männern vom Dorf her entgegenkommen«, sagte Richardson leise. »Wir werden die Leute evakuieren. Doch viel mehr lässt sich wohl wirklich nicht mehr tun, diesmal.«

»Er hat von mir gesprochen«, sagte Gino, so leise, dass nur Sophie ihn verstehen konnte.

Sie hob die Augenbrauen, sah ihn an.

Er sog tief den Atem ein. »Schlüter«, sagte er. »Als er von der Rücksicht sprach und den Konsequenzen.« Er schloss die Augen. »Er hat von damals gesprochen.«

»Das Feuer«, flüsterte Sophie. »Der große Brand, bei dem deine Schwester gestorben ist. Und deine Eltern.« Sie betrachtete ihn, dieses dunkle Gesicht, in das alle Geheimnisse von Hohenholz hineingeschrieben schienen. Und mehr als sie.

»Bitte«, sagte sie leise. »Erzähl mir davon. Ich denke, das habe ich verdient.«

Er erwiderte ihren Blick, und Sophie wusste bereits, dass er antworten würde. Doch es war noch mehr, das dieser Blick sagte.

Es war ein »Verzeih mir, dass ich noch nicht mit Worten sagen kann, was wir beiden wissen. Gib mir Zeit. Zeit zum Lernen.«

Sie griff nach seiner Hand, die er vorsichtig von Rike löste. Sacht berührten ihre Lippen seine Handfläche, die hart und rau war von der Arbeit. Sophie sah ihn an.

Ich gebe dir die Zeit, dachte sie. Und ich werde dir helfen.

Er verstand sie. Sie spürte, dass er sie verstand. Das war es, was ihm die Kraft zum Sprechen gab, nach so langer Zeit.

Er atmete tief ein.

»Es lag in der Luft«, begann er. »Wir haben es gespürt, als wir nach Hohenholz kamen, wir alle: Meine Eltern, ich selbst – auch Marietta. Da gab es ein Geheimnis. Jeder schien davon zu wissen, doch es wurde nicht darüber gesprochen. Etwas, das mit Großmutter Dorotheas Vergangenheit zu tun haben musste. Ich war mir sicher, dass meine Mutter mehr davon wusste, doch auch sie sprach nicht darüber. Zumindest nicht mit mir.« Er biss sich auf die Lippen. »Ich war sechzehn Jahre alt, mein Gott, und ich war neugierig. Einen schlimmeren Fehler hätte sie überhaupt nicht machen können. – Wir, die Kinder, fanden die ganze Sache zwar irgendwie unheimlich, aber auch spannend auf ihre Weise. Und nachdem uns klar war, dass sie irgendwie mit unserer Oma zusammenhängen musste, haben wir angefangen, in ihren Sachen herumzustöbern, in den alten Fotoalben. Und dort sind wir auf das Foto gestoßen, das du anscheinend heute Morgen gefunden hast, wenn ich Bill Richardson richtig verstanden habe.«

Mit offenem Mund sah Sophie ihn an. »Du kanntest das Foto?«

Gino nickte. »Ich habe es angesehen – und sofort begriffen, was es zu bedeuten hatte. Schließlich hatte ich einen Spiegel. Und ich brauchte meine Mutter nur anzusehen, um zu wissen, wer der Mann auf dem Foto sein musste.« Er schüttelte den Kopf. »Aber ich habe nicht mit ihr darüber gesprochen. Ich wollte selbst herausfinden, was geschehen war.« Er stieß den Atem aus. »Doch Marietta hing an mir wie eine Klette. Sie war schon immer so gewesen, schon als sie noch ganz klein war. Also sind wir zusammen dorthin gegangen: hierher, tiefer in den Wald, wo damals noch die Reste der Geschützstellung existierten. Und dort ist es passiert.«

»Sie haben euch aufgelauert?«

»Was? – Nein!« Heftig schüttelte er den Kopf. »Es war ein Unfall, Sophie! Aber es war meine Schuld, dass er passiert ist. Diese alte Flugabwehrstellung lag viel zu nahe an Hohenholz, um für die Briten und ihre Manöver von Interesse zu sein. Also hat man sie einfach sich selbst überlassen. Kein Mensch ist auf die Idee gekommen, dass dort noch scharfe Sprengköpfe lagern könnten. Auch ich nicht, und Marietta …« Sophie sah, wie sich sein Adamsapfel auf und ab bewegte. »Für sie war es ein Spiel«, flüsterte er. »Verstecken. Für mich war es etwas ganz anderes, und für eine halbe Sekunde muss ich ihr den Rücken zugedreht haben. Und als Nächstes …« Mit tonloser Stimme. »Die Explosion. Mehr als eine. Bahnen aus Feuer, die in den Himmel stiegen.«

Er schwieg, sog die Luft ein wie im Krampf.

Gedämpfte Geräusche waren aus Richtung des Dorfes zu hören, Laute der Zerstörung, wie um die Worte zu unterstreichen.

»Ich habe versucht, Marietta da rauszuholen«, fuhr er mit gebrochener Stimme fort. »Doch überall war schon das Feuer. Aber ich dachte, vielleicht hat sie trotzdem eine Chance. Sie war dort unten, im Bunker, und ich wusste, dass die Flammen dort nicht hinkommen würden. Wenn ich schnell genug bin, dachte ich, können wir vielleicht noch etwas tun. Als ich dann ins Freie kam, hier, genau hier, kamen meine Eltern mir schon entgegen. Sie hatten sich bereits auf die Suche gemacht, und als sie mich sahen, begriffen sie sofort, was geschehen sein musste. Sie liefen in den Wald, und erst dann kamen die anderen.«

Er holte Luft.

»Schlüter. Und Behrens. Und die anderen. Wilhelm und Dorothea waren noch dabei, den Löschzug zu organisieren, und kamen später, aber …« Er schüttelte den Kopf. »Daran habe ich kaum eine Erinnerung. Dr. Warnecke hat mich dann ins Krankenhaus gebracht, und eine Weile hatte ich wohl ziemliches Fieber … Und als ich zurückkam, waren meine Eltern und meine Schwester tot.«

»Und du hast nie darüber nachgedacht, ob es nicht alles andere als ein Zufall war, dass gerade deine Eltern …«

Sie verstummte, als sie sein Gesicht sah, die Schatten der fernen Flammen, züngelnd wie alte Narben.

»Jeden Tag«, flüsterte er. »Jeden einzelnen Tag. Sie wurden auf einer Treppe gefunden, die hinab in den Bunker führte. Wahrscheinlich hätten sie sowieso keine Chance mehr gehabt, Marietta lebend herauszuholen, aber ich wollte nie daran glauben, dass die Trümmer so unglücklich gefallen sein sollten, dass sie weder vorwärts konnten noch zurück. – Ja«, murmelte er. »Ich hatte diesen Verdacht, aber ich hatte keine Chance, ihn zu beweisen. Ein einziges Mal habe ich es gewagt, Dorothea gegenüber eine Andeutung zu machen …« Er biss sich auf die Lippen, sah hinüber zum toten Körper der alten Frau, der Tilly jetzt beinahe ehrfürchtig die verschmutzte Kleidung zurechtzupfte. »Du kennst Dorotheas Blick«, murmelte er. »Was also blieb mir übrig?«

»Mein Gott, warum bist du nur hiergeblieben?«

Jetzt, auf einen Schlag, verschloss sich sein Gesicht.

Sophie legte die Finger auf seine Hand, und diesmal ließ sie sie dort ruhen.

»Bitte, Gino«, sagte sie leise. »Sperr mich nicht aus.«

Seine Augen. Blau und eisig, und doch: Irgendwann, dachte Sophie, kommt der Tag, da jedes Eis zu schmelzen beginnt.

Der Moment, in dem es aufhört, die Massen von Gestein und Geröll vor sich herzuwälzen.

Der Moment, in dem der tonnenschwere Findling zur Ruhe kommt.

Sie sah, wie sich in Ginos Kehle etwas bewegte.

»Ganz gleich, was damals, 1948, geschehen ist«, sagte er mit rauer Stimme. »Durch meine Schuld hatten Dorothea und Wilhelm ihre Tochter, ihren Schwiegersohn und ihre Enkelin verloren. Tilman war fort. Sie hatten nur noch mich. Der Gutshof, das Gestüt: Wer hätte sich darum kümmern sollen, als sie alt wurden?«

»Das ist doch …«

»Das ist genau dasselbe, das auch sie gedacht haben. Nicht Schlüter vielleicht, aber Gustav Behrens und die anderen – und am meisten natürlich Wilhelm selbst: Wie konnten sie Wilhelm seinen einzigen Erben wegnehmen, selbst wenn sie ganz genau wussten …«

»Dass du gar nicht sein Enkel, sein Erbe warst«, flüsterte Sophie.

Gino nickte düster. »Ich habe mir eingeredet, dass ich keine Angst vor ihnen haben musste. Und um mich selbst hatte ich auch keine Angst. Ich hätte mich schon zu wehren gewusst. Ihre Blicke, ihre Worte, sobald ich ihnen den Rücken zudrehte: Das war mir gleichgültig. Und Wilhelm war auf meiner Seite. In jeder Hinsicht, die irgendwie von

Bedeutung ist, war dieser Mann mein Großvater. Nein, um mich hatte ich keine Angst, aber …«

Er sah auf das kleine Mädchen, mit einem Blick von unglaublicher Zärtlichkeit, strich ihr eine Haarsträhne aus der schweißverklebten Stirn.

Flatternd öffneten sich die Augen der Kleinen. Sie zog die Nase kraus.

»Tu puzzi come un cane morto!«

Sophies Mundwinkel zuckte. Ja, Gino stank wie ein toter Hund, mehr denn je. Sie alle rochen nicht gerade wie frisch geduscht.

Plötzlich hellten sich die Augen der Kleinen auf. »Sophie!«

»Alles ist gut.« Sophie hauchte ihr ein Küsschen auf die Stirn. »Du warst sehr, sehr tapfer.«

Rike gab ein leises Geräusch von sich. Ein Schniefen? Ein Gähnen?

»Wirklich? Ich glaube, ich kann mich gar nicht richtig … erinnern …«

Aber da war sie schon fast wieder eingeschlafen.

»Drücken wir die Daumen«, murmelte Sophie, »dass es diesmal auch so bleibt.«

Ein Räuspern. Major Richardson.

»Wie es aussieht, treibt der Wind die Flammen jetzt in die entgegengesetzte Richtung«, erklärte der Brite. »Den Bach und die feuchten Wiesen werden sie kaum überspringen, und außerdem sind jetzt die Löschzüge da. Trotzdem sollten wir allmählich aufbrechen.« Er nickte zum Jeep. »Könnte etwas eng werden, wenn wir Dorothea auch …«

»Major?« Tilman Helmke blickte auf. »Ich möchte bitte noch ein wenig bei meiner Mutter bleiben. – Fahren Sie doch erst einmal ...«, ein Blick, wie ihn nur Tante Tilly hinbekam, »... mit der Familie.«

Namen.

Dutzende von ihnen.

Sophie und Gino hatten sich mehrere Nachmittage lang mit dem Künstler unterhalten, bei dem Hohenholz das Mahnmal für den Dorfplatz in Auftrag gegeben hatte.

Namen.

Sie sollten willkürlich über die schwere Bronzeplatte verstreut werden: die Toten der Kriege und die Opfer der beiden Brände – der Katastrophe von 1998 und der Feuersbrunst, die nun ein halbes Jahr zurücklag.

Die drei Namen im Zentrum waren in keiner Weise besonders hervorgehoben – ausgenommen die Tatsache, dass sie eben das Zentrum bildeten und wie von selbst immer wieder den Blick auf sich zogen.

WILHELM HELMKE – DOROTHEA HELMKE – SAMUEL DEWEY

Eine Geschichte, dachte Sophie. Hinter diesen Namen muss sich eine Geschichte verbergen.

Um sie herum gruppierten sich all die anderen, die im Krieg und in den Flammen ihr Leben verloren hatten: Ginos Eltern und die kleine Marietta waren aufgeführt, Dr. Warnecke, und auch jeder einzelne der britischen Soldaten, die in den Flammen gestorben waren.

Doch genauso Lennart Schlüter. Genauso Gustav Behrens.

Gino hatte sich lange dagegen gewehrt, dass diese Namen berücksichtigt werden sollten, bis er Sophie dann am Ende doch zugestimmt hatte, dass Dorothea es sich ganz genauso gewünscht hätte.

Das vollständige Bild.

Die grausamen alten Männer waren Täter gewesen, uneinsichtig bis in ihre letzten Atemzüge.

Dass sie auf andere Weise auch Opfer geworden waren, Opfer des Feuers, das Sophies Verfolger in der Senke am Rande des Niemandslandes eingeschlossen hatte, spielte dabei die kleinere Rolle.

Entscheidend war, dass das Bild ohne sie einfach nicht vollständig gewesen wäre.

Sophie warf einen Blick auf das kleine Grüppchen ihrer Begleiter:

Ihre Hand lag in Ginos Fingern. Die kleine Rike hatte soeben einen Strauß selbstgepflückter Mohnblumen vor der Bronzeplatte abgelegt.

Tilly, dem Anlass gemäß in gedeckte Farben gekleidet, schnäuzte sich lautstark in ein Taschentuch, während der alten Edeltraut die Tränen ganz offen im spitzmausartigen Gesicht standen. Der sehr alte Herr an ihrer Seite, der sich auf seinen Gehstock stützte wie auf eine Waffe, hielt sich dagegen vollständig gerade und militärisch unbewegt.

Trotzdem fand Sophie es auf seine Weise rührend, dass zumindest diese Liebesgeschichte doch noch ein Happy End gefunden hatte.

Richardson, den britischen Major, entdeckte sie in den Reihen der Delegation vom Übungsplatz, die einige Schritte Abstand hielt.

Es musste möglich sein, diesen Abstand zu verringern.

Seit Wochen schon wälzten Sophie und Gino Pläne

hin und her. Was vom Herrenhaus übrig war, war definitiv nicht mehr bewohnbar, genauso wenig der größte Teil des Dorfes.

Aber möglicherweise ließ sich in Hohenholz ein ganz neues Kapitel aufschlagen: ein Ferienlager, dachte sie, für deutsche und britische Jugendliche. Eine Chance für die jungen Leute, einander überhaupt erst richtig kennenzulernen.

Doch das hatte Zeit.

So viele andere Dinge schienen auf einmal wichtiger zu sein.

Das kleine Bauernhäuschen am Rande von Dorfmark, das Gino und sie seit Wochen renovierten.

Die vielen Kinder in der Nachbarschaft, die Rike, vorsichtig, wie sie war, erst einmal sorgfältig beschnuppern musste.

Sophies neue Arbeitsstelle, ein Schreibtisch in der Redaktion einer kleinen Lokalzeitung nur wenige Kilometer entfernt.

Das Leben, dachte Sophie, als ihr Wagen eine Stunde später das Ende der Serpentinenstrecke erreichte und die Bäume Hohenholz ihrem Blick entzogen.

Ganz genau so soll es sein.